# 黄裳集

## 创作卷XV

来燕榭文存二编

山东人民出版社·济南
国家一级出版社 全国百佳图书出版单位

**学术顾问：** 李济生　杨　苡　黄永玉　姜德明
钟叔河　郑　重

**编辑小组：** 陈子善　胡长青　李　辉　陈麦青
陆　灏　吕　浩　励　俊　凌　济
容　洁　容　仪

晚年在书房

2002 年摄于嘉兴王店曝书亭

《来燕榭文存二编》生活·读书·新知三联书店2011年版封面

# 来燕榭文存二编

《来燕榭文存二编》,散文、题跋、杂文集,2011年12月生活·读书·新知三联书店初版。

据初版本编入。

# 目　录

# 京尘杂感

最近因为私事又到南京去了一次。南京本来还是那个样子，不过人事的变化太快了，遂不免有点丁令威化鹤归来的感慨。这在我这曾经在南京做过记者的人，更是显然地会感到如此。

半年多以前，在南京住了大约有两个月的样子。因为跑新闻，常去的地方有要人的邸宅，美大使与特使的行馆。励志社中宣部一些地方，也还有中共办事处的梅园新村与民盟办事处的蓝家庄。这些地方不免全对我有一点感情，虽然感印是异样的。

譬如官方的所在，门禁森严，规矩甚大。尤其是马帅（马歇尔）的行馆，做记者的根本没有进去的资格。记得当时和谈正在紧张之中，大家对于马帅的行踪与访客的来往十分注意。那就只有一个办法，在行馆的门口窥探。一见有汽车来，即便记下号码来。这方法自然太笨，又不能常常如此，否则将被认为形迹可疑而有遭受麻烦的可能。

有一位女性的同业，每次前去总向站在马帅住宅门口的中国宪兵同志接洽，总能得到一二线索。后来渐渐弄熟了，那宪兵一见她来，即笑脸相迎，很有些不免过分的亲热。然而为了跑新闻竟不得不牺牲点儿。

像这种地方，自然很难使我发生兴趣。

在蓝家庄，我有与梁漱溟先生长谈可珍的记忆。那时正是美国货吃香的时代，街上走走，几乎每人全有一根玻璃皮带的时候，然而我却像发现奇迹似的发现了一位戴水晶眼镜，穿山东绸裤褂，着双梁布鞋的老先生，曾经使我幼稚地说好像发现了中国的文化，南京的文化过。

这些显然已经成为陈迹了。

这次重来，我只有游玩古迹的心情，没有重过“今迹”的雅兴了。梅园偏处一隅，我不曾再去看一次。蓝家庄虽然几次路过，却也未曾走进去过。我到鸡鸣寺去喝了茶。豁蒙楼开放了，这似乎倒还不失为一个好消息。

半年以前，我坐在豁蒙楼外面的大殿中的茶桌上，曾经忽发雅兴地写了这样一首诗：

智井空遗六代祠，美人风雨泣燕支。
明珰留忆它生梦，笺擘犹传绝妙词。
玉树歌残春似水，景阳钟断梦成丝。
旧情更向何人说，惆怅城头落照时。

这自然是“无聊”的，没有什么意思。使我发“思古之幽情”的是中国有这么许多的古迹、名胜，香艳如胭脂井……却全带有血腥气，内战也好，外患也好，总之，好像中国人是天生地喜欢好勇斗狠似的。杀伐不休，没有一个

“和平女神”之类的遗迹供人追忆，实在遗憾得很。

这回住在一家旅馆里，靠近秦淮，在四象桥畔。四象桥即青溪中桥，从书本上看来的故事又使我联想起那鸡鸣寺前胭脂井畔的事。原来张丽华与陈后主、孔贵嫔逃在那井中又为韩擒虎捉了起来以后，牵到青溪中桥，给杀掉了。那位妖娆的女人，就是在这桥畔死去的。后来曾有“青溪小姑祠”奉祀她，但这祠在清朝已经没有了。在旅馆中，挑灯夜坐，又得一诗：

咽尽清波水不流，女儿十五弄箜篌。
佩环凄断三山雨，烟树空笼六代愁。
子夜梦回寒似水，碧桃心事总如秋。
年年河上花空发，寂寞无人问蒋侯。

更是无聊。

然而现在的南京除了怀怀古以外，也实在没有可做的事。鸡鸣寺下的美丽的宫殿中，正住着那擂鼓三通大骂宋子文的英雄。我没有兴致再去询问他是怎样深夜草露布的情状。老虎桥上的周佛海已经免了死刑，预备著书终身以报答党国宏恩，我也懒得去致贺。

比起这些过去的与现在的“新贵”来，倒还是身蹈眢井终于捐生的张丽华值得怀念的罢！

四月十八日，上海

（原载一九四七年五月北平《雪风》半月刊第三期）

# 三入清华园

十几年前在中学的时候，春假旅行，由天津乘车到北平，在清华园住了一夜，第二天就上车到居庸关去了。这以后就不曾再来过。这次到北京，就又去了两次。所得的印象与十年前旧有的那一份，大不相同。如果照老式文章作法，这里就用得着“感慨系之”四个字了。不过这是不好的，是小资产阶级的“伤感”的表露。想换两个字，却也想不出来。其实，“感”是该有的，毛病大概出在“慨”字上，那实在太不健康了。为什么动不动就要叹气了呢？至于那“感”，这下面所说的就是。

回忆当年，以一个初中学生的身份走进这个学府里的感想是不一而足的。清华大学是“留美”的最便捷的“预备学校”，考进了清华，似乎就已经有了十分之三四考中“留美”的把握。正如费孝通先生所写的那篇《论纯技术观点》的文章所说，那时是有着一个“好学生”的“志向”，到这儿来“学一手”，挣个“洋进士”的野心的。

好像当时是住在某斋里，已经不清楚了。不过总觉得这个学校的神秘，在那么大的一个花园里头，走来走去找不着路。要吃晚饭了，就到了一个“俱乐部”，好丰盛的伙食，一顿盛馔，后来听说这不过是清华的家常便饭而已。

又像听“神话”似的听了一些“奇谈”，清华的大礼堂的地板用软木塞做成，花了十万元盖的。走进去参观时，脚步轻了，生怕踏坏了软木塞。同时也不好意思弯下腰去研究是怎样的软木塞，怎么可能那么大呢?

晚上被招待洗澡，到了体育馆，看见了游泳池，脱下衣服来锁在一个个铁柜里，自领一管钥匙，真是未之前见的洋化生活。

到了图书馆，参观了藏书库，看见那一个个绿漆小铁桌子，就在书架边上。桌上有一枝小小精致的电灯，真是羡慕极了，又油然生了“读书”之“志”，真幻想那幸福的大学生活，吃得好，睡得好，整天躲在这书库里……看书。

记得好像还听说过书库里有一部古版的《金瓶梅》，当时自然没有敢问及。

这样，在脑子里始终留着一个“水木清华”的“海外神山”的印象。抗战中间，自己在破草棚子里度过了大学生活，自然不时还想起那软木地板来。不过情感已经很淡了。

自然，这十几年间也听了不少有关清华教授的“掌故”，让自己无条件地佩服。那似乎都是些“竹林七贤”中的人物。详细的事倒不必写了，一个总印象，这是些“超阶级”的高士，有学问、有才华、有奇异的“高行”，佩服之余，也提起了“学步”的野心。清华出了不少诗人，学人。王国维、梁任公、陈寅恪、闻一多、朱佩弦、黄晦闻（节）……

黄晦闻的《蒹葭楼诗》是我最爱读的近人诗集，那一种浸透了宋诗的调子，“九一八”前后写的那些东西，真使人沉醉。“十年北客惟伤乱，双柝南街不断声。”“娇女别期方细数，故园安问更无程。”“重逢莫作蹉跎语，正为栖栖在乱离。”……都是常常在脑子里徘徊着的诗句。

抗战中间，国仇家恨，都没有能够打消这种“感伤”的情绪；更不必说那对“超阶级”生活的向往了。在昆明，虽然看到“联大”的教员们生活惨到了那种程度，像吴辰伯先生的春联“书归天禄阁，人在首阳山”所描写，然而总觉得，有朝一日，山河重光，他们还是“神仙中人”。

日寇投降后，三年解放战争中，我对清华的印象才渐渐地变了。

因为工作上的需要，经常和清华园的一些师友们联系，报道他们对匪帮斗争的消息，发表他们的时事论文……从通讯中，渐渐嗅得出这批假想的“神仙中人”，已经不完全和理想谐和了。神仙是不管世事的，他们却对世事特别热心。放着那么好的书库不去利用，他们却要到街上来游行……变是变了，不过那认识还不够清楚，不够深刻，总有这些人是在玩票之感。

北京解放了。清华是新的清华了。是怎样的一个新清华呢？这是我一直关心的一个问题。

两次，看了三天，实在没有能看得仔细。不巧，正在寒假开始的时候。清华园还是清华园，王静安先生衣冠冢还静静地卧在那儿，工字厅还是旧样子，就是陈旧了些。在张奚若先生座上，又看到了黄晦闻的遗墨，一副对联。这都是旧的，十年二十年，环境本来不会大变的。变了的是人。

我看了些理想中的“神仙中人”。

费孝通先生推着一部脚踏车，在园中走来走去。这位名教授，现在是清华的事实上的校务负责人之一，他忙极了，做文章得抽空几百字几百字地凑。他陪我去看了“大课委员会”的办公处，大房子里，同学、先生，一起在忙着，墙上贴着高高的统计表，写着计划程序和总结资料，几千人的大课，教员、工友、同学在一起听讲的大课，真是史无前例的。而这个大课的任务是改造这些知识分子，使“神仙”还“俗”。

那两天正在登记下乡土改的工作。拖着长胡子的冯友兰也去了。真是热闹的大事。

清华园本身也“土改”了，“翻身了”。这自然是象征的说法，积极的有能力的教授代替了落后的，出来搞学校了。给人一种很合理而舒服的感觉。

软木塞地板的大礼堂也有了它的新的用处：上大课。

自然我也还关心那个好好的图书馆，更关心的是那么热闹的清华园，图书馆里是不是还会有人？事实上图书馆里还是满满地挤着人，我这个生客的来往，没有牵引起那些读书的男女同学们的一点注意。这跟我十几年前蹑足潜踪地走进这里的情景正相仿佛。

自然，他们在研究着的是新东西了。

可惜的是，清华的旧日的藏书几乎全没有了，一部分内迁的全炸毁了；留下的给日寇糟蹋了。

那两天，清华又接下了“燃料工业部”的要求，替政府训练了一批矿冶人才。瞧这个学府的新的积极性，为人民服务的积极性。

新的政权，新的领导，把这个造就买办人才的学校一百八十度地扭转过来，成为制造新的为人民服务的知识分子的处所。这是奇迹，又怎能使我没有“感慨”呢。

（一九五〇年作）

# 老虎尾巴

在报上、杂志上看过了不少次访问“鲁迅故居”的文章，虽然不曾去，却好像已经对这个地方觉得十分稔熟了。然而始终觉得非亲自去瞻礼一下不可，从报上读访问记，始终总有些“雾里看花”之感。可惜那地方很远，在宫门口西三条，是西城的一个角落里，而我是住在东城的，总抽不出那点时间。有一天下午，已经三点钟了，正好闲下来，就从西交民巷跳上三轮车，冒着晕黄的日光下的扑面的风沙，上宫门口去。

找了很久才找到，原来这是在一条小巷子里。巷子狭得容不下两辆车同时经过，巷口就正好望见那白塔寺里的“白塔”。水磨砖墙，新洗刷得非常干净，小小的黑漆门也漆得挺亮，墙上镶了一小块青石，是郭沫若先生手书的“鲁迅故居”四个红字。

敲门而入，有一位穿制服的老人招待，签了名。他是市府派了来看管这所房子的，他对这房子很熟悉，给瞻礼的人讲解着这个那个。我觉得他还应该多向鲁迅先生的朋友请教请教，应该多知道一些鲁迅在这里生活的故事，这样会给参观者更生动的印象。

这是一所小小的四合房，建筑是很单薄的。那间“老虎尾巴”的书房的木窗格，虽然加上了新的红油漆，也依然显得单薄，好像风一吹就会给吹断了似的，窗外的小院子里，有几只小鸡在啄米吃。还有一口枯井，那两棵著名的枣树却没有，那位老人也没有能够指出来。只有两株小树，一株刺梅，一株花椒树是鲁迅先生手植的，种树要种花椒，这在世俗的风雅人物（这说法并不冲突）看来是不可能的。我却觉得前期的鲁迅的生活，是生活在《楚辞》的氛围中的。《离骚》中多楚泽芳草，“楚客香兰，湘君芳杜”，这是和“香椒”并列而并无差异的。

在书室的墙上，就挂着一副小对联，“望崦嵫而勿迫，恐鹈鴂之先鸣”，上联题“豫才先生集《离骚》经句”，下联属“曾劬”。这又可以给《楚辞》氛围增加了说明。可知当日的豫才先生是多么喜欢这部伟大的诗作了。

曾劬姓乔，名大壮。曾经和徐旭生合译过一册波兰小说家的小说，在商务印书馆出版。他是学法文的，可是旧学极好，字也极好，刻印尤其好。解放前不久，在苏州的一条木板桥上坠河自沉了。这也是在反动政治压迫下牺牲了的一位屈原的崇拜者。

在这个简单的书房里，安置着先生生前所用的寝具。据说床上陈列着的是和当初完全一样的。我看了这张床，真有说不出的感动，不禁想起先生一生的严肃的风格。

这是一副木板床，两条木长凳上架着薄薄的几片木板。照我的经验，这样的木板到了夏天是要用开水来浇的，因为那上面最容易生臭虫。木板上面是薄极了的一条褥子，上面是被单。床上另外放着两只枕头，还有两条被，是很粗的旧式的锦缎面薄薄的被子，整齐地叠在那儿。木板床下是一支空的网篮。

这给我的感觉是“冷”，屋主人是在过着怎样严肃而冷峭的生活，而在这一段生活中间，他是写出了充满了多么热爱的文章，做过多少战斗！要想了解《野草》，是非得了解这个作者写作的生活环境不可的。那篇《腊叶》，在灯下翻《雁门集》翻出了一张干了的腊叶以后的感觉，只有在这里才体贴得出来。这是从冰冷的石块中间迸裂出来的火花！

先生在书桌上压稿件的镇纸是一个石刻的刺猬。

院子对边的三间南屋，空落落的，里面堆积了书箱。上面有先生自书的“中一”“中二”的纸条。书架上摆着一块从广东带回来的石刻，上面雕着“天保七年八月八日亡女翟煞鬼记”几个字，还有一块是雕着“君子”字样的汉砖。

此外就还有两张似乎尚未发表过的照片。一张是“厦大学生会欢送鲁迅先生大会摄影”，日子是“民国十六年一月四日”。还有一张是国立北京女子师范大学欢迎易寅村校长大会的摄影，日子是“民国十五年一月十二日”。在后一张照片上，有鲁迅先生，也有许广平先生，而在许广平先生下面站着的就是“三一八”惨案中间牺牲了的刘和珍女士。鲁迅为她写了《淡淡的血痕中》。

（一九五〇年作）

# 京尘琐录

## 小引

在北京闲居一月。说闲实在也不能算闲，只有那么一种感觉，又熟悉，又陌生。想看这个，想看那个，结果是并不曾看了多少。

回沪以后想写点文章，可是很为难。大题目没有多少，写得好更不容易，可是小东西还有不少，而且也未必是完全无意义的，“不贤识小”，也还是值得记录一下的。

这里零碎出现的就是一些这样的小事。

## 团城

北平又改成了北京。京就是京城，是一国最高政府的所在地，当然“衙门”是少不了的，“衙门”这称呼太旧了，现在叫机关。北京的那么些机关，都安置在一些旧有的建筑物里。人民政府没有拿人民的小米盖过什么新而伟大的衙门。像外交部就在外交大楼，北京市政府在北洋政府时代的财政部……可以说，现在的机关，也就是从前的衙门。整个北京就只有一个新的机构在一个不曾做过衙门的地方出现。那就是文化部的文物局。

文物局在哪儿?

文物局在北海旁边的团城里。

团城是那么一个圆圆的高起来的城。在景山旁边，在北海之滨。地方不大，里边零零碎碎地安置了一些宫殿式的建筑物，更还有几百年的苍松翠柏，就是冬天也还是绿茵茵的。那里边最有名的一件东西是一尊玉佛。这佛用白玉雕成，高五六尺，坐在佛龛里，在当中的大殿中央。前边围了铁丝网，参观者只能站在外面瞻礼。这是北京的名迹，大家都知道。

文物局安置在这里，实在是很合适的。

我有一天早晨，在这个玉佛殿旁边的一间小殿里（局长室）拜访了局长郑振铎先生。我向他道贺，说："这个办公的地方可真够风雅!"他笑笑，不说什么。他是刚从上海、南京回来的，是为了去接收整理一批南方的图书馆与博物院。他的兴致好极了，忙得要命。我还记得在上海他家那间小屋子里面谈天的光景。他那间小屋子里堆满了"俑"——古代的泥人儿。他手讲指画，跟客人谈整理古代文物的种种，汉朝人怎样吃饭，秦朝人穿什么衣服，这些亟待解决的文化史上的问题——古代人的生活环境的研究——在当时国民党反动派的"治下"，是没有办法进行研究的。可是，现在他可以施展了。解放了的全中国，多少历史文物等待保管、发掘、研究……难怪他忙得团团转。

我直感地觉得，他是一个新职务与旧兴趣配合得最好的人。

## 藏书家的功罪

郑西谛先生这次是到南方接收安置一批文物的，这中间就包含了一部分古书。

因为藏书，我们谈到了藏书家。我就跟他提了一些问题。

我在外面听到了一些人的意见。有人说，有些藏书名家，大抵是乡下的大地主，有的是从明朝就剥削农民，一直剥削到清朝，他们拿非法获得的剩余利润来买古书，成了藏书家。现在该清算了……

我想这话可得分怎样说。

上面的意见，前半部全对，就是后面的看法，我少有异见。大地主用钱的方法很多，有买珍珠宝贝的，有买姨太太婢女的，有大造家宅的，有大吃大喝的，有滥赌的……这都不好（买珠宝字画的还有一点点好处）。只有买书刻书，还算是他们的“百恶一善”。

常熟毛晋，是有名的汲古阁主人，他刻的书，根据统计，有六百多种。你想，在明朝，书是用一块块木板刻上字刷出来的，六百多种书（中间包括十七史那样的大部头）要多少块木板，这样刻书是多“笨”的事。

毛子晋是藏书家。他为了刻书，不惜重价买好底本。当时有一句俗语，“天下三百六十行生意，不如鬻书于毛氏”，花了很多钱，买了古书，再翻刻出来，在一般地主看来，其笨如牛。那结果是现在还可以买到汲古阁刻的很多书，汲古阁，倒很像明朝的三联书店吧？

古书成了商品，有好也有坏。坏处是穷的知识分子买不起，成了古董；但是也有好处，“宝贝”总是值钱的，不会散失，大家小心保存，卖来卖去，那就是到现在还剩下了的这一批。

藏书家者，收集这一批一批的“宝贝”者也。他们把这宝贝捐出来，或卖给政府，马上就可以成为一个了不起的图书馆。这是藏书的好处，未便一笔抹杀。

至于私人藏书之风呢。

郑先生说：“那是再不可长了！”藏书本来是国家的事业，现在大家何必再花钱买古董呢？浪费事小，不能好好保存而使人民大众利用之事大。

不过，在政府还没有用最大的力量收购古书之前，所谓“藏书家”，把贱得就要进还魂纸厂的古书买一点半点下来，也还有它的意义的。

## 周叔弢

周叔弢先生，现任天津市人民政府的副市长，他是一位实业家，是启新洋灰公司的总经理。我在天津时他还没有被选做市长，所以是在启新公司看见他的。很巧，他也是一位有名的藏书家。

这是一位身材小小，头发花白而精力弥满的老人，谈天的兴致好极了。我们的谈天最后就谈到书上，他的兴致更高了。他很坦白地说，这完全可以说是“玩物丧志”的事。

作为一种业余的癖好，倒并不是要不得的。他说明买书的历史，最初是小时候，在扬州，往书坊里买些坊刻本；后来开始买局刻本，就是官书局的刻本，在当时看来是有如现在的公营书店的书似的。后来慢慢买明版，但是万历以后的书不买，因为那是多而不精的。这样就慢慢走到宋元的路上去，抄校本也是一条旁支，而且那兴趣是比起刻本还要大些的。

他论旧刻书，特别标出那版刻美的一点，以为这是中国雕版史上的非常光荣的事迹。他说起版本学也非用科学的方法不可。过去那些藏书家的鉴赏，往往有时靠不住，除了缪艺风、傅增湘的喜欢自高声价之外，其余的就是因为不是用科学方法，因而出了毛病。他所举出的科学方法之一是将现存的明刻本方志聚在一起，因为这是全国性的，可以代表一个时代中间全国每一个角落里的刊工风气，这样比较，斠录……就会得出一个有系统的研究，比如行格、刻工姓名、风气，都可以有科学化的说明了。

最后他说到一本好书，很可以用一位女性做比。刻版好，等于先天的身材好；如果印工好，就是说极清朗的初印本，那就是后天的发育好；再加上很好的装修，像傅沅叔的那种洒金绸面、金镶玉之类的装订就好像是穿上了很好的衣服；经过名人收藏，钤上朱红的印记，就等于胭脂花粉；要是再有名人的题跋，那就更添上风韵了。有这样五种好处，才能算一本十全十美的好书。

他说到这里也不禁笑起来。这原来是和书的内容无关的。

正好像培养得很好的花圃，那用处只是给人一种欣赏的资料，说有什么积极的意义，是谈不上的。

因为这是可以代表老辈藏书家的看法的，因此附记于此。

## 傅沅叔

张菊生老先生现在卧病医院，去看过他几次，都因入睡没有接谈。他去年到北京去参加人民政协会议，回到上海来以后，我去看他，杂谈中间就谈到了江安傅氏，就是以藏书出名的傅增湘先生。张和他是老朋友，傅那时中风已有一年，张先生去看他，默然对坐，执手唏嘘，很难过。我听了，当时也觉得黯然。

这一次我到北京，原意想去看看藏园的书，不料，到北京那天，他已经故世半个多月了。书籍已经卖给北京图书馆（半捐半卖），我就在北京图书馆的地下室里看了他的书。书并不大多，还杂乱地堆在桌子上，没有编目，但最有名的“双鉴”，宋内府抄本的《洪范政鉴》和百衲宋本《通鉴》却已经深锁在最里面的善本柜子里。

这是一个标准的“藏书家”——并不是说他在收藏鉴赏上……够标准，而是说他的作风和乾嘉以来的藏家很像。那就是说，他的藏书，是一种玩赏的性质，有时也可以高价卖出的。其实他也是书贾一流人物，不过没有店面，而又有名，所以卖起来就往往更是高价。有时候在残本，或不怎么好的本子上加上一篇跋，说得天花乱坠，于是就更能使“书迷”上当，他和日本人做的交易也很不少。日本的文求堂书店曾经出过一本书影，是照下来的一张张的旧书样子，是最精致的广告，这里面一大半都是他的书。

不过他也有贡献，那就是校书。闲来无事，就拿不少好书和现存的本子对校，把错简缺文都校了出来，作成校记，而这往往是几千几百卷的大书，那工夫就花得可惊，而对读书者的帮助则是很大的。

他故世以前，已经卖掉不少书了。然而这里存留的，登在《藏园群书题记》里的还有不少，那七大本“题记”实在就可以说是他的大广告。看惯了广告的，现在看看真实的货色，也实在是有趣得很的。

赵万里君说，他的书都换穿了新衣裳，实在不高明。不过漂亮是也真够漂亮的，黄荛圃跋的徐干《中论》，就用的是红色的绸面子，上面洒了金，非常华贵。这样一想，善本为什么要放在地下室里锁起来，实在也是颇有道理的，这样的书给大家一翻，岂不翻旧了吗？

而这样的书，到底有什么好处呢？也很难说。不过多少年前（几千几百年以前）的中国人，曾经发过某种议论，记载过某些事实而已。议论多半是不通的（照现在的看法），不过锁在地下室里保存着，也未尝不是研究社会思想发展史者的宝库。至于事实，总是事实，要写历史，就非得看看不可，不管那记载是多么野蛮，也无法否认。

很讲究地装起来，也是对的，因为整个中国，现在只有那么一本两本了。

过去是大家当商品卖来卖去，深藏秘锁，想看也无法看，现在是锁在图书馆里，有必要看的就可以看了。大家不需要看的，也就可以淡然忘之，实在是很好的办法。

郑振铎先生极力主张私人藏书之风不可长，应该公藏，这自然是无可非议最正确的路。

（一九五〇年作）

# 一封信

李先生、蕴珍：

在此曾寄一信，想已收到。北京太可爱了，越住越不想走。大约还得再等十天。前两天东奔西跑，拜客请客，今天才空下来，可以自己玩了。去看沈从文一次，不在，未遇见。在玉华台请客一次，来者二十许人。自府委、部长至大学教授，济济一堂，谈到两小时才散。老舍大喝酒，大谈林语堂、胡适，还当场唱大鼓，甚妙。圣陶兴致亦好。遇见冯至，《杜甫传》将杀青，不知“平明”仍需此稿否？东安市场详细巡视一遍，《屠格涅夫全集》只有一本。法文图书馆尚未去。酒在哪里买，请告。

天气好极了。晴暖，无风沙，外面走走，开心之至。今天搬到潘家来住了。太阳满室，看看书，写写信，实在比上海生活来得有意思。晚上去听尚小云，新戏，大概不灵。谭富英《打渔杀家》，公堂一场，大讲新词，连他自己也脸红了，妙甚。

再谈，祝好！

黄裳

一月十四日（一九五〇）

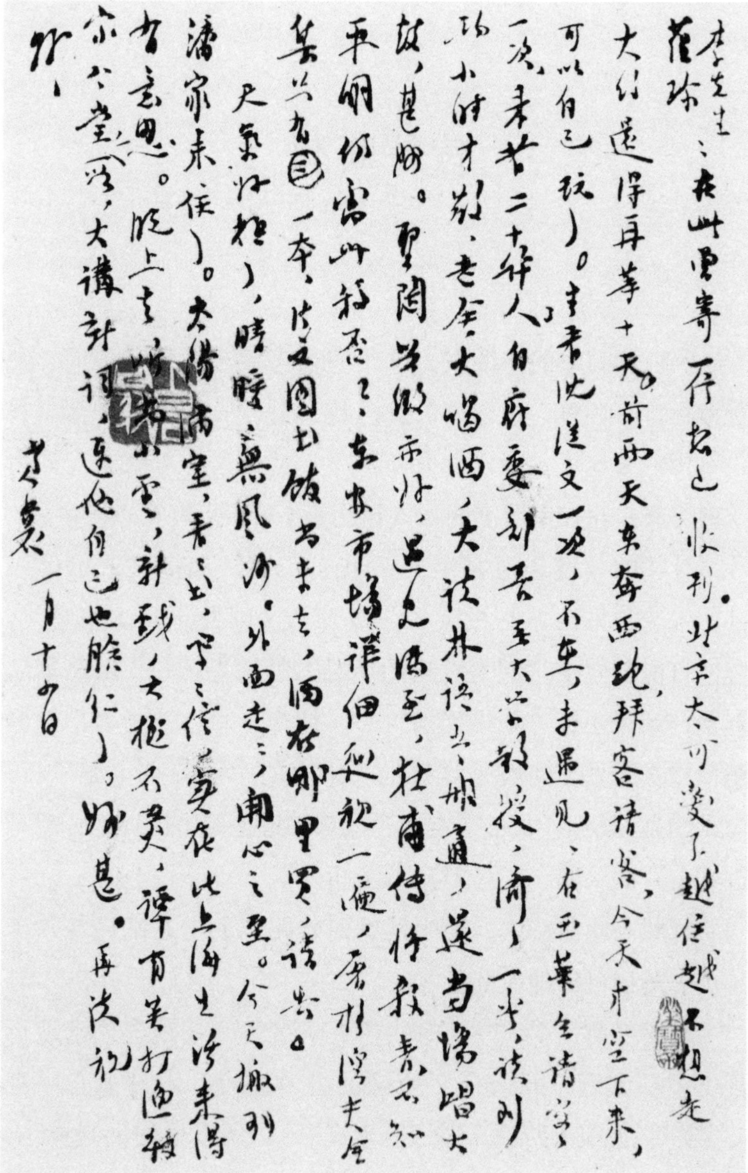

李先生、蓓珍：在此寄存书已收到。北京太可爱了，越住越不想走，大约还得再等十天。前两天东奔西跑，拜客请客，今天才空下来，可以自己玩了。去看沈从文一次，不在，未遇见，在西华金请客，一次，来者二十余人，[illegible]，一半，读到小时才散。老舍大喝酒，大谈林语堂，遂尚唱大鼓，甚好。到陶然亭，亦好，还是酒。杜甫传作者（不知[illegible]）平伯家[illegible]。东安市场详细的看了一遍，关于九国一本，估文园书铺去，看在哪里买，请告。

天气好极了，晴暖无风沙。外面走走，开心之至。今天搬到潘家来住了。太舒服了，有暖室，看小品，写信，感觉比上海生活来得有意思。晚上去听小云，新艳秋，大抵不差。唯有总打渔杀家公堂一场，大谦虚，这也是他自己也臊了。好甚。再谈。祝好。

黄裳　一月十四日

# 读诗断想

隔壁读高中的小朋友，拿了一份考卷来，找我咨询。细看考题，有杜甫、杜牧、崔橹诗各一首，又张先词一首。长久不接触考卷了，因之颇有新鲜感，觉得这种考试方式颇为新颖可喜，比在荧屏上胡扯《论语》《三国》有意思得多。

杜牧的《过华清宫绝句》共有三首，这里只选了第一首，未选的另两首是更尖锐、泼辣的。因此想到，在唐代，言论自由度似乎是颇为宽松的。对本朝的皇帝——虽然早已下台，到底还是"列祖列宗"——能毫无忌讳地指名批评讽刺，放言无忌，到底是难得的。诗中的"一骑红尘妃子笑，无人知是荔枝来"，虽未点名，谁都知道说的是杨贵妃，就是近来走红的昆曲《长生殿》的主角。

杜牧是晚唐诗人，他生活的时代距离安史之乱已经八十年了。难怪可以随便乱说。

杜甫号称"诗史"，他的伟大贡献是真实地、艺术地再现了生活实际，并表现了明确的批判态度。不过他有一种"局限"，如或人所说，"每饭不忘君"，所以他的批判锋芒，总是在皇帝面前止步了。即有所讽喻，也是非常委婉客气的。

废名说杜诗，曾举“影静千官里，心苏七校前”句（《喜达行在所》）道，当时唐玄宗已经逃往四川，杨贵妃已经死去，儿子肃宗撇开老父，在灵武即位，草草组成了新班子。杜甫从长安逃到凤翔，“辛苦贼中来”，“麻鞋见天子，衣袖露两肘”，做了个“左拾遗”的小官，总算挤在“千官”群中，在军校护卫之下，放下心来，在天子手下有了起码的安全感。从诗句里可以看出皇帝在杜甫心中的分量。这分析是确切的。近来废名的遗作，被许多人看重，“全集”屡出，却忘记他在大学学报上发表的杜诗讲稿，不免是一种憾事。

杜甫以后有白居易，在《长恨歌》里也不过是简单地直书其事，他不是史官，只是写恋爱题材的诗人。难怪他绝口不提这场大动乱的责任人是谁。元微之的“连昌宫词”甚至没有提李杨的名字。直至杜牧时代才打破了禁锢，时间足足过了八十年。

至此“咨询”的过程是顺利的。考卷入选了张先的一阕“天仙子”，却出现了小小的麻烦。这是一首名作。作者因词中名句“云破月来花弄影”而得名“张三影”，考卷要求对名句中“弄”字的妙处，做简要的分析。我想，这要求不免高了些。这应是文学评论家的任务，我这个失职的“咨询员”也只能难堪地交了白卷。因而想到，古今多少诗词选家评论家在这种尴尬场合的手足无措，许多评论，包括诗词集的序文，都不免是一大堆废话的集成。高明如钱锺书，有时也只能用别家类似的句子来做“比较研究”，实际还是说不清楚。文学作品中有许多只可意会，不可言传的好例，前人只有用迷离惝恍的“废话”搪塞，其实说了等于白说。

好像汪曾祺说过西南联大教员的一个故事，似乎是唐兰，他本来是教古文字学的，忽发雅兴为一位词学教授代课，讲的是一首花间词。他的办法是用他故乡的方言，抑扬顿挫、摇头晃脑地读了一过，如在梦中。读毕，只说了一个字：“好！”别无多话，就算讲完了。我想，这是讲词的一种好方法，以少许胜人多许。有如禅宗语录，懂就是懂，不懂也别无他法。文学作品，特别是词，一般只能用此法理解。

我赞成教材、考卷选用一些诗词，但避免选如吴梦窗那些词家的作品，也不选艰涩侧艳之作，可能效果好些。

二〇〇八年二月

# 关于《枝山先生柔情小集》

《枝山先生柔情小集》，过去我曾两度说起过。见于“书跋”和“梅花墅”篇，没有引起注意。自从前年上海图书馆举办“馆藏明清名家手稿展”，首先推出了祝允明的《艳体诗册》，一时引起轰动，专家教授纷纷给予高度评价，以为是前未经见，可补文学史空白的孤品。近来理书，从发还书册中检得此书，奇怪的是书中并无图书馆藏印，只有退还印章。重读旧跋，记起得书往事，简记如下：

那是一九五四年九月，吴下书友携此册来沪见示，以为奇秘，索高值。我初见疑为残册，对扉页更多怀疑。但世传祝集只有嘉靖刻《祝氏集略》三十卷，又《怀星堂集》《枝山文集》，此“小集”未见著录。我一向收书不弃丛残，遂即留下。客去后检《千顷堂书目》，弘治壬子科（五年，一四九二）、祝允明条下，于文集两种下更有《祝氏小集》七卷，“又有金缕、醉红、窥帘、畅哉、掷果、拂弦、王期”等集，因知此册确为“小集”，存四种。更检封面的是后配。大书书名作两行，中间列“窥帘”等四种名目，下有葫芦形牌记，中书“四全”二字，“此地无银三百两”，作伪意图毕现矣。以缺为全，书估常技，但颇喜其能弄此狡侩也。所憾者书前当有叙目，亦因而抽去不存，“柔情小集”或是原名，估人无此拟题手段也。今存小集四种，撰人皆署别号，此亦明人常习，书中偶见“祝秀才”字样，不知原题果题祝允明作否？但这一切，都因原叙目被抽失而不可知，是书估作伪的严重恶果，也是作伪最好证据。至于选用纸张厚重，绝非明代旧物，更是显而易见的。

枝山先生
窺簾 醉紅
擲果 拂絃
四全
柔情小集

《枝山先生柔情小集》扉叶

原书存四卷，分题《窥帘集》，“异香仙掾”著；《醉红集》，“都花散吏”撰；《掷果集》，“掷果郎君”撰（“双娃歌”即在此卷中）；《拂弦集》，“斗玉冶郎”撰。每卷前有序，“窥帘集”卷前序题“弘治壬子二月一日序”。序后接目录。目后收诗、词、曲、文、词共若干首。半页八行，行二十字。万历或少后刻。行间每有空字未刻处。全书皆妓流投赠之作，弘治壬子允明年三十二。知此集皆成于少年冶游时，不敢入集，多用别号，亦明代文士常用手法。但允明殊不自讳，常手书赠人。畅哉道士自跋云，“余有小集十卷”，与千顷堂所载七卷者不同，或别有十卷本，未可知。

允明以元才子、杜舍人自命，有句云，“再降微之与牧之，依然记得转轮时”，可见少年风流自喜。允明与唐寅、文徵明等并列为“吴中四才子”。唐寅被坊贾称为“风魔解元”，佚事流传，得名最盛；文徵明则老寿没世，不听说有什么绯闻；只有祝枝山留下“小集”七卷，对少年闲情艳迹，畅然叙说，是留下文字记录最多的一人。大胆抒写，绝少忌讳，如“满庭芳”词，题下注“妓号爱梅”：

“向晚来身横影斜，滋味儿晰齿熬牙，酸溜溜吮咂，又贪又怕，输与俺秀才家。”（《窥帘集》）

又七绝《声态》：

“妖声宛转浑无主，亵态横斜（一作纵横）的趣人。四体乱投迷尔我，等闲消尽世间春。”

以上只选《窥帘集》中诗、词各一首，可见写来描摹尽致，尽态极妍，绘影绘声，极其能事。实在说不上“象征”，也不是“迷离惝恍”。说是对礼教的冲击，可作为诗歌史上独创的风格体式，超过了韩冬郎、王次回，既找不到“借喻”，更多的是情色的彰显。不是“冲击礼教”一句空教条掩盖得尽的。

值得注意的倒是那首“两度番身”：

“早晨薄相最堪夸，日中薄相又阵嘛，（恰像）鲫鱼（儿）侧困（在）荷花（心）里，（许）两面番身尽着（子）花。”

这首“山歌”读来令人惊喜，放在冯梦龙的《山歌》里是浑难辨别的。不料早在九十年前词人的笔下，已经出现了声调、风韵并同的作品。这不是将明代民歌时调的极盛期上推了一百年，而且为民歌并非全出民间，也有文人参与创作、润色的好例吗？

自从郑振铎写下了“俗文学史”后，继之，又发现了道光刻的《白雪遗音》，并从中选辑了《白雪遗音选》后，汪静之又嫌郑西谛不够大胆，将其中猥亵之作弃而不收，于一九二七年又出版了《续选》之后，直至上世纪六十年代中华书局上海编辑所出版了“明清民歌时调丛书”，将冯梦龙辑的《山歌》《挂枝儿》等一并收入，民歌的研究一时成为显学。取材最早也只是明末之作。现在知道明弘治中即有山歌型的作品出现，一下子提早了一百年，而吴歌的发生显然更早于此。“枝山小集”在文学史上的真价，怕是在这里也说不定。

允明又时有诗词跋语，颇能道出心事。如《醉红集》有生查子一词，词后有跋：

“此词虽鄙，字字道着心事。燕知，芍药知，与难说人知。不知者不知予之所极其寓也，有无穷之怨焉。念欲缀叙始末，为后日自省。至此胸噎臂酸，不觉掷笔。四月二十四日梦余禅客记。”

明白无隐地说出了心事，尤其是私情事，这在旧时代文人中，是极少见的，可作文艺心理学研究好例。

又有“仙缘歌”，亦未终篇，后有跋：

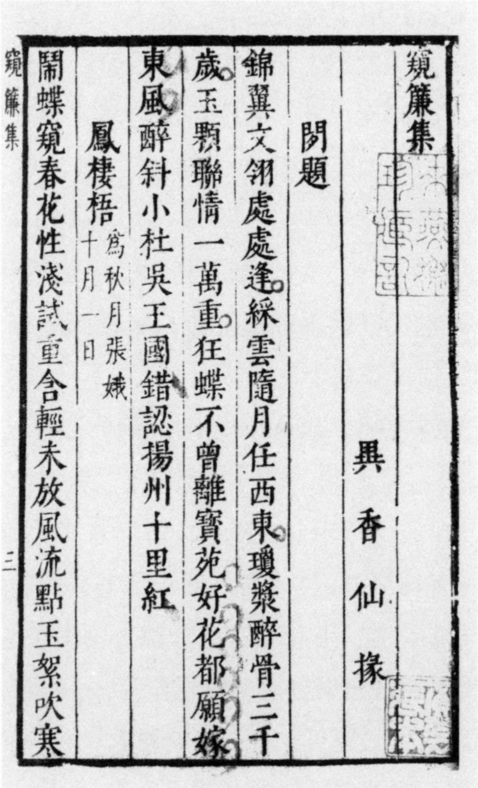

窺簾集

異香仙掾

閨題

錦翼文翎處處逢綵雲隨月任西東瓊漿醉骨三千歲玉顆聯情一萬重狂蝶不曾離寶苑好花都願嫁東風醉斜小杜吳王國錯認揚州十里紅

鳳棲梧 爲秋月張娥 十月一日

鬧蝶窺春花性淺試重含輕未放風流點玉絮吹寒

窺簾集 三

明刻《祝允明小集》

“东风吹人成骨醉，杨柳添烟助新翠。枝上金莺咽春舌，缓调娇雏作偷对。黄家女儿年二七，丽质千年更无匹。天应特置深隐处，一出恐废吴王国。祝郎当年尝梦天，一日果得成仙缘。鸾情风性如曾许，蕙眼兰眉亦暗传。晚书通心犹嘿嘿，晓童传言露心臆。”（以下小字双行）“初拟铺为长吟，当时情思浩浩太繁，手不能继，因暂辍。期后毕之，迨后缘契愈重，至于忘言之境，因意止此。”

诗不算好，在集中却是合作，虽未终篇，已可见意。明七子意主宗唐，结果产生了成堆的假古董，以致有明代无诗之讥。晚明钟谭起而反扑，酿成生峭之境，也未成气候。允明也是宗唐的，集中第一首诗“闲题”，是从唐人那里脱化出来的，十分明白：

“锦异文翎处处逢，彩云随月任西东。琼浆醉骨三千岁，玉颗联情一万重。狂蝶不曾离宝苑，好花都愿嫁东风。醉斜小杜吴王国，错认扬州十里红。”

虽列于艳诗首唱，却是规规矩矩摹唐之作。其诗的成就大抵如此。

“小集”中有文近十首，多半长篇，如《爱梅记》《兰蕙联芳小记》《客窗冥遇记》《寄高氏道情书》等，有自作，亦有代人作，《掷果集》中有《情记》篇，可作样本：

“先生生平在情窟里过活，口耳鼻舌，一斑半点，都是情流出底。何以忽然立题目，将于何处说起，几许唇齿了得哉？盖是数日以来，情事迭出，如天坠下，如地涌出，欢声耸荡都未可自按下，故漫然而劄出小语，不深文，不饰事，以为酒边助兴之具。”下小字双行，人事云云，文繁不录。

这是坦率的夫子自道，至于更为刻露地敞开心事，毫无顾忌地说出，有《拂弦集》中的长题《舟中念我姬欲狂，随口记心》一篇：

“天耶人耶，结此灵匹。忽脱梦想，付于肌骨。三十才情，成在今日。生亦任远，死亦何惜。我非浪客，尔非尤物。千年人世，灵匹灵匹。”

这里直将三十郎当的浪荡才人心事，全然说出口，至于放大篇幅，如《掷果集》中的《寄高氏道情书（二十一日）》，对象似非风月中人，实可作“古情书”的范本，其中有句云：“惟恨身非神物，不得化为钗𫌀裤履，日夕通仙真之玉质，而顾肯自远耶?”借渊明闲情一赋而自明心曲，结尾则以秘扎潜通，“兹故仍以传信儿去，捧语密告，万烦即御笔扎，转下数言，以知明淑所蕴，毋为以有心者委之空暗也。临纸迷情，荒略荒略”。情词迫促，自与妓流往还异趣，此长篇情扎，于小集中为别格异品，至于《客窗冥遇记》则远师唐人小说，文笔稚弱，了无新意，去蒲氏《聊斋》远甚，无可观览。

“小集”中自称“祝郎”或“祝秀才”，于所遇合的冶叶倡条，每详记姓氏，粗略计之，近五十人。一时放荡生涯可见。这是不能以“反封建”的流行口号漫予评说的。祝枝山的艳情诗，是离经叛道，冲击了儒家礼教的，《红楼梦》中的贾宝玉也写过艳诗，据说也是处处与礼教唱反调的。但只要不是文学上的色盲，会很容易看出他们是在两股道上跑的跑车，给他们插上同样的“反封建”的旗号，固然方便，但也似乎不大合适，在文学史上，又哪里能相提并论！当然，作为明代中叶的浪荡才人醉生梦死，花天酒地的生活实录，它所提供的历史真实场景，心理变幻的文士内心活动，则是珍贵的实录资料，也许“小集”的价值正在这里也说不定。

二〇〇八年三月五日

（原载《新民晚报》“夜光杯”）

二〇〇八年北京举行“国家珍贵古籍特展”中，有《畅哉道人艳体诗》不分卷一目，祝允明撰稿本。

二〇〇八年七月二十三日补记

# 记忆的碎屑

《开卷》九卷五期有古剑《柯灵的信和诗》一文，“附识”中有涉及我的两段话，有云：“四十年代中期，他（柯灵）任上海《文汇报》主笔和副刊主任，斯时，黄裳从重庆返沪，柯灵赏识其博杂，拉入《文汇报》任记者。私下黄裳称他‘恩师’，暮年因梅兰芳书稿事，而起‘笔战’，坏了友情，近似沈从文与萧乾，实乃文坛憾事。”对此，我有两点更正。

第一，我与柯灵交游颇早，最初是副刊编辑与投稿者的关系，偶有通信，自然以先生相称；后来逐渐熟悉，通信时就称“兄”了，从未在私下称之为“恩师”，亦未曾以“恩师”视之。老朋友、熟人而已。

其次，说柯灵赏识我的“博杂”，引我入《文汇报》，是事实，但说得不够真实、完整。一九四五年抗战结束，我滞留重庆，待机东归。此际柯灵介绍我加入《文汇报》，只寄来一盒《文汇报》特派员的名片，不支薪，以通讯稿计稿酬。与此同时，他和唐弢合办《周报》，也以旧友关系频频向我约稿、催稿，我确也写了不少。其时家母弱弟留居沪上，生计艰难，不能不拼命写稿，以济家用。稿费亦由柯灵转交。这都是细事，重要的是从上世纪四十年代直至五十年代后期，在柯灵心目中，我的“政审”（这是解放后才出现的“关键词”，其实是自古迄今，一直存在着的政治要素）是不成问题的。一直到不久前读了葛剑雄教授的文章，才知道柯灵曾为我在他沦陷的上海主编的《万象》上发表的一篇散文入选《新文学大系》而沉痛检讨，因为我曾在《古今》上发表过文章，他竟违心地不曾加以揭露而悔恨不已。可见我的“政审”问题，在柯灵心目中已有一百八十度的转变了。

上世纪五十年代初，柯灵曾出国访问，在《新民晚报》发表过游记，柯灵要我注意一读，我因疏懒未能翻阅，至今抱憾。想那里大概有着对我的“好评”。又有一年春天，我们都在杭州，在巴金下榻的宾馆楼下大厅相遇。他催我赶紧到巴金的住房里去，因为有人在给巴金拍纪录片，不可失去这个好机会。我没有赶这个热闹，这都是对我善意的提示。又一次同在巴金处闲谈，座中有黄源。柯灵说起最早看到我的投稿，署着“宛宛”的笔名，猜想可能是位女作家。这时黄源插话：“大概又引起你的非分之想了吧?”于是谈话截然中断。这次他是想说明是他第一次发现了一个新作者的吧，这都是好意。

这以后就是发表了回忆《周报》的长文，把我从《周报》作者群中删除；又有劝我把抄家掠去的藏书，捐献或卖给图书馆被我婉拒后的回信。见面时依旧满脸笑容，一如往昔，但在《读书》上发表了想起梅兰芳的文章，从背后给了我一刀，我才恍然大悟，在笑脸后面藏着的是那么阴森可怖的“脸谱”，恰如川剧的“变脸”一般。

这以后就是古剑君所说的“笔战”了，文献俱在，用不着细说。近来读报，知道电影《梅兰芳》已经杀青，在梅家后裔（第二代只葆玖健在）的理解、同情下，写入了梅与孟小冬的故事。而当年我只不过在一篇小文里提起一句孟小冬，就被柯灵科以“恶意攻击”的罪名。当时在梅家，这确是一个禁区，曾几何时，情境竟有如此变化，是不能不引起无端感慨的。

当我与柯灵“笔战”正酣之际，在香港编副刊的古剑君来信索稿了。别无可写，就将论辩文寄了一份去，不料古剑不对我打一声招呼就将原文寄给了柯灵。投稿是否采用，权在编者，是天经地义的，但暗地向论争对方通风报信，却是史无前例的。柯灵因此说我企图将战火燃烧到海外去了。（大意如此，不及查对原文，有错当改。）没有好久，香港也回归了，总算使我免于“里通外国”之难。

此后矛盾的新发展，俱见葛剑雄教授文和我的《忆旧不难》，不再细说。印象深刻的一次是在华东医院巴老的病房里。我去探望，正闲话中，柯灵带夫人陈国容突然闯入，笑容满面，一一招呼，好似彼此未曾发生激烈争论似的。我只能冷静相对，不发一言。我想，对待典型“口蜜腹剑”的人物，也只有此法。转了一圈后他们就匆匆离去了。巴老坐在一旁，目睹了这一切，这也是我与柯灵最后的一面。从此别了。

古剑君说他藏有柯灵手札十五通，并深佩其道德文章。对这些珍贵的遗墨，希望有机会“全录”，这是一件大好事，最好是影印发表，以免失真。我推测，什么“恩师”“博杂”之类，大约都取之于柯灵的原话，知人论世，是不能不求之于原始文献的。不知古剑君以为如何。

二〇〇五年五月十七日

# 喜汝昌九十

昨天傍晚，接到北京来的快递，是汝昌寄来的。诸多纪念品之外，更有新作《红楼别样红》一册。捧书欢喜，知汝昌年登大耋，而研红不辍，新见迭出，思路鲜活，是寿者征。新书扉页有“从事红学研究六十周年”之语，如从我俩一九三五年在天津南开中学同学时热烈讨论《红楼梦》算起，就不是六十年而是七十二年了。光阴如驶，往事如尘，不能不感慨系之。

汝昌自命为红学研究中的“考证派”，我则是个普通的红楼读者，也自认是考证派的附骥者。我一直认为，不透彻了解、认识作者曹雪芹生活的时代、政治环境、社会生活、民生俗信……是不可能真正读懂《红楼梦》的。因此对汝昌研究的大方向一直是认同、欣赏的。数十年来，读清人著作，凡有所见无不举以相告。虽然为数无多，汝昌不弃，一一收入《红楼梦新证》中，从而引出了不无贬义的“曹学”或“外学”的新名目。

我不是“自传论”者。但多年读雪芹原作，发现同出一人之手，有绝妙的章节，也有不无多少逊色的段落，推其原因，前者往往有往昔实事根据，虽惜墨如金、点到即止，却总是生气弥漫，人物呼之欲出；而缺少原始素材部分，虽然花了大力气，却远不能及前者的手挥目送，轻易取得无上佳绩。这证明生活是创作无比重要的源泉，同时也证实了小说取材于真实历史片段的事实，因而不能不加重了“自传说”的分量。

汝昌有许多重要论点，我是无条件地赞同与支持的。如对高鹗伪续的坚决排斥。这是有大量事实为根据的结论，无可怀疑。如脂砚斋即史湘云，上世纪五十年代汝昌在《燕京学报》发表论文最早提出此说，我一见激赏，即在报纸上加以转载。但他在新著中论“菊花诗”中全面展开的论述，却觉得不免求之过深，难以全面接受了。如据“冷月葬诗魂”而推论黛玉的结末是自沉；程高活字本《红楼梦》系用内庭活字排印而成，从而推定程高本的出现有政治背景；大观园是以恭王府园为蓝本；雪芹卒年是癸未而非甲申，我虽用全文三天连载的方式加以披露，不惜引来诸多批评，原意是为绝代才华的伟大作者确定其生卒年，而讨论终未达成共识。凡此种种，我采取的是槛外人的立场，能加以欣赏，却未能径下断语，至于“曹学”论争直至“五庆堂谱”的讨论，在我看来不免离题过远，成为烦琐考证，槛外人无从追随深入了。

虽然有上述种种认知上的差异，但我仍为汝昌能有如许鲜活的新见大量涌现而高兴、佩服；这是高寿的象征与保证，虽然视听俱废，而思路联翩，新见迭出，何况“红学界”风云险恶，汝昌只身退隐成为单干户，孤军奋战，成绩斐然，新作连绵不断，都得到读者的欢迎注意，绝不寂寞。这对九十高龄的红学大家是最好的支持、祝贺。添居旧友，谨以此戋戋数百言，遥祝芳辰。无多称颂，直抒所知，以博老友一笑，幸不以唐突见责为大愿也。

二〇〇八年四月十九日

# 苏东坡是一堵墙

闲时翻书，偶然发现了一篇一位作家为另一位作家鸣冤叫屈的文章，颇有兴趣。据说有另一位作家，写了厚厚的一本书，指出那位作家著作中差错有百例之多，令人吃惊。我没有读过此书，向别人打听，原来所谓差错，绝大部分是所谓“笑柄”而并非正规的“错误”。如不细加别择，混为一事，那就不免辱没了正规的“错误”。所关非小，应予注意。

那位仗义执言的作家所持的力证是苏东坡在赤壁怀古时犯下了地域定位的错误。既然古代的文豪可以犯错误，何以今天的文豪就犯不得？世法平等，是说不通的。苏东坡一生犯过多少错误，我说不出。大体说来，似可分为政治性和技术性两大类。至于“笑柄”好像不曾见于文献。如有，不必等到今天，当时（北宋）的老百姓早就把他从文坛上拉下来了。论者偏重技术层面而避开政治立论，是高明的。因为读者关注在此而不在彼也。

东坡的为人似乎颇有些随随便便、大而化之。他乘船夜泛，把酒临江，微醺之际，想起在这一带曾经发生过的赤壁之战，感慨无端。偶闻船夫野老闲话，也不认真追究，是

“赤鼻”还是“赤壁”，反正总在这一带江面上，乘兴写下了前后两赋和一阙“大江东去”新词。老百姓是宽容的，并不和他做顶真的论证，只是激赏他的作品，口耳相传，以至于今。人们理解，东坡写的是文章，不是考证；懂得作家创作的规律、心情，对作家抱有热烈的认同欣赏感，这一切都成为文学史上少有的美丽篇章。

苏轼在政治上是王安石新法的反对派。这使他不能不在文字上有所表现。新法初行，安石左右的智囊团在设计制定新法时考虑不无缺失；在执行中也难免某些失误，为人民带来某些不便，这些难以避免的缺失，在反对派的眼中难免成为不满的焦点，苏轼的诗篇中就难免有所反映、讽刺，被对方抓住，追究，人也被捉将官里去，写交代，写认罪书，总算保住了性命。此一著名的文字狱就是所谓“乌台诗案”。清人张秋水（鉴）作有《眉山诗案广证》，记始末甚详。看那栽赃诬陷、高压逼供，交代认罪、定案处理……几百年前事却有昨今之感。

自此苏轼就屡遭贬斥，官越贬越小，离开政治中心越来越远，后来贬到广东，直至海南。北宋时没有飞机，更无手机，远离京国、家人，艰苦万状。吃不到有名的“东坡肉”了，只得买些地方官吃剩下的羊肉骨架，剔下肉屑来吃，还戏言与诸犬争食，说些笑话。还有“日啖荔枝三百颗，不辞长作岭南人”的诗句，在困窘中作诙谐语，其实浸透了苦味，同时也显示了廓然的气度。东坡到底是可爱的。

又想起一件“近事”，不过也是六十年前的“旧事”了。

周作人在南京狱中曾作诗“恰似乌台诗狱里”，过去号称知堂四大弟子之一的俞平伯，得见周诗较晚，已在一九八三年。其致叶圣陶书云：“周出近题画梅诗示客，已颇觉奇，句云，东坡风貌不寻常。竟自比东坡，可谓奇中之奇，读之令人寡欢。”（一月十八夕）（见《暮年上娱》）

俞平老的感慨是不错的。周诗的奇处在借喻之奇。苏东坡犯过“错误”，充其量也不过是政治上的“错误”，应属“人民内部矛盾”，政见不同而已。周作人犯的罪是“叛国投敌”，岂可相提并论，此其所以为“奇”也。

偶听样板戏，有“是一堵挡风的墙”语，为之一惊。今天只有杂七杂八、张三李四，躲在东坡这堵墙下挡风，是奇怪也不奇怪的，苏东坡死去近千年了，其影响、作用至今犹在，也算是一桩奇事。

二〇〇八年五月二十九日

# 《鲁迅的艺术世界》序

××兄：

得来信，知《鲁迅的艺术世界》一书即将问世，不胜欣幸。这实在是一个重要的，过去较为冷落的鲁迅研究方面，在我看来，实在是极为重要必不可少的方面。现在能有一部全面、系统的、总结性的大书出现，真是一件文艺界的大事、盛事。欣喜之至。

回忆个人数十年来受到先生的种种熏习、垂教，文章之外，实以美术方面为最多、最鲜明而深刻。从《朝花夕拾》中无常的画像一直至《两地书》中屡见的“红鼻子”，留给我的是一幅严肃而又嬉笑怒骂的真实面影，与通常所说的不苟言笑，严肃得使人敬畏的一般印象绝不相同，这就对我读先生的遗文、接受先生的遗泽时，产生了绝大的影响，相信与通常的学习方法决然异致。这是回忆、检查、思索中所得的重要一点。

回忆六十年前在上海霞飞坊景宋夫人那里得见先生的遗稿、遗藏，给我留下深刻印象的是先生集藏的大量汉画像石刻拓本。使我惊异的是先生对前人美术制作的尊重、爱好。

他对文艺园地开阔、深邃的视角，和挚爱的深情。这使我回想起先生的选编《北平笺谱》和对郑振铎所写的《访笺杂记》的欣赏。还有就是当时有的人（包括周作人）对此一“玩古董”的雅好的讥嘲，真是所见过于狭隘了。同时又见先生对这种流言的回应，真是痛快淋漓。人们就是不能理解，从事左翼文学运动者为什么就不能对古典文艺同有爱好。仿佛一个人只能有一副面孔、正经面孔，连吃饭、睡觉、打喷嚏……都不可走样。其荒唐可笑有如此者。

较为人知的是，先生不仅“好古”，同时还“崇洋”。他印过大册的珂勒惠支木刻画册，印过小册但极精的《引玉集》，印过果戈理的《死魂灵》的阿庚画插图，收集过苏联木刻家的版画原作并做展览。他还支持、扶掖新生的中国青年木刻家，不遗余力……综起来看，他在美术园地的辛勤耕耘与他在“自由谈”上写战斗杂文，几乎是“双峰并峙”的同样的战斗工作。

为了全面地了解鲁迅，研究鲁迅，先生在美术方面的业绩是不可忽视的重要方面。《鲁迅全集》已有新刊，而先生在美术方面的制作，还未见有依原样精印复制的新本。这是一个缺憾。希望“艺术世界”功成之后，更能见先生的美术制作全编问世。举全国出版界的力量，分工合作，集腋成裘，并非十分困难。姑悬一愿于此，不尽欲言，顺颂撰安！

二〇〇八年十月十三日

# 旧辑柳如是《湖上草》及《尺牍》跋

余旧得柳如是诗及尺牍旧抄本二册于吴兴刘氏，有管芷湘藏印，意不甚重之，弃去久矣。后诣上海图书馆求柳集，珍重捧出者，即前所弃之物也，此外别无他本，遂手录数纸而归。原本尺牍当三十一通，今所录存只二十五首耳。又闻杭州浙江图书馆有柳集刊本，意或是汪然明原刻，倩陈凡兄往假录副。未几凡兄以手抄《湖上草》一册自香江寄至，然不言版刻，亦未知果是明刻否。马夷初丈《读书续记》尝记高欣木与张菊生争购柳集于虞山，云《柳如是尺牍》一卷、《湖上草》一卷刊本共二十四叶。《尺牍》前有林雪天素小引，后有林云凤跋，云："汪然明以柳如是《湖上草》并《尺牍》见贻，口占二绝：'汪郎元是有情痴，一卷投来湖上诗。脱尽红闺紫粉气，吟成先吊岳王祠。''谪来天上好居楼，词翰堪当女状头。三十一篇新尺牍，篇篇蕴藉更风流。'甲申冬日仙山渔人题于槜李归舟。"又有徐花农、惠兆任二跋，无关故实。原书为徐子晋赠赵次侯者，并有车秋舲、贝简香、潘椒坡、翁叔均藏印，王静安有跋诗三首，云：“羊公谢傅衣冠有，道广性峻风尘稀。纤郎名字吾能意，合是广陵王草衣。”“华亭非无桑下恋，海虞初有蜡屐踪。汪伦老矣风情在，出处商量最恼公。”“幅巾道服自权奇，兄弟相呼竟不疑。莫怪女儿太唐突，蓟门朝士几须眉。”王诗题于庚申季夏。观堂疑纤郎即后归许霞城之王修薇，亦无显据，近多无俚。箧中尚有佳墨数十丸，并蒋生沐写书旧格子纸数百枚，因手录一卷，并少补逸诗。旧藏多高阁密锁，今所补葺半出记忆；搜全补阙，当期异日。

如是为晚明一畸人，三百年来论者多矣，尝辑得清人题咏一卷，无虑数十百家；又尝得朱野云抚河东君小像，自吴山尊以次，题识几满幀幅，然多艳说其风流遗事耳。如是出身微贱，少在盛泽妓家，后来禾中，初挑陈卧子，更识张天如，皆当时清流眉目、执党社牛耳者。后移居湖上，交汪然明。汪，徽州巨贾，亦好风雅，于如是周旋备至，更为商量出处。后如是终归虞山，当亦汪氏作合。如是选婿心事，殆始终以政治为第一义，其归牧斋，岂爱其黟颜白发，实以东林浪子隐然党魁，可藉以为钓猎之具耳。甲申劝牧斋清流自尽；乙酉金陵于阮髯座上，促坐行酒；牧斋入狱，周旋救护；江上之师，倾奁助饷，皆政治行动也。家变后自经，为一生结穴，亦非平常妇人所能出。其人不必能知民族意识，然热中而有机断谋略，则远非秦淮姊妹所可同日语者矣。至不修细行，别置面首，晚明风气往往如此。如是本风流放诞人，更何足怪，叱之护之，皆同说梦。诗文俱有特色，殆非捉刀人所能为，所与唱酬，皆名下士，汪然明、冯云将、祁虎子，其著者也。湖上诗有于、岳二题，于愁红恨碧之余，别具心目，求之闺集，殆无俦比。尺牍之美，更非晚明文士所可梦见，公安、竟陵何足骖并；清词丽句，落落大方，嬉笑娇柔，锦心绣口，汪然明之必欲墨梓以传，非偶然也。惜札中情事十不得一，安得一一钩稽而考订之，或于如是当时心事能更进而窥其委曲。然明有《春星草堂集》，在《丛睦汪氏遗书》中，向亦有之，未尝检阅，今易米去矣，念之惘惘。清集如海，其中必有与如是有关涉者，安得数载余闲，为此考索钩稽之业耶？此非无益事，欲求甲乙之际社会真相，必不可不知此事。因跋如是小集牵连及之。

己酉端阳前一日　黄裳记

余箧中尚有清初旧抄一种，为女史诗，后半卷为如是作，一时无从检得。又前所得嘉业堂本，亦是女史所辑旧抄，下卷为清人题咏，又见四当斋集有柳集序，亦是辑本，出虞山张南祴手，殆未墨板，今不知尚在天壤间否？其本亦出汪刻而补葺成之者。附志于此。

己酉五月十四日更记

## 别记

一九四七年在南京，曾访龙蟠里图书馆，谒柳翼谋丈。

得见钱唐丁氏八千卷楼旧藏元刊本《乐府新编阳春白雪》十卷，有黄荛圃跋。纸墨晶莹，有墨书细字批注，笔姿秀媚，据说出柳如是手。更有牧斋印与钱受之印，又“惜玉怜香”印，黄跋据书主何梦华说，墨批是柳隐真迹无疑。何是想将所藏书卖给黄荛圃，无怪将原书说得天花乱坠，果然计叶论钱，交易成功。我细细看了原书及黄跋，觉得眼福不浅。至于小字墨书是否真的出于柳如是手，实在难下断语，但自此这位名女人给我留下了深刻印象，也是我留心她的平生行迹、诗文著作之始。

当时图书馆外迁避寇，以初步归来，草草上架，损失不小，但宋元精本却基本无恙。这些善本对读者来说，几乎是开架的，像我只凭一张记者名片，就可以指名索阅宋元精本，黄跋顾校，今天回想，几乎是梦一般的“神话”了。

近日理书，偶然发现一册钞本，是我手写的《云间柳隐如是湖上草一卷补遗一卷尺牍一卷》，用的是“别下斋校本”黑格写书纸，有己酉端阳跋。己酉是一九六九，正是风雨如晦之际，不知何以得此余闲，恭楷钞成，真是不可想象的“奇迹”。“补遗”一卷中有“题顾夫人横波所写墨兰”十诗并跋，后有我的小跋：

> 案丙戌为顺治三年，诗见吴琼仙《写韵楼诗》。又查为仁《莲坡诗话》亦尝记之。所记之卷不知即此否。琼仙徐逢源室。是嘉道之际此卷尚流转三吴一隅也。

当时尚未见如是《戊寅草》，只收“听钟鸣”等数诗，后亦有跋：

案如是有《戊寅草》一卷，明末刻本。未见藏书家有著录之者。忆《孝慈堂书目》有“柳如是诗，棉纸一册”语，或即此乎。王士禄《然脂集》据以采入赋二篇、诗十首。云原集前有陈子龙序，收诗一百五首、词三十首。是殆如是移寓云间，挑陈卧子，得其一序以行之集也。野记有言陈严正不易近者，亦有言与如是交密者，皆非无因。殆始拒而终纳之耶。今展转录其诗二首，容续补之。

又辑得如是“寒食雨后”一诗：

红绡蛱雾事茫茫，不信今宵风吹长。留得春风自憔悴，伤心人起异垂杨。

诗见清前期刊女史诗总集《柳絮集》卷四十。

余尚辑有《柳如是事辑》一厚册，抄掠之余，不知飘落何处，可憾惜也。其最可珍重者为李因（葛徵奇妾）《竹笑轩吟草》初集中“赠柳如是校书”诗两绝句。竹笑轩诗共三集，明清易代间刻。李诗皆赠章台同伴姊妹者，如是为其一。题下缀五字曰“工诗文临池”，时如是尚未归虞山，明清之文下迄清代，题咏河东夫人者，何止千百，唯此一诗摆干明末为最早亦最珍重。

> 不解长条系别离，一声折柳正相思。秋风犹恐成憔悴，好护青青似旧垂。
>
> 昼掩章台自著书，十离诗就寄双鱼。扁舟三泖烟霞迥，觅得莼芽伴居句。

我又曾得柳如是小像一轴，朱野云绘，实本余集旧本。绫边题诗几满，李葆恂《旧学庵笔记》曾详加著录。我看重的是严几道和费念慈的两题。随手易去，惜未录副，只费诗存其《归牧集》中耳。

余辑此册初成，时在己酉。写为后跋，略记所感。更十数年而陈寅恪先生《柳如是别传》出。先生于失明膑足之余，撰此五十万言大书，为奇女子传，为明清易代之际留一鸟瞰全貌，于钱牧斋“反清复明”之晚节为之湔洗，书成前后数数赋诗，发皇心曲，读者无不为之感叹。然亦颇有微词，何以为一女伎撰此大书；考订如是与陈卧子之恋情，与程孟阳等之感情纠葛，连篇累牍，为不可解。朱东润撰《陈子龙及其时代》，于子龙与杨姬（即如是）的恋情，只用不到半叶篇幅草草叙过，其意可知。但无人理解如是是信奉“政治第一”的奇人，她选婿选中了钱谦益，真是爱上了这位“雪里山应想白头”的老头子么，还不是看上了他东林浪子、党社班头的政治地位。她劝牧斋清流自尽，也还是为了一个好名声。南都初立，如是陪牧斋赶往南京，一路艳装乘马，作昭君出塞状，可见得意。在金陵，明知阮大铖是坏种，偏要陪他吃酒，“移席近之”，还不是为了替牧斋争得一员好官。一直到后来的视察反清义军，倾奁助饷。资助黄宗羲在牧斋家中读书，也还是看中他是朱明名臣之后。直到南明一局恢复无望，她才离开牧斋别居、下发入道了。牧斋死后家变，如是面对钱曾等的凌辱逼债，不得已一死解围，这是她最后运用政治手腕取得的“最后胜利”。至于关于她的绯闻佚事，自然有一部分是诬陷，但不可能是毫无根据的流言，在如是看来，宗法道德，又能有几分真价，毫无顾惜地用脚踏下去就是。

在一九六九年顷，我不可思议地写下了这一卷书和后跋，没有好久，就连“抽暇”，也不可能了。今天重看，觉得说得还不够完整，于是就多说了些“闲言语”。只可惜再也写不成那样的“恭楷”了。而“别下斋”格子纸也早已用尽，再也弄不到了。这些旧纸都是书友徐绍樵所赠，听说事后瞿凤起君还找绍樵大闹，说这些旧纸为什么不留给他！可见“世间更有痴于我”，这话说得真好。

二〇〇八年十一月十九日

# 林黛玉的“遗产”传承

小时候读《红楼梦》，记得用的是一种附有“读花人”评赞的本子。当时兴趣只在故事，对评语草草读过，未多加注意。但也多少留下些零碎的印象，觉得评语刻薄而尖锐，特别是那篇“贾瑞赞”，不但轻薄，简直是沦于恶趣了。潘光旦译《性心理学》，不知曾加以引用否？这实在是一个好例，如为霭理斯所见，一定视为好例并加分类，给予一特殊的性心理学名目的。

近来天气炎热，不能做事，只好翻书消遣，偶于书堆中抽出一册《红楼梦论赞》，还是道光刻本。看旧跋，得于“丁酉闰八月初三日”，那正是忧患频仍，风雨如晦的当口。我仍不废访书、写题记的好兴致，着实好笑。

一书到手，当然立即翻到那篇“贾瑞赞”，果然旧貌依然。不过经“读花人”笔削，文字更加简净了，但原有特色，却保留无失。使我明白“读花人”所据的原本就在这里。是值得高兴的。

这本刻于桂林的小书，以小字真行书上板，刻得颇精。除大字隶书序文外，计收“红楼梦论赞”两篇，诸人赞七十四篇，所收人物巨细无遗。末附“论后”“问答”两篇，前有论赞两篇，都是综论性的文字。有许多精语，如卷首之“论”，就有这样总结性的话：“吾以知红楼梦之作，宝玉自况也”；“宝玉之院曰怡红，雪芹之轩日悼红，由怡悼二字详之，宝玉之为雪芹明矣。纷纷聚讼何为者！自记。”

读书终卷，于“《红楼梦》问答”中见有两节，颇有石破天惊之感。因为研红者多，而论及此事者绝无。

“或问，黛玉之死，凤姐似乎利之，则何也？曰，不独凤姐利之，即老太太亦利之。何言乎利之也，林黛玉葬父来归，数百万家资，尽归贾氏，凤实领之。脱为贾氏妇，则凤姐应算还也；不为贾氏妇而为他姓妇，则贾氏应算还也。而得不死之耶？然则黛玉之死，死于其才、亦死于其财也。”

“或问黛玉数百万家资尽归贾氏，有明征与？曰有。当贾琏发急时，自限（疑当作恨）何处再发二三百万银子财。于一‘再’字知之。夫再者二之名。不有一也，而何以再耶？”

“或问，林黛玉聪明绝世，何以如许家资而乃一无所知也？曰，此其所以为名贵也；此其所以为宝玉之知心也。若好歹将数百万家资横据胸中，便全身烟火气矣。尚安得为黛玉哉！然使宝钗，必有以处此。”

看来作者读的是百二十回本，立场显然，是拥林贬薛派。对袭人更不客气，多有诛心之论。这确实代表了绝大部分读者的意见。他赞平儿说：

“求全人于《红楼梦》，其唯平儿乎。平儿者，有色、有才，而又有德者也。然以色与才德，而处于凤姐下，岂不危哉！乃人见其美，凤姐忘其美；人见其能，凤姐忘其能；人见其恩且惠，凤姐忘其恩且惠。夫凤姐固以色市、以才市而不欲人以德市者也，而相忘若是。凤姐之忘平儿欤，抑平儿之能使凤姐忘也。呜呼！可以处忌主矣。”

这一节话说得不差。然而细推敲了去，凤姐又何尝忘平儿之美，雪芹书中有明确交代；平儿之能与德，也是在凤姐的默许下成为相反相成的合作态势。并不如评者所说那么简单，这是赞者没有见过旧钞本，没有仔细分析的缘故。但作为一篇短短的赞，也只好如此。

作者写“袭人赞”说，“袭人者，奸之近人情者”，“约计平生死黛玉、死晴雯、逐芳官蕙香、间秋纹麝月，其虐肆矣，而王夫人且视之为顾命，宝钗倚之为元臣”，可谓严厉。于“李嬷嬷赞”中指出其“龙钟潦倒，其年纪在贾母之上，不足为宝玉乳也”之余，又说“然袭人一生隐恶，从无发其覆者，独此老借题发挥，一泻无余”。可见其对袭人之深恶，但他究竟是旧派评红的一员，不能以今日“红学”水准要求，但时有妙解，如黛玉回里葬父，重返贾府，雪芹只写其神采飘逸，秀色夺人，及携归江南土宜，分赠诸人，略不及其名下遗产之处置。林如海是盐官，例为巨富，遗产甚丰，一切都由贾琏料理，一笔带过，岂有所讳耶？不可知也。而于一百六十年前，为有心人揭出，不可不称之为巨眼。在早期评红论文中，不能不推为卓识了。

这册“论赞”，照例不著撰人，这是当时的风气，举凡评说梨园佚事、北里遗风一类著作，作者一律不署真名，只用别号。幸而此书前有大字隶书序，署“道光十六年春季望后武林邱登书于桂林寓舍”。中有“桂林涂铁纶孝廉瀛深情人也，嗜古好学，闭户不妄交，铅椠余闲，戏取而论赞之”数语，得知作者姓氏。书是刊成后的校底本，刻于桂林，不知尚有印本流传否。聊作小记，以资谈助。

二〇〇八年八月廿二日

# 也说汪曾祺

苏北老兄：

得《温暖的汪曾祺》一册，漫读一过，颇有所感。曾祺弃世十年矣。还有人记得他，为他编纪念文集，这使我感到温暖。也许我的感觉不对，今天记得曾祺的人正多，只是未见诸文字、行动。年来闭户索居，耳目闭塞，为我所未见、未知。总之，曾祺身后并不寂寞，他的作品留下的影响，依然绵绵无尽，这是肯定无疑的。

先说他的作品。除了流誉众口的《受戒》等两个短篇，我的感觉，足以称为杰作的是《异秉》（改本），能撼动人心的是《黄油烙饼》和《寂寞和温暖》，这两篇都含有"夫子自道"的成分。《七里茶坊》也好，但采取的是旁观态势。最晚的力作则是《安乐居》。

值得一说的是他的《金冬心》。初读，激赏，后来再读，觉得不过是以技巧胜，并未花多大力气就写成了，说不上"代表作"。说来颇有意思，我也曾对金冬心发生过兴趣，编过一本《金冬心事辑》，从雍乾间冬心朋辈的诗文集中辑取素材，原想写一篇清前期扬州盐商、文士、画人之间关系的文章，一直未下笔，见曾祺的小说，未免激赏。后来重读，觉得这正是一篇“才子文章”，摭取一二故实，穿插点染，其意自见，手法真是聪明，但不能归入“力作”。

但从此又引出另一有趣话题。有论者说汪曾祺是最后一位士大夫型文人；又有人说，汪是能作文言文的最后一位作家。我翻过他的《全集》，并未发现他有一两篇文言作品，但为何会给人留下如此印象？这就不能不从他的语言运用、文字风格去找原因。是他的语言文字给读者留下了浓郁而飘浮的特异气氛的结果。

“……罗汉堂外面，有两棵很大的白果树，有几百年了。夏天，一地浓荫，冬天，满阶黄叶。”这是曾祺笔下的一节文字。(见《桥边小说》中的《幽冥钟》篇。另外在《钓鱼的医生》里有“一庭春雨，满架秋风”句，可以比观。）偶然相遇，不禁有奇异的生疏而兼熟悉之感。这岂非六朝小赋中的一联？写出了环境、气氛，既鲜明又经济，只用了八个字，以少许胜多许，而且读来有音节、韵律之美，真是非常有力的手法。平视当代作者，没有谁如此写景抒情。这是最后一位士大夫吗？是“文言文”吗？

回忆一九四七年前后在一起的日子。在巴金家里，他实在是非常“老实”、低调的。他对巴老是尊重的（曾祺第一本小说，是巴金给他印的），他只是取一种对前辈尊敬的态度。只有到了咖啡馆中，才恢复了海阔天空、放言无忌的姿态。月旦人物，口无遮拦。这才是真实的汪曾祺。当然，我们（还有黄永玉）有时会有争论，而且颇激烈，但总是快活的、满足的。我写过一篇《跋永玉书一通》，深以他俩交往浸疏为憾，是可惜两个聪明脑壳失去碰撞机会，未能随时产生“火花”而言。是不是曾祺入了“样板团”、上了天安门，形格势禁，才产生了变化，不得而知。曾祺的孩子汪朗虽有所解说，但那是新时期的后话了。

不能不联想到沈公（从文）。

从《沈从文全集》的通信部分看，他是写过不少信件，包括对公私各方面，对他的工作、处境，有说不尽的牢骚，充分诉说了生命受过的重重挤压。但在一九六二年顷，当局面多少有些宽松之际，他以政协委员身份得到外出视察的机会时，久被压抑的心情得到弛放，他写起诗来，对同游的委员们也不无讥嘲。我当时向他索得几页诗稿，在报上发表了，让他在久离文坛后与读者有个见面机会。诗稿是用毛笔蓝墨水写在红格账簿纸上，一色漂亮的章草。诗见报后从文即来信，索回原稿，他的理由是：“旧体诗刊载过多，对年轻人无多意思。”“拙诗最好莫再分割刊载，因为如此一来，对读者无多意义，对作者亦只能留下一种填篇幅痛苦不好受印象。”坚持索回原稿。来信至再至三，而且越来越“严肃”，使我十分恼火，曾向永玉诉说，“沈公是怎么啦?”永玉说，随他去吧，老毛病啦。于是手稿至今仍压在手底。沈公写的是五言排律，也许是读了周作人在老虎桥所写的《往昔》组诗而引起了诗兴，不知可的确。

上世纪五十年代，我有两次与曾祺同游。一次是随团去香港访问，不知曾祺是否曾被邀做报告，我是有过经验的。推辞不掉，被邵燕祥押赴会场（燕祥兄与陆文夫似同为领队）。并非我不喜说话，实在是觉得那种在会场上发言没有什么意思。又一次与曾祺同游，一起还有林斤澜，叶兆言负责照管我们的生活，从扬州直到常州、无锡，碰到高晓声、叶至诚。一路上每逢参观院校，必有大会。曾祺兴致甚高，喜做报告，会后请留“墨宝”，也必当仁不让，有求必应。不以为苦，而以为乐。这是他发表《受戒》后声名鹊起以后的事。

这是社会环境、个人处境的变化对作家内心有所影响而产生的后果的两个好例。

我以《故人书简》为题写过几篇纪念曾祺的文章，差不多每篇都全录曾祺原信。以为这样做好，可以保存他的文字原貌，实在是想要删减也不易。有一封关于王昭君的抬杠信，可以见当年在酒店、咖啡馆里谈天的风景。谈天中争论是常事，事过即了，不以为意。此后曾祺没有就此议题继续谈论。我想关于王昭君，应以老杜“群山万壑赴荆门”一律为不刊之作。杜甫是贴着昭君这个活生生的人下笔，不是当作政治筹码说事的。

曾祺后来曾写过北京京剧院五大头牌的文章，写张君秋，有这样一节：

> 演《玉堂春》，已经化好了妆，还来四十个饺子。

前面崇公道高叫一声，“苏三走动啊！”他一抹嘴，“苦哇！”就出去了，“忽听得唤苏三……”

这一节写得生香活色，但却戛然而止。要知道他对张君秋更多的评论，那封信里有，而且是真知灼见。当年发表时本想删去此段，转而想人已不在，留下几句真话也好。从这种小事看，曾祺为文，不是没有斟酌、考虑的。他自有他的“分寸”。

我写过一篇记沈从文的文章，开篇就说，沈是一位写文章的人，对作家这样说，岂非废话！真实的意思是，他是凭一支笔闯天下的人。其实别人何尝也不是如此。老实说，我们这一代的作者都是没有什么“学问”的，多半是半路出家的。比起王国维、陈寅恪那一代人，哪里好比；就连王陈的一传、再传弟子，加上横空出世的钱锺书和傅斯年从“北大”挑出“尖子”放在“史语所”里读死书、做研究的那些人，也都说不上比。曾祺是西南联大文学系的，可谓正途出身，但他在大学里到底受到多少传统训练，实在难说。像朱自清那样正规学术研究的课，曾祺不能接受，逃课、挨批。他读书，用“随便翻翻”的方式读书，加上社会人生阅历，积累了零零碎碎的知识碎屑，要说“学问”，也是这样攒得的。我们这些人积攒知识大抵都走着同样的路，说“学问”都是谈不上的。只凭一管笔，闯入了文坛。

关于曾祺推荐我参加散文评选事，你的考证不确。此信本来不想发表，因所谈皆金钱等琐事，无甚意思。日前取出重读，深感故人情重，不避烦琐，事事设想周全，不禁黯然。今仍依旧例，全录如下。

黄裳兄：

台湾《中国时报》第十二届时报文学征文奖聘我为散文的评委。有一种奖叫“推荐奖”，他们让推荐两位大陆散文作家各六—八篇，从中选定一篇。推荐奖奖金相当多，三十万新台币。我认识的散文作家不多，想推荐宗璞和你，不知你有没有兴趣。宗璞的，我即将航空快递到香港《中国时报》办事处。你的散文我手头没有（不知被什么人借去了）。如果你同意被推荐，我希望你自己选。要近两年发表或出版的。选出后即寄三联书店潘耀明或董秀玉，请他们电传或快递给台北《中国时报》“人间副刊”季季或应凤凰，嘱潘或董说是汪曾祺推荐的。你自选和我选一样，你自己选得会更准一些。《时报》截稿日期是八月十五日，如果由你选出后寄给我，我再寄香港就来不及了。我希望你同意。三十万新台币可折美金近万元，颇为诱人。而且颁奖时还可由《时报》出钱到台湾白相一趟。当然，不一定就能中奖，因为评委有十五人，推荐的包括小说、散文、诗，统统放在一起，大陆和台湾得推荐奖只两人（两岸各一人）。

你近来情况如何，想来平安。

我还好，写了些闲文，都放在抽屉里。这两天要为姜德明的《书香集》写一篇，题目暂定为《谈廉价书》。

推荐事，同意或不同意，均盼尽快给我个回信。

北京今年甚热，立秋后稍好。不过今年立秋是九点钟，是“晚秋”，据说要晒死牛的。即候时安。弟曾祺顿首。八月十日。(一九八九)

如三联有你近两年的书，可由你开出篇目，由他们选出传递。(此为边注)

此事如何处理，记不起了。大约因为时间迫促，选寄为难。辜负了曾祺一番盛意。事情过去多年了，留在心底的一片温馨却一直拂拭不去。

这一次翻检旧信，又发现曾祺旧笺两通。一通是毛笔小字行书写在一张旧纸上的。时间可能最早，当作于一九四七年前后：

沈屯子偕友人入市听打谈者说杨文广围困柳州，城中内乏粮饷，外阻援兵，蹙然诵叹不已。友拉之归，日夜念不置，曰，文广围困至此，何由得解。以此悒悒成疾。家人劝之相羊垌外，以纾其意。又忽见道上有负竹入市者，则又念曰，竹末甚锐，道上人必有受其戕者。归益忧病。家人不得计，请巫。巫曰，稽冥籍，若来世当轮回为女身，所适夫姓麻哈，回夷族也。貌陋甚。其人益忧，病转剧。友来省者慰曰，善自宽，病乃愈也。沈屯子曰，君欲吾宽，须杨文广解围，负竹者抵家，麻

哈子作休书见付乃得也。夫世之多忧以自苦者，类此也夫！十月卅日拜上多拜上

黄裳仁兄大人吟席：仁兄去美有消息乎？想当在涮羊肉之后也。今日甚欲来一相看，乃舍妹夫来沪，少不得招待一番，明日或当陪之去听言慧珠，遇面时则将有得聊的。或亦不去听戏，少诚恳也。则见面将聊些甚么呢，未可知也。饮酒不醉之夜，殊寡欢趣，胡扯淡，莫怪罪也。慢慢顿首。

这是一通怪信，先抄了一篇不知从什么笔记中看来的故事，有什么寓意，不清楚。想见他在致远中学的铅皮房子里，夜永，饮酒不醉，抄书，转而为一封信。亟欲晤面，聊天，是最为期望的事。悬揣快谈的愉乐，不可掩饰。从这里可以想见我们的平居生活场景。六十年前少年伴侣的一场梦，至今飘浮在一叶旧笺上，氤氲不去。

到了上世纪九十年代，曾祺和我分居两地，来往浸疏，甚至彼此有新作出版，也少互赠，以致别寻途径访书。一九九二年初得他一信：

黄裳兄：

得三联书店赵丽雅同志信，说你托她在京觅购《蒲桥集》。这书我手里还有三五本，不日当挂号寄上。作家出版社决定把这本书再版一次，三月份可出书。一本散文集，不到两年，即再版，亦是稀罕事。再版本加了一个后记，其余改动极少。你如对版本有兴趣，书出后当

再奉寄一册。

徽班进京，热闹了一阵，我看解决不了什么问题。我一场也没有看。因为没有给我送票，我的住处离市区又远（在南郊，已属丰台区），故懒得看。在电视里看了几出，有些戏实在不叫个戏，如《定军山》《阳平关》。

岁尾年初，瞎忙一气。一是给几个青年作家写序，成了写序专家；二是被人强逼着写一本《释迦牟尼故事》，理由很奇怪，说是“他写过小和尚!”看了几本释迦牟尼的传，和《佛本行经》及《释迦谱》，毫无创作情绪，只是得到一点佛学的极浅的知识耳。自己想做的事（如写写散文小说）不能做，被人牵着鼻子走，真是无可奈何。即候春禧！弟曾祺顿首。一月二十八日。

一封短信，内容却丰富，把他的近况都交代清楚了。他的情绪不错，言下多有“自喜”，也吐露出创作的强烈愿望。对未来的写作方向，列散文于小说之前。对人事放言批评，一如往昔。这许多都是写曾祺传（如真的有人要写）的重要参考资料。

近来偶尔读到一篇评论近当代散文的文章，作者开了一张大名单，几乎包括了所有的散文作者，每人给予简要的评论。这是一件艰巨的任务，需要的是非凡的眼光和一颗平常心。典范之作应属鲁迅为《新文学大系》小说辑写的序言。

论文也是提到汪曾祺，但未做深论，只指出其“士大夫”意味。作者也曾揭出模糊了散文与小说之间界限的现象，但归之于另一作者而非曾祺，这倒是很奇怪的。曾祺小说的散文化倾向，为读者与论家注意已久，但没有深入的研究，此事大难，也只能做些浮泛的探讨，聊备一说。

一九八七年曾祺在漓江出版社出了一本《自选集》，有一篇自序。这个选本值得注意的是，小说散文之外，还选了极少量的诗。其《早春》一题，只有两句：

> （新绿是朦胧的，飘浮在树杪，完全不像是叶子……）
> 这树的绿色的呼吸。

读来使人出惊。不知这些诗是否曾发表过，这是典型的“朦胧诗”，如先为评家所见，无情棍棒怕不是先落在杜运燮头上了。

这给了我以启示，曾祺的创作，不论采用何种形式，其终极精神所寄是“诗”。

无论文体如何变换，结体的组织，语言的运用，光彩闪烁，炫人目睛，为论家视为“士大夫”气的，都是“诗”，是“诗”造成的效果。

有的论客说曾祺晚年才尽，真是胡扯。他在来信中说过，写了些短文，都随手放在抽屉里。这就说明，他一直是“文思泉涌”的。作家都有这样的经验，偶有所触，或闲居，或枕上，多半放弃、遗忘了。曾祺则不，随笔记下，遂成短章，日后有闲重写，乃成全篇。曾祺晚年多有三篇成束的短篇小说，大抵就是这些放在抽屉里的东西，有的扩展成篇，有的仍然旧样，不再抻一下使之成为中篇。如人们激赏的《陈小手》，就是保存原貌不另加工的东西。这样，从“笔记”到小说的界限就迷离难辨了。这是曾祺小说的散文化的原因之一。

我还怀疑，在曾祺留下的许多短章中，隐蔽着多少提示、未得完成的作品的幼苗，可惜了，只能借用他一篇充满感情的散文的题目，“未尽才！”

曾祺自己说过，“我年轻时曾想打破小说、散文和诗的界限”，又说，“有时只是一点气氛。我以为气氛即人物”。（见《汪曾祺短篇小说选》自序）

直至晚年，他也没有放弃这个创意，这就注定他的小说和散文分不开了。

曾祺又说过，他受到废名、契诃夫、阿左林的影响。契诃夫的小说，是“从戏剧化的结构发展为散文化的结构”的成果，废名“用写诗的办法写小说，他的小说实际上是诗”；阿左林小说的戏剧性是“觉察不出来的戏剧性”。看他从三家的评论与所受的影响，则他自己的小说的特质，是明明白白的了。

曾祺又明确地声明过，他的短篇小说“打破了小说和散文的界限，简直近似随笔”，这样做，是“经过苦心经营的”。他说这些话的时候，已经“名满天下”了，稿件杂志编辑不能不接受，换个无名的作者，不被退稿才怪！

总之，曾祺在文学上的“野心”是“打通”，打通诗与小说散文的界限，造成一种崭新的境界，全是诗。有点像钱默存想打通文艺批评古今中西之间的界限一般。可惜中道殒殂，未尽其志。“未尽才”，哀哉！

我与曾祺年少相逢，得一日之欢；晚岁两地违离，形迹浸疏，心事难知，只凭老朋友的旧存印象，漫加论列，疏陋自不能免。一篇小文，断断续续写了好久，终于完稿，得报故人于地下，放下心头一桩旧债，也算是一件快事。

二〇〇八年十二月廿二日写毕记

# 曾祺在上海的时候

光阴如矢，转眼已到曾祺九十冥诞之期，也就是说曾祺离开我们也已十多年了。老话说，人往风微，换句白话，也就是人走茶凉。令人欣慰的是，曾祺身后颇不寂寞，记得他的颇有人在，纪念活动，不断如缕。朋友记起，六十多年前，我与曾祺、永玉曾有过年把过从密切的日子，命我回忆前尘，写点东西。这可是个艰难的任务。我等三人，以黄永玉的记忆性为强，前两年他写过一篇《浅识》，所记颇详，但不免稍有夸张之处。例如，他将我说成一家轮船公司的高等职员，慷慨好客，俨然如春申君似的角色，这就多少离开了真实。

当时我在一家进步报馆工作。人尽皆知，靠这一职务养家糊口，是不可能的，许多人就不能不谋兼职维持生活。当时有一句笑话，称之为“自费革命”。我是由父辈的照顾，在中兴轮船公司中当了一名“秘书”，业务清闲，只是收发公司来往函件，写个摘由的公文函套，此外也兼管商务电报的译转，同事都是父辈人，对我十分宽容，有些事就代我做了。当时上午上班，除了看大小报纸外，就是抽空写千把字的“旧戏新谈”，午饭后踱步到不远的报社发稿。就在这种宽松的工作条件下，才能一见曾祺、永玉站在面前，就能交代一声，站起来就走。这种做派，就被误会为高级职员风度了。

离开办公楼就是找地方吃喝、消遣。也不像永玉说的那么豪纵，最高级的去处只能数霞飞路上的DD′S了，店里有“吃角子老虎”的设备，每次也总要喂它几文。偶然得彩，一下子吐出一大堆角子，必兴高采烈地喂还它不可。咖啡馆的奶油蛋糕是有名的，一坐下来就是许久，杂以笑谑，臧否人物，论天下事，兼及文坛，说了些什么，正如随风飘散的“珠玉”，无从收拾了。

吃馆子是常事，但并不大吃大喝。记得常去的是三马路上的“四川味”，那是我经常宴客之处。小店里的大曲和棒棒鸡是曾祺的恩物。照例也是酒酣耳热，狂言惊座。“四川味”有一个好处，离古书铺甚近，出酒馆，就踏入来青阁。我至今还对曾祺陪我逛书店充满了感激之情，他其实并不喜欢线装书，曾祺晚年写过一篇谈廉价书的文章，极力推崇一折八扣书，我看得出，那是发泄陪我走书坊，看“善本”的无聊、厌烦之反感。当时我初入买旧书之门，对“善本”只能有看的资格。所买多是残本书，曾祺在文字中明言说过我喜欢买残明本云云。言外之意，我是明白的。

选书既毕，两人醉醺醺地提了一摞旧书，乘三轮车（当时出差汽车是只供“高等华人”所用的），赶往霞飞坊巴金家去谈天。那摞旧书不敢提进二楼客厅，只能放在门口外面。

巴金和沈从文是好朋友。两人曾经因文学创作问题有过长信来往争论。我是同意巴公文无定法，信笔所之的写作态度，同时也不喜读文学批评文字的。因此至今也说不清沈巴争论焦点所在。曾祺则是沈公的得意传人，因此在巴金客厅里，曾祺只是默坐旁听，持谨慎态度。对巴金不失对前辈的尊敬，这是我的理解。

曾祺的第一本小说集《邂逅集》，是在巴金主编的文学丛刊里面世的，我想这可能是萧珊推荐的。他们是西南联大的同学。可是论关系的密切，远不及穆旦。

巴金在福建有几位好朋友，因此常能得到闽中土宜的馈赠，如印泥、武夷的铁观音与茶具等，印泥转送给我，一直用于藏书钤记，确是名物。武夷山茶及茶具就给萧珊以初试身手的好机会。记得那是一次开明书店宴客，席散后一群人赶到霞飞坊品茗。在座的都有谁记不清了，靳以肯定有份。萧珊当众表演洗盏、生火、注水，将装了几乎全满铁观音的茶壶放在火上，然后在排列一圈的小小茶杯中依次三次温杯，最后才是品茶。费了多少工夫才得到口的乌龙茶确非凡品，茗苦回甘，一盏已足。曾祺是记得此番茶事的，曾有文记之。

值得记下的是若干年后，当曾祺和我在丁酉之役的泥潭里初步挣扎出来，萧珊在武康路宅备酒招待我们两人，那次曾祺是随赵老板（燕侠）的班子来沪的，曾祺面对佳酿，兴致全无，草草举杯，随即兴辞，回忆当年哄饮铁观音之盛，真的是不可再得了。

至于曾祺的“听水斋”，我没有一点印象，致远中学却曾访问过一次。记得仿佛是一间临时搭建的铅皮顶屋子，下雨时可以听到叮咚雨声的，也许这就是“听水斋”了，房内有铁床两只，床底铁条下陷，难怪永玉借宿时有小儿陷入窝内之感。一桌一灯，就是曾祺起坐之处。那时彼此虽常见面，但他喜欢弄笔，常有信来，天空海阔，无所不谈。蝇头小楷，颇以书法自喜。所谈以京剧界动静为多。一则我正在写有关旧戏的连载，同时也说明他的兴趣所在。这与他以京剧院编剧终不无香火因缘。谈角色，以“言（慧珠）、童（芷龄）、李（玉茹）”为多。曾祺能擫笛，惜无条件一展笛风。咖啡馆恐非合适吹笛子的场合罢？

曾祺已有一部“全集”出版，听说还将有新的“全集”问世，可惜“全集”所收“书信”无多。曾祺离沪赴北平，途中及抵平后曾有许多长信给我，上世纪八十年代初曾以数通付某刊物，都是绝妙的好散文。记得未刊一笺中说起，我曾“警告”他不可沉湎于老北京的悠悠长日，听鸽哨而入迷，消磨“英雄志趣”，他的回信十分有趣，历经离乱，此笺已不复存，是可惜的。此后的笺札浸疏，倒是永玉通信中时常提起曾祺消息。李辉在现存永玉给我的信里涉及曾祺的零碎消息中，可以体会到他俩之间交往的变化，使我为之担心。常恐沪上一年交游之盛为不堪回首的记忆，是无端的杞忧么，不可知矣。

二〇一〇年二月二十七日

# 漫谈周作人的事

前一阵子，书店里铺天盖地的都是周作人的书，人们称之为“周作人热”，并非夸张。眼下这阵“热”，逐渐退潮了。似乎可以稍做回顾。不敢说“总结”，实在因为掌握资料太少，加以考虑没有成熟，岂敢漫说“总结”，其实未出的文本，并未终止，还未到真正总结的时机。但稍稍说些观感，总是可以的罢。

说起整理出版周作人的著作，照眼下情形来看，可以说南有钟叔河，北有止庵。两位都是大家，都是把大量精力投入这一工作上的。但时间却有先后。首先打破此一“禁区”的是钟氏主持的岳麓书社。首先向中央打报告重印周作人早期著作的也是他。我曾听胡乔木说起，批准报告的就是他，说来颇有兴趣，是他做出的一次有意思的破格决定。从此“岳麓”就陆续印出了周著早期印本，有所加工，但未继续完成，改为周著的汇编，刊行多种，我都未见，愧不能置一词。

此外值得注意的是陈子善与友人合作，辑印了周作人解放前后未入集的文字，与钟叔河一起印出了几种周作人的集外文，如“《亦报》随笔”之类，总有数百万言。包括罗承勋兄保存的周氏未发表的手稿译稿多种，遂有得读“真谈虎集”之快。这是十分重要的，花费巨大劳力的工作，不可忽视。

止庵对周作人的最大贡献，我认为是对周译的钩沉、考订、辑刊，前后出版“苦雨斋译丛”两辑，所据为自周氏后人保存的周氏原译手稿，足以订正前出诸种为编者删易之处，还其本真，又发现从未面世的希腊神话原译一种。此一工作尚未毕功。为读者所殷望。

此外，止庵别出心裁，校订出版了一套“周作人自编文集”，这确是个好主意。初见广告，引起很大兴趣。我本存有周作人著作原版初印本，过去翻阅日久，颇多磨损，不宜再多翻动，今见有“自编文集”出版，正好供平时翻检之用。急欲置得。我已久不逛书店，且册数甚多，自已也拎不动，乃倩陈子善兄代购一部，入手快然。不料稍加翻阅，错植颇多，嗒然意尽。非但时遇错字，如飞尘入目，为之不快；如遇需引用时，也不敢用为典据，遂高搁书丛，不再碰动。写到此处，如无确证，难免空言无征，乃找出“自编本”《秉烛后谈》，稍加检阅，只读了开头几篇及最后数页，就发现错字数处。

“齐之以刑”，脱“之”字（二页）；“廿六年四月”，脱“年”字（十页）；“大抵释氏……”句，“大”误为“人”（一二五页）；“女生勿怒”句，“勿”误“忽”（三十页）。当然，这只是随意取样，沧海一粟，不足代表“自编文集”

全书的校勘质量。但这几处原书并不错，不也足以说明读者读书时引起的不快了么。

为什么要选取《秉烛后谈》来做例呢？查原书是“新民印书馆”于“中华民国三十三年九月二十日发行”的初版本，在周作人著作中是校对最差、错字最多的一种。一九四四年秋是日寇败象毕露之时，其卵翼下的出版机构自然有朝不保夕、人心惶惶之势。校对之粗疏自无足怪。“自编文集”的“校订说明”有“尽量搜求多种印本及报刊进行校勘”的话，似乎并未实际做到。七十多年前我曾用《宇宙风》本，《朔风》（廿七年十一月第一期及第二期）、《人世间》第二期等校过，新民印书馆本错误累累。且失去重要文字多处。如《谈劝酒》篇尾有“附记四”文云：

“此文前曾交予文学杂志，而杂志停刊，遂又退回。今纪生来索稿，以此付之，已在一年后矣。二十七年十月二十三日。”

《关于酒诫》篇倒第三节“大可忻喜”下，脱二十二字：

“又平常想要接近的人，适有大酒量，遂尔亲密，亦是可喜。”

《自己所能做的》篇，“不佞盖是少信的人”下原有“oligopistos”字样，今佚。此外错误不可胜数，今亦无暇一一对校。不论刊本是否经知堂亲自校订，其与原杂志发表本之异同，例应出校。如《宇宙风》等刊物并不稀见，今天藏旧杂志之风甚盛，求之亦不甚难。坐失此一校勘源泉，不免可惜。

此外，知堂作文喜“抄书”，书固不可不抄，不能不抄，但也为校勘者留下不少难题。知堂所抄之书，固有一二罕见本，但绝大多数为常用常见书，宜当取原书一一对校，方尽校勘之责，今刊本既多误字，读者又不能一一取原书对读，每逢不易读通或存疑之处，不知是引书错误，抑排印失察，只好马虎读过，稍明大意而已。这也是憾事之一。

周作人著作，亦偶附插图，如《雨天的书》初、再版附若子两种照片，《苦茶随笔》前有“十八年元日刘半农马隅卿二君在苦雨斋照相”一帧，都与原书文字有密切关系，未能刊用，亦是一憾。

不知怎的，知堂对一册书的排版、校勘、印刷……十分重视，评论起来，每项各占几分“光”，极为严格。但对自己的著作，却并不在意，尤其是装帧、校勘。“苦雨斋小书”，自《泽泻集》起，《永日集》止，皆自己设计，素朴大方，尤其是毛边本，皆十分可喜。但以后诸书，封面设计皆委之书店，错字也不论，大有出门不认货之意。直至《乙酉文编》《过去的工作》，封面无一不恶俗不堪，令人不解。后期著作，只《书房一角》《药堂杂文》《药味集》等，校勘颇佳，装帧尚好，后者几可列为周著中之“豪华装”矣。

建国之初，多次到北京，曾无一访八道湾之意。自“民国丙戌秋分节后一日在南京”（以上为知堂在我的《药味集》上题字）老虎桥一面之后，我就不想再看见他。当时他生活窘迫，赖出售书物为活。并不如他所说，被捕以后，书物荡然，其实保存尚属完整。听书店人说起，到八道湾买书的事，讨价还价，少胜论斤的情形，更是难以为怀。在东安市场的书店里，曾见知堂手稿《关于鲁迅》等数通，大张自制稿笺，毛笔书写，精妙非常。这是他写得最好的文字之一，也拿出来卖了。讨价并不高，也不想买。一次到傅惜华家看书，见书房角落，地上堆着一堆旧书，上面的一本正是乾隆刻一卷本《陶庵梦忆》，有苦雨斋藏印，不禁黯然。当时市场书摊上，崭新的知堂著书，有知堂闲章名印者，不少概见，都是从八道湾流散出来的。如往访话旧，向他买几本苦雨斋藏书，甚至讨一二鲁迅遗墨都有可能。想想这种乘人之危巧取豪夺的行径，不是我们应该做的。因而苦雨斋之行只好断念了。

止庵在每种“周作人自编文集”前面，都撰有一篇介绍文，说明本书编集始末、文章命意，推而广之，并论作者思想变迁、为人处世等各个方面，与钟叔河大异。后者提出的口号是“人归人，文归文”，述而不作。编书而外，不及其他。止庵集所作短论，为《识小》一书，可视为别成一格的“周作人论”。用力甚勤，甚可佩服。视角独具，成一家言。尤注意者，周作人对中国传统文化始终保持的清醒认识，时时指出其论人论世的精语，为读者指点读书知人的门径，用心良苦，值得感谢。至于读者怀疑集中之“周氏一九四一年之举止”与其一贯坚持的“道义之事功化”之关系，尚待仔细解析。而“动机”与“做法”之间的关涉，恐怕将成聚讼之的。

其实周作人的平居言论与双重人格的体现，是不乏好例的。如《苦茶随笔》中《岳飞与秦桧》篇，为吕思勉辩，引俞正燮说，以为幽默，“真真妙绝”；又引鼎鼎有名的宋代大儒朱熹的几句话作证，说明南宋当时公论不过如此。岳飞也不过是一名“军阀”，其声名全由小说《岳传》造成。又在别处说，文天祥辈不可学，因为殉国只可以亡国为前提，才能学得像。没有好久，又在《道义之事功化》（《知堂乙酉文编》）一文中引近人洪允祥《醉余偶笔》一节话：“甲申殉难录某公诗曰，愧无半策匡时难，只有一死报君恩。天醉曰，没中用人死亦不济事，然则怕死者是欤？天醉曰，要他勿怕死是要他拼命做事，不是要他一死便了事。”大为称赏，以为“精语”。试问，岳飞、文天祥、张苍水……都是拼命做事的人，直至弹尽援绝，才从容就义（岳飞的结末另当别论）。人们到底该学哪一个呢？知堂此类论法，矛盾显然，并非孤例。不可不知也。

止庵读书之勤奋，看电影之勤奋，以及工作之勤奋，都给人留下深刻的印象。从不隐蔽自己的观点，能说、敢说“真话”（当然，因为客观因素的限制，所谓“真话”，也还不能不加上引号），毫无忌讳地说出自己的好恶，坦率地臧否人物，却十分难得，不愧大家风范。只不过时有“我慢”的流露，读来引起不快而已。

最后，还忘记说一件小事。记得上世纪五十年代初，亦报社在南京路慈淑大楼办公，一天跑去玩，大郎打开抽屉，里面满满一堆原稿，说可以随意选些去。原来都是周作人的手稿，《亦报》重抄后发排，原件就积存在这里。我选了一批，都是用日本红格书笺纸，毛笔，一色小行楷，漂亮极了。取回后交装书人订为一册，未钤印记，亦未作跋。因无印记，不知原主，遂不能知流落何许。偶忆有关知堂旧事，拉杂书之。至于评文论人，皆非所能，偶尔放言，深感惶惑，知者谅之。

二〇〇八年五月五日

# “涉园主人”再记

二十六年前我写过一篇“涉园主人”的小文，记与张菊生丈过往的琐事，收在《珠还记幸》里，以为先生纪念。我与先生素不相识，年龄相距又有五十五岁之多，冒昧投书问以琐事，今天想来，实在是年轻人的幼稚莽撞举措。回想少年时干过的荒唐事不止一桩，多半失败，但也有成功的，与菊老以忘年交的晚辈身份过往，实在是使人难忘的珍贵记忆。

当年叶恭绰编“广东丛书”交商务印行，中有屈大均的《翁山文钞》一种。底本是从通学斋以高价得残本四卷，补以北平图书馆所藏钞本付印的。此书为大均去世前一年在广州刻成，流传绝罕，只朱希祖有后印本一部，为广东藏书家所珍重的禁书，曾在报刊上考证论辩。我在无意中收得初印原本一函，立即拿了给张先生看。他展卷惊喜，以为异书，说商务必将重刊，以补前刊之憾。可惜时局如此只能等机会了。

过后不久，他就遣人送来一册元刊《新五代史》残叶相赠，这是他编订《百衲本二十四史》时剔出的复页共二十四页，是给我当作学习鉴定的样本的。老人爱护晚生殷勤诱导之意毕见，令人感念无已。

得书后我曾写了两跋：

“海盐张菊生先生耆年硕德，巍然人望，数十年来主持商务印书馆，编印‘四部丛刊’‘百衲本二十四史’造福书林，为不朽之业。近更以政治败坏，出而为仗义之言。匪独艺林宗仰，且为民主事业之中流砥柱也。余与先生订交之始在去夏，一日，余得嘉业堂旧藏黄州大字本《东坡后集》，踵门请予鉴定，接谈甚快。其后乃常往访晤。日前以所获旧本多种携呈鉴定，因小恙未获接谈。后二日乃得报书，并以此本见惠，甚感其意。此盖先生辑百衲本史书时所见诸异本之一，因篇叶复出而重装者也。先生今年八十又四，余则二十有九，相逢异代为忘年交。余雅重其为人，萍水因缘，念之可喜。谨识书耑，以志岁月。时三十八年春三月廿六日。”

“按此本为元宗文书院本。藏园题记云，意图盛氏有之。后归密韵楼蒋氏。蒋家书后大半归涵芬楼。此残叶为菊丈检理剔出之零页也。同日午后又记。”

菊丈后以鬻书为生，曾以所印润例小纸数页见贻，俾散寄友人。数年前海盐张氏纪念馆成，求此鬻书纸不得，乃以箧中所遗一纸赠之展出。润例上钤三印，一名印，外有“壬辰翰林”“重游泮水”二印，见之者多不解，此戊戌之役党锢劫余之物证也。七七变起，散原老人居北平，不食而卒。菊丈曾有致陈寅恪电文曰：“北平西四牌楼姚家胡同三号，闻尊翁噩耗，戊戌党人尽矣，怆痛何极，谨唁。张元济。二十六年十月十四日。”此电可为润例上印文作笺，亦近代史中珍贵史料也。

二〇〇九年八月十二日

（原载《今晚报》二〇〇九年八月二十六日）

# 忆丁聪

小丁逝世，瞬已匝月。几次想写点什么，给他做纪念，并以驱遣哀思。说哀思，其实也是淡淡的。小丁以一支画笔，毕生给人以勇气、乐观和快乐，他整个人的风貌也正是如此。他的离去，给读者留下的，惋惜多于哀痛，这是不争的事实。那么，还是说些欢乐的回忆罢。

那是一九七九年罢，“四凶”倒台，全民陷入大欢乐中，著名女老生演员张文涓于私宅举行了一次聚会，整个上海文化界的朋友，差不多都出席了。来客中有（唐）大郎、（龚）之方、徐铸成、王元化……可见涉及范围之广。文涓是女老生中的佼佼者，是余派，在已得盛名之后，还努力学习、进修，亲自北上找张伯驹问业，精进不止。唐、龚都是她的老观众与支持者，元化也是。我和内人这次似乎是第一次与小丁见面。酒酣耳热之余，我继诸公之后，也放胆清唱了一段《盗御马》：“将酒宴摆置在分金庭上……”我唱的是侯（喜瑞）派老词，为我伴奏的就是小丁。他的胡琴拉得熟练而好，可惜我酒后失腔走调，未终曲而罢。从此我才知道小丁对京戏的造诣，大吃一惊，同时也“一见如故”地与小丁成了熟人、知己。这真是一种不期而遇的因缘。

小丁的漫画涉及极为广阔的题材，人所共知，但画京剧题材的却极少。他的戏曲画以肖似的写实功夫，得重点突出的效果，是作戏曲速写诸家中最出色的。可惜作品少，不为读者注意，是可惜的，值得着重指出。

顺便可以一说的是，张文涓不久就远去异国，息影舞台，再也不能看到她的《搜孤救孤》《战太平》《定军山》……了，她的成就，绝非继起的女老生所能望其项背，只索居异国，整日以打麻将遣日，实在可惜。元化在宣传部工作的那些日子，我们曾几次说起，争取她回国登场，可惜都未能实现。

就在这以后不久，小丁从北京寄来了一帧鲁迅画像。看题署，此画成于一九七七年，正是风雨方阑、漫画画笔废弃久久之后，小丁偷闲为鲁迅先生造像，其意可知。画是工笔所成，形神俱备，是难得的佳作。两年后珍重相付，那用意也是分明的。这帧珍贵的赠画我一直郑重护持，三十多年来幸而仅存。这是小丁在漫画之外，少有的工笔制作，可见其笔下功夫。小丁曾为鲁迅小说做过插图本，但正面造像少见，是可珍也。

不久，我们都在《读书》上发表作品，小丁每期担任版式设计之余，贡献漫画一页；我则每期投稿一篇，虽京沪两地暌隔，相见无时，但彼此的心是相通的。如果说是比赛，那坚持的功夫我就差得远了。小丁是一直画到因病才辍笔，我则后力不继，无法像前几年，再作有意思的长文，也几近卸招牌放笔了。相比之下，我是失败者，不胜惶愧。草草成此短文，为故友纪念。小丁，从此别了。

二〇〇九年六月九日

# 谷林先生纪念

自上世纪八十年代前后，我在《读书》上陆续发表“书林一枝”连载以来，就从同一刊物上看到谷林先生的评介文字，多所溢美。这是我最早得到赞赏鼓励文字之一，作为作者，自然是高兴的。但并不想进一步打听作者是谁，进而结交、拉拢，以为这样做是低级趣味的，不光彩的。因而彼此平生未得一面、通一笺素。直至先生谢世，始遍求遗作补读。尤其是得到“凤凰读书文丛”版的《谷林书简》后，读到先生对我的一些评论，感触尤深。特别是“丁亥”（二〇〇七）夏致荆时光一笺论述尤多。且多及一些论辩纠缠往事，最可见其评论标准大凡。说到《读书》文风的改变（不止一次）谷林在别一笺中有极为形象化的解释。他认为前期《读书》作者，以“文苑传”中人为多，后期则以“儒林传”中人为主。真是片言解纷，大有“世说”趣味。仅此一例，可见其见解之鲜明敏锐矣。

值得注意的是，谷林说起他对我的述作的感触，长达二百余言，接下去说：“……所以止庵见我架上一堆集中放着的黄裳，就一起要走了。他未必对黄裳有嗜好，他是研究，是

‘学者’。你评止庵不属于才子型，大致不错，至于能否传世，则属后话，尽可暂置不理。”读了这一节，使我憬悟，自己的一堆旧作，落入“学者”手中，不是好事。回想近来作文涉及止庵的，有《漫谈周作人的事》(《上海书评》二〇〇八年五月二十五日）一文，说到周作人遗作辑存工作，举出南有钟叔河，北有止庵，上海则有陈子善，并无轩轾。只是不该顺便议论了止庵主编的“周作人自编文集”，指出了错漏之处。止庵正面的回答是“有错当改”四字。另有致陆灏信说此事，此信后在《开卷》上发表，信尾加了一句，似乎是说我别有用心。此外就是批评我作文仅凭记忆，引文前后失次之类。听说还有抱怨我为何不在“自编文集”出版之际批评而在几年以后突然袭击。

“自编文集”是一套大书，多年来跑书坊的习惯，偶遇一时眼错，花大钱买了假货，绝不去找书店老板算账，一笑置之便罢。买“自编文集”后，失望之余，也不想找谁理论。此外，我评论此书，是根据出版例言及底封的许诺为准的，如底本的选择，原文发表处旧文的校正……以此标准要求，则此书为不折不扣的虚假宣传下出笼的伪劣产品。出版者为此书投入可观的人力物力，如初问世时即加批评，将产生不可预计的后果。语云，“光棍不断财路”，在这种“低级趣味”的习惯影响之下，批评推迟了。不知时至今日，止庵是否真正按照编例的要求，改弦更张，重加订正！

听说止庵不喜欢我的文字，以为抒情过甚。这只是传言，未见文字。这大约是“学者”的研究所得吧。晚近散文的泛滥于抒情，我是非常反感的。故友汪曾祺曾议论及此，我完全同意。但写散文又离不开一个情字，问题所在，只是如何“抒”法。为止庵五体投地的周作人，其散文说及“禹迹寺”“沈园”等，幽情如酒，几乎溢出杯外。可为一例。

最近十一月四日《中华读书报》有止庵《文情俱胜的随笔》一文，盛赞《金性尧全集》，说及四十年代沦陷区的一批作家，“其中成绩最大、地位最高的是文载道和纪果庵”，“此外还有柳雨生、周黎庵、谢刚主以及用‘南冠’‘楮冠’之类笔名发表文章——作者后来声明系为了‘从敌人手中取得逃亡的经费’——的黄裳等”。这里就明显地表现出“学者”的偏爱来了。别人皆无而我独有的大段介绍，悬疑之意也是分明的。

五六十年来，《古今》是绝秘、罕传的刊物。也怪我疏懒，直到“藏书家”在刊物上说怪话、查笔名，有如侦探小说似的炒得满天风雨时，才来动手编《集外文钞》。正好我的一位读者藏有全份《古今》，就托他复印，另由热心人如陈子善兄的臂助，得草草成集。子善是有大量辑佚成就的新文学钩沉者，我托他查找在《亦报》《大报》、晚报上散见的佚文，却因不入新文学范畴而见弃，如此，所谓“集外文”也还是大不完整的。为了说明时代背景，我索性把黎庵的编后长文全部收入。还提供了黎庵失记的红楼研究一文。为了凑足旅费，我还将吴伯宛的稿本一起卖给了黎庵。当时沦陷区的作者，除止庵所列诸位外，实繁有徒。我虽然有黎庵的“延誉”，一概不识，并无借此机缘走上“文坛”的野心。我离沪在一九四二年，其时张爱玲、苏青等尚未出现大红，苏青用本名冯和遗，早在《论语》上出现，与后来以苏青面世不同。我所交往的，不过柯灵、周黎庵、文载道（他是《萧萧》的编者，我是投稿人）三人而已。

谷林在致荆时光第十二札中说：

“我买到一套《古今》，颇为自喜。听说黄裳曾另用笔名投稿，我还为此把刊中文章按笔名分别编写了一通存查，我并没有以为那不是关系军国的大事，倒反以为投稿比不投稿为好。”又说：

“黄裳是否忌讳，我不问，人如问我，我也仍宣告我不讳忌。理究是非，准许犯错误；情论真伪，不可以作假。”

看看，谷林先生有如此气度，真令人钦服。因而也更觉得失此一人之可惜。他还有别的言语，可资研讨。不过那将是另一篇文字了。先成此篇以为先生纪念，草草不恭，见意而已。

二〇〇九年十二月廿二日

（原载《东方早报·书评周刊》二〇一〇年一月十日）

# 关于止庵

读止庵近作《“六言诗案”及其他》，好像是回应我的《谷林先生纪念》（《上海书评》二〇一〇年一月十日）的答辩，好像又不是，迷离惝恍，有如李义山的无题诗。他从胡适“六言诗案”切入；接下去是关于“谷林赠书”的详细交代；其后是穷搜谷林在我的几本书上写下的“书边杂写”，以示我与谷林见解之不同；最后是重提往事，对我的向《古今》卖文、集攒旅费，表示怀疑。最后是全文总结，以“不知不觉或以知觉的口吻作左论、唱高调者”的桂冠相赠，虽未指名，意实显然；又故作宽容状，说什么“时代局限，人人难免”；而更深以“时代过去、局限仍在”为憾，以之相责。于宽容中见严刻，是对我从往昔直到今天的全方位的批判。大致如此。

我认为止庵的最大失误是不知或知而故意忽略“知人论世”的原则，完全不顾时代背景而盲目论事。其言语多属“丐词”者以此。以胡适而论，从来就是我的文学偶像之一。他的文字一清如水，平白如话，有一种特色，其实他是一位文体家，不用看署名，一接触文字，就知道作者是谁了。他又是新红学的开山者，他的政论的自由主义特色是鲜明的。中学时就是他编的《独立评论》的爱读者，不无影响。只是同时有鲁迅和瞿秋白的批判，得有思想上的平衡，不致丧失判断的清醒。到了一九四七年，这才发生了与胡适面对面的交锋。回忆那是怎样的时代，国共对峙，已濒破裂边缘，广大人民陷于反动统治下水深火热之中。蒋介石“收复”了张垣，大喜逾望，立即宣布召开“国大”，同时举行祝捷大会，遍邀全国名演员参加。就在此时，我发表了《饯梅兰芳》，劝他不必去蹚这潭污水。对御用的“国大”，绝大多数人民群众（除了蒋家集团和一小撮既得利益集团人物）、中共与大多数民主党派，包括进步的知识界、新闻工作者，一致采取抵制、反对的态度。在这样一种政治局面下，在止庵看来，他们当是属于“左”的群体的罢。

恰在此际，胡适挺身而出，脱下一直披着的自由主义的外衣，对如此“国大”尽全力帮忙，并依违于出任“总统”之间，踌躇未定，连他的爱徒傅斯年也苦口相劝，希望他爱惜声名，不做插在粪堆上的那朵鲜花。而恰在此际，他的“六言诗”在军统的小报上被发现了。

有关“六言诗”的文本，我一直以见于小报者为准，此外，当时也没有任何资料，说明这是一首旧作。关于此诗的分析及其走出“低调俱乐部”、出任驻美大使，在新局面下复杂的心理中重录“旧作”，我在有关文字中都有所分析，几无剩义。自然不会愚蠢得接受止庵的诱导而陷入语词异同的烦琐考证迷阵之中。何况止庵推荐的《尝试后集》也罢，两种传记也罢，都是几十年后晚出的文本，实无讨论、参考价值可言。一九四七年的胡适在政治活动中写下了无可置疑的重重的败笔。

那么建国以后呢?

解放之初，我发表过一篇短文《杂文复兴》，引发了大规模的批判，最后由雪峰总结，向全国广播而结束。幸免于难，算是一次“当头棒喝”。接下去是针对文化界的连续大批判。自批《武训传》起，接下来是俞平伯的《红楼梦研究》、举国上阵的批胡适、胡风，直至一九五七年的“反右”。以我在报社和其他文化单位工作的条件，随声呐喊、落井下石、出小风头、博蝇头利，都极方便、容易。但却未写一字，未发一言。除了写不署名的谢罪社论，“还债”的批施蛰存，成为最后的“奉命文字”。接下去就是十来年的搁笔。

“文革”结束，重理旧业，以迄于今，又已三十余年，有何“左论”“高调”，自己也弄不清楚。照止庵的分析，总是离不开“左”，“老左派”乎，“新左派”乎，自行对号入座是非常困难的。

关于“谷林赠书”一案，则是止庵交代的重头戏，几占全文四分之一强。不过几本旧书而已，并非珍本，何以重视若此。是否毛边，去路何在等“细事”都一一说明，仿佛贪官辩说“来路不明的财产”似的。值得注意的倒是授受双方不同的表述。谷林说的是“所以止庵见我架上一堆集中放着的黄裳，就一起要走了”；止庵的说法较为简单，“谷林先生把他‘架上一堆集中放着的黄裳’送给了我”。读来两者语气颇为不同，主动、被动的态势全然异样。十五六种书中除两种早年出版物外，全为上世纪八十年代后出版。这就与止庵所说“可见谷林先生对于黄裳，也是‘喜欢他早年的作品胜过近年的新作’”不无矛盾。除非谷林先生患了老年痴呆症，尽管不喜欢还是非理性的每见必买。

止庵最感兴趣、念念不忘的是我曾卖文给周黎庵编的《古今》，集攒旅费，离沪西行一事。仿佛其中别有花样大可存疑。因为在列举沦陷后上海的作者（尽管挂一漏万）时，特举出三人：谢刚主、柳雨生和使用了多种笔名的我。对前二人存而不论，只在我的名下，列出长长的说明，尽管早已尽人皆知，仍不厌反复详说，其用意是不言自明的。三人中，谢刚主是史学家，以巨著《晚明史籍考》名世，也是《古今》的投稿者。柳雨生则是颇不寻常的人物，在敌伪时期活跃非常，办杂志，卖力参加“大东亚”种种活动，是一时风云人物。止庵撰《周作人传》图片中有之，正是追随周作人前后的留影。附有简单说明云：“一九四二年十一月十九日，北平。”下面似可代为添加“抗战胜利后，逃往域外，改名柳存仁，从事‘学术研究’，变为‘教授学者’，其著作曾在国内出版”。添加了这些话，是违反了原书的编例的，但不违反作者对柳雨生重视的本意，因为他确是周作人身边一员重要角色。

现在轮到止庵特别为我加上的一段介绍，也对在《古今》上发表的大量文字，前前后后的一些旧事，真的又有了新的想法。我大胆地引用鲁迅先生的旧话，对于自己的“少作”，“愧则有之，悔却从来没有过”。自己年轻的时候，确曾有过一些天真幼稚的设想，多没有经过慎重考虑，一经付诸实行，往往失败者多，成功的少。向《古今》投稿筹集旅费的事，也属此类近于顽皮的尝试，因为有黎庵的赏识，竟获成功。上帝保佑，不久竟有机会走上抗日战争的前线，直至日寇败亡，解甲归田，得遂平生大愿。这近乎传奇似的少年顽皮故事，我自己一直不认为是一种错误，止庵却至今不相信，追问不已。是并不奇怪的。

翻阅止庵的《周作人传》，特别是有关知堂落水投敌一节，很容易产生一种奇异的感觉，作者似乎接过周作人首创的口号——“道义的事功化”，广搜有关材料，加以衍说，难怪所论与周作人在南京大成殿上所做的自辩，若合符节了。偏见与笃信的影响于清醒认识者如此。

被我提起过的周作人研究者的“南钟北止”的钟叔河编著的《周作人散文全集》最近出版了。皇皇十五巨册，尚未能遍读，少少翻阅，见每篇原文下面常有一些附注，或改正原文旧版的错字，或删去衍文，或酌增字句、改易原题，对不同刊本的异文不论多少，也作校记……姑不论所注是否确当，至少可说明，编者对全书是曾经过目的。对比止庵所编的“自编文集”，如我曾指出的错字满眼，不禁又别有怀疑以止庵书评人的水平，遇见迎面而来的错字，不应视而不见，一概轻易放过。那么编者是否全然未曾仔细过目，即签发付印了。姑妄言之，以求证定。至于书前编例所承诺的种种校勘过程，是否虚假宣传、对读者所作的误导，“自编文集”是否伪劣产品，编者只以“有错当改”四字回应，“改”又谈何容易，工程巨大，至今未见有何动作，其将成为“烂尾楼”的悲剧结局，已无可怀疑。

用不着慌，“柳暗花明”的机会总是会出现的。正处畅销热点的张爱玲著书可是一座有待继续开发的“富矿”，聪明的书评人不能不“移情别恋”，立即接手《小团圆》简体字本的精心编发，同时为出版造势，特作长文，并称之为“巅峰之作”。还将继有《张爱玲全集》的宏伟计划。好一派“烈火烹油、鲜花着锦”充满财富气味的好光景。

除了避重就轻，采用“王顾左右”的策略外，止庵在论辩中经常使用的还有“潜台词”。如“不知不觉或以知觉的口吻作左论、唱高调者”“时代局限，人人难免，但时代过去，局限仍在”这些话都是意有所指，彰彰明甚的。那就是说，过去的“左”是可以原谅的“时代局限”，今天依然是“左”，就不可恕了。在止庵看来，我的“左”是一贯的，没有变化不思悔改的。口口声声“时代局限”，实际上却不知变化万端的“时代”为何物。一九四七年的“左”是“局限”，不是好东西；上世纪末三中全会后开展的新局面，依然是“左”，充满了“高调”，在这里我们可以看到一位遗世独立、坚持着一贯信念的“反‘左’遗少”的影子。不能不叹为现代奇观。至于不时发些牢骚，发表旧信时加上一句带刺的叹讽，则是小小手法的习惯性发作，不值一说。但小小“闲言语”，其中却藏着“杀机”！

最后，翻阅止庵另一本通信集《远书》，却意外地发现了不再藏着掖着，真名实姓地对我的评论。要点有二：“一是思想上往往很左，一是文字上常常抒情。”又说：“但他只有光谈学问时才好，若是说别的则经常是代表集体说的，这时的他也就丧失了自己。”（致黄福群书之六）这才多少明白了止庵深藏不露的真意。

原来“思想很左”就是“代表集体说”话。这里的“集体”的意义很模糊，看来不会是人民大众，使我迷惘又不解的是，什么时候竟成为某一“集团”的狗腿子、传声筒，果真如此，那就太抬举我了。那么“集体”指的是哪一群落呢？联系他对我“思想很左”的定位，这里的“左”就必然与“极左”“老左”“左王”扯在一起了。止庵还夸我有学问，说我写得最好的两本书是关于线装书的题跋，仿佛只有告别现实才好，一入世就必然落入“很左”的泥潭。这一“好意”的指点之真正用心是异常险恶的，值得深深警惕。至于我写的那些题跋，如有可取，正因其中含有的抒情分子。这又与散文应否抒情的争论有关，纸短，这里无法展开了。

平生写了不少“打架”文字，正如萧恩所说：“大战场小战场见过了许多。”此时回想，所谓“论敌”，着实应该考虑一番。“论敌”之“敌”，并非只有字面上那样单纯的意义。与我打过笔仗的有不少就是自己的好朋友。如早期《风雪夜归人》在抗战剧坛中地位的争论和吴祖光有过交锋，甚是火爆，几年以后在北京会面，相逢一笑，仍是好朋友。又如因王昭君剧作问题，与汪曾祺在通信中有过热烈的争论，事后并未少伤彼此故友情谊。曾祺殁后他的遗笺仍在，我的去信没有了。我以“故人书简”为题，发表了曾祺的来信。前例甚多，不遑遍举。有些争论一些小事，事过境迁，付之遗忘，更说不上“敌”；不过例外总是有的。如止庵，就是通过笔墨相争，引起我浓厚兴趣。我很想更多了解、认识他，通过争论，达到更深的认识。我发现止庵有深藏不露的一面，有多样论辩手段、技巧，有含而不露的杀机，这许多都是值得认识、了解并学习的。例如止庵给我做的鉴定是，上世纪四十年代，卷入全民汹涌的革命战争巨潮中，表现是“左”的，无可取；建国后，顽固的“左的局限”仍在，八十年代以还，写了不少东西，但“觉得只有两本好，即《清代版刻一隅》与《来燕榭书跋》”，一旦说别的就都不行，“则常是代表集体说的”，总的祸根仍是顽固的“‘左’的‘局限性’”犹存的缘故。止庵没有说出来的对我的建议，最好是告别现实回归“隐士”，才是洁身自好的上好方法。其实是重拾误读了周作人“闭户读书论”的牙慧，其实我的题跋文往往“抒情”，总是忘不了家国以及个人的命运，只是止庵没有看见而已。此文只是初步的学习小结，不免失之浅薄。此番争论，因纪念谷林先生而起，行文中径称其名，未别加敬称，失礼之处，谨致歉意。余不一一。

二〇一〇年二月十二日，即己丑小年夜

# 鲁迅·刘半农·梅兰芳

近得友人见告，北京某单位在整理旧存文献资料时发现了一套《梅兰芳歌曲谱》，一函两册，真丝面料，红色书衣。装帧十分讲究，是萨空了旧藏物。扉页有刘复与鲁迅手题。刘题是："品论梨园艺事，当作考订北平社会旧史，不知君以为如何。半农。"（下有钤章）

鲁迅有题记三行：

天华·半农新作
迅自留
一九三十年　上海

据我看，刘半农的手迹是无疑的真品，但没有上款，这中间透露了他与鲁迅之间的关系在上世纪三十年代的微妙情况。至于鲁迅的三行手书，我看也是真迹。谨求教于广大读者与鲁研界诸专家学者，以求证定。鲁迅对此书的观感是淡淡的，未加确切评价，只说留作参考，而置天华于半农之前，视为学术性的"新作"，也多少透露了当时彼此间的关系。两

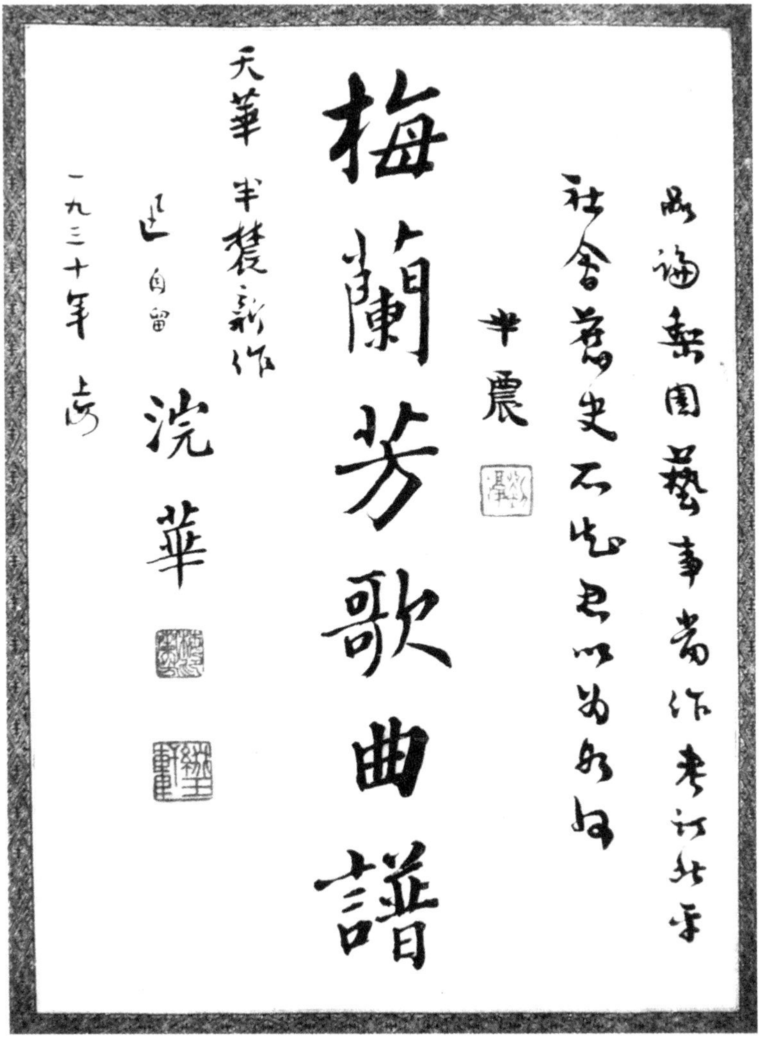
梅蘭芳歌曲譜
半農
浣華
一九三十年
上海

段短短的题记，传达了两位老朋友之间感情的微妙变化，是值得细细体味的。

关于此书的出版及流传，刘曾复老先生有很好的回忆：

> 大约是一九二九年十月间，梅先生正式公布了赴美消息，当时李石曾在齐化门大街世界社约请社会名流，为梅饯行……《梅兰芳歌曲谱》的编纂大概也在此时开始进行。该书精选了梅兰芳十八出代表作主要唱段，由齐如山出面，特别约请刘天华为之记录五线谱。此五线谱并非按照梅兰芳琴师徐兰沅的工尺琴谱直译的，而是梅兰芳实唱，刘天华用小提琴定音，在刘宅记的谱。其间赵元任也多次到刘宅商议记谱。直至一九三〇年元旦才付梓（实际上元旦前齐如山就将曲谱部分印好了，刘天华迟迟不同意印刷，可能对记谱还不满意）。……五十年代傅惜华兄曾签赠复一套蓝色书衣的《曲谱》普本，另外，惜华兄还多次提到《曲谱》的一些重要信息：梅赴美时并未将书全部带走，只带走了十一部特藏本（第一部与后十部）和五百部普本。七月回国后，齐如山先生全权负责其余三十九部特藏本和五百部普本的销售，言明一律正规出售，不予赠送，以补赴美亏损。最后余下四部特藏本未售出，可能是编号数字原因。半农先生建议送鲁迅先生一部，齐并不赞同。半农始终认为西洋记谱法精准，用于国剧会改进“口传心授讹误甚多，不成系统”的弊病，会得到鲁迅赞同，对国剧改革不无裨

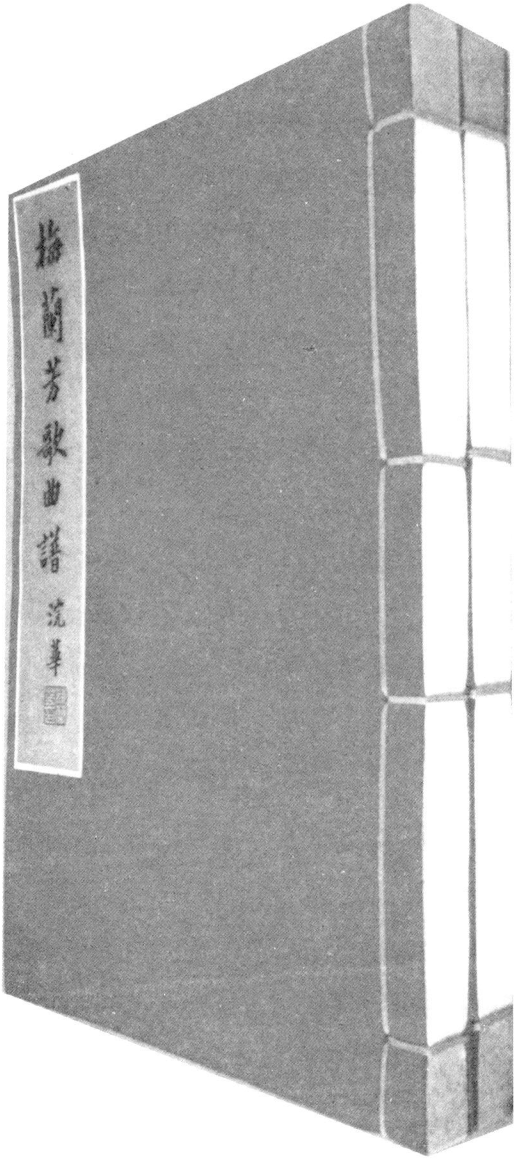
擷蘭芳歌曲譜
沅華

益，但齐始终反对，所以据惜华兄讲，最终并未签赠鲁迅先生。

至于新发现的这部《曲谱》的来历，刘曾老也不得而知。但以齐如山为代表的“梅党”对鲁迅屡屡批评梅兰芳的反感之深，却是洞若观火的。而刘半农的不忘旧情、不计新怨，题句相赠，而不敢写上款的心情，也隐约可见了。正如鲁迅所说：“我前年曾到北平，后来有人通知我，半农是要来看我的，有谁恐吓了他一下，不敢来了。”（《忆刘半农君》）而深感半农的忠厚。我想这与赠《梅兰芳歌曲谱》的情况正出一辙，可见半农晚年心事的。

鲁迅肯定半农早年在文化战线上的战绩，而对其晚年言行有反感，曾在好几篇杂文中说及。如刘半农做了大学校长，反对学生互称“密斯”；讥笑学生写白字；和林语堂辈搅在一起，写滥古文、打油诗……可以《准风月谈》《〈感旧〉以后（下）》为例，在具体论驳以后，结论说：“现在有两个人在这里：一个是中学生，文中写‘留学生’为‘流学生’，错了一个字；一个是大学教授，就得意扬扬地作了一首诗，‘先生犯了弥天罪，罚往西天把学流。应是九流加一等，面筋熬尽一锅油’。我们看罢，可笑是在哪一面呢?”刘诗就是刊于《论语》上的“桐花芝豆堂诗集”之一。确是无聊之作，鲁迅批评得不错。两人从相熟而逐渐分道，多见于鲁迅致台静农等信件和《三间集》中的《我和语丝的始终》等篇，兹不赘。

“五四”时期新文化运动主将对京剧多无好语，刘半农在《梅兰芳歌曲谱》的序中就说，“我可以不打自招：十年前，我是个在《新青年》上做文章反对旧剧的人”。鲁迅又何尝例外，但他并不曾做文专论京剧，其批评指向却是京剧演员的代表人物——梅兰芳。鲁迅并不否定旧戏，他的喜爱所在是儿时所见的社戏，就是“绍兴大班”，刚劲粗犷的民间歌剧，而非今天风靡一时的软绵绵的越剧。他早年写过《无常》，晚年又写了《女吊》，可见他对故乡的社戏爱恋之深。他开始接触京戏的经验是不幸的。他听过谭鑫培，但实际并不曾见过谭叫天。在《呐喊》中有一篇《社戏》，是一篇北京的剧场、演员和看客的速写，终于感到了不宜于京戏戏台下生存，不能不和京戏告别了。

鲁迅所写的是关于京剧之“上下四旁”，实在并未对之做出怎样实质性的论断。值得注意的是在《论照相之类》里的一句话，“我们中国的最伟大最永久而且最普遍的艺术就是男人扮女人”。经朱正研究并发现，瞿秋白对此论是极为钦服而且在自己的文章中直接使用了来“拟鲁迅”（《一个人的呐喊》中引瞿作《最艺术的国家》）。这一论点是见于鲁迅前期著作的对京戏的评论，反对“男旦”。

由此而展开，对梅兰芳的批评就多起来了。直至《花边文学》中的两篇《略论梅兰芳及其他》，则是专题的批判了。那要点是，梅兰芳从“俗人的宠儿”落入“士大夫”手中，被包围、改造，新的剧本也为他特制，“雅是雅了，但多数人看不懂，不要看，还觉得自己不配看了”。这是说梅兰芳经

“士大夫”包围之后所起的变化。这确是一个问题。梅兰芳的成长，离不开“士大夫”的帮助，但帮助有积极也有消极的一面。兹事体大，值得过细研究，非三言两语可尽。重要的是被帮助者自身的主观定力和清醒的取舍。鲁迅还特别恋惜“泼刺、有生气”、一位“漂亮活动的村女”的梅兰芳舞台形象，依然怀着美好的印象、感情。

文章的下篇是因梅兰芳赴俄演出而引发的对“第三种人”的讽刺，借题发挥对梅本身很少关涉了。文字虽然写得俏皮、尖锐，其实还是怀着善意的。这是我的读后感，有无谬误，望鲁研界诸君子指教。

这就回到鲁迅在《歌曲谱》前的题词。“自留”者，留以观览的意思，并无拒斥之意。他是当作一种学术著作看待，列介弟音乐家刘天华于专攻语音学的长兄刘半农之上，并命之为“新作”，是不是对京剧的看法有了新的发展，文字简短，无从推测。“五四”时代对京剧的全盘否定，是否也有新的变化呢？

“五四”时代也是攻击旧剧的周作人，晚年在香港《文汇报》发表了《花旦艺术》一文［一九六三年，见《知堂集外文》（一九四九年以后），岳麓书社版］，是值得注意、做了一百八十度转变的论京剧的文字。

周作人晚年以偶然的机缘，读了一册讲京剧的书，小翠花口述、柳以真整理的《京剧花旦表演艺术》，这使“与京剧是绝对无缘”的周作人“大吃一惊”，从而改变了过去“绝对”的立场。他说，读了此书“有如西人所说的话，眼睛上的鳞片落下了，原来在花旦的表演艺术上也有这么一番大学问……这订正我多年具识不足的错误，是很愉快的事”。他引用了小翠花对《坐楼杀惜》《活捉》等剧的人物理解，表演方式，感到“五四”时代《新青年》上钱玄同、刘半农等对京剧的“猛攻”，“特别对于脸谱、踩跷以及战斗、跌打诸节，痛加攻击，其实当中恐多有过苛或无理的地方……今见此书乃觉意见实有修正之必要了”。周作人这一番话，实际说出了“五四”群贤对京剧所持态度的反思与忏悔。

梅兰芳生前对鲁迅的多次批评，并未做过正面回应，但不能说没有从中吸取必要的营养。梅的晚年，交际的范围更大了，各方面的朋友更多了，内外行人士包围在身边左右，他的交接应对也更复杂多样，更为谨慎小心，始终保持着独立思考的习惯、向多方面吸取教益的作风，对地方戏剧一贯采取虚心学习的态度，不以大师自居。他遍走全国旅行演出，总不放弃观摩学习的机会。《宇宙锋》是他的看家名作，但对汉剧陈伯华的演出十分注意，绝不以自己的演出为不可移易的“样版”。豫剧是保留较多原始表演形态的古老剧种，颇多生动泼辣的特色，《穆桂英挂帅》就是引起他注意，作为改编京剧的母本。他重新创作的京剧本已经不是豫剧的旧样，是移植改编的范本，同时也是京剧走出庙堂、回归原野的一种尝试，这一切与鲁迅的批评有无关涉，也是值得研索的课题。

刘半农、刘天华兄弟都不幸中年早逝，“二周”也都写有纪念半农的文字。这是新文苑中难得的际遇。两人同作一个题目，是极难得的比较文学批评的好素材。记得七十年前先后从杂志上读到两篇纪念文后的感触，仿佛左面是一盆火，右面是一窟冰，判然迥异。我本来同样爱读“二周”的文字，但此后对知堂的文章就不像过去那样喜欢了。

鲁迅文章的题目是《忆刘半农君》。他说半农也是自己的老朋友，是《新青年》作者中打过大仗的战士，不像陈（独秀）、胡（适之），是一个没有“武库”的人。又指出半农的“浅”，而且称赞了这“浅”。接下去说明彼此之间几件琐屑的“不快活”，以致到了见面无话可谈的程度。下面就说到半农晚年的缺点，鲁迅说，“我爱十年前的半农，而憎恶他的近几年”，结论是“我愿以愤火照出他的战绩，免使一群陷沙鬼将他先前的光荣和死尸一同拖入烂泥的深渊”。

这是一篇热情、直率，像火似的文字，充分显示鲁迅的文风、人格、品质。同时也是一篇战斗的檄文。

周作人的一篇题为《半农纪念》，同样也是精心结撰、并不平淡的文字，虽然依旧披着平淡的外衣。他对半农的评价深感“极难着手，而且褒贬稍差一点分量，心里完全明了，就觉得不诚实，比不说还要不好”。他指出半农的两种好处。性情的真和兴趣的广博。“真”里包含“不投机、不怕骂”，杂学方面则指出“在思想统一的时代自然有点不合适”，好像文不对题，但明眼人自是心里雪亮的。

知堂选用了一篇被鲁迅称为滥古文的刘半农《双凤凰斋小品》中的《记砚兄之称》，以记彼此避“红胡”之难事。知堂称“这文章写得颇好”并附以自作“打油诗”一首。并因此引出另一首闪着刀光剑影的“浏阳体”打油诗：

漫云一死恩仇泯，海上微闻有笑声。
空向刀山长作揖，阿旁牛首太狰狞。

图穷而匕首见，一支利箭射向了阿兄参与的海派文坛左翼。知堂是主张“意思要诚实，文章要平淡”（《苦茶随笔》后记）的，读到这里，但见剑拔弩张、杀气腾腾，不能不废然掩卷。“二周”的人品、文品，于此可以得一清晰的比照了。

新发现的《梅兰芳歌曲谱》一函两册，精刊豪华装编号发行。此本为第二十四号，有证书。刘天华、刘半农各有一序。《歌曲谱》特出之处在传统工尺谱上加了时值线、附点和休止符，是对传统记谱法的创新改进，值得注意，为珍贵的戏曲传统文献资料。此书之授受传承，扑朔迷离，也有探索研究的必要，聊志读后所感，敬请方家教正。

二〇〇八年三月二十日

# 鲁迅的题词

为撰写一篇京剧脸谱集序，得与刘曾复老先生缔交。刘老年高，往来函件琐事都由身边一位年轻人料理。是他首先向我通报了《梅兰芳歌曲谱》发现的故事，并先后寄来许多书影照片，最后还亲携原书见访，使我有机会目睹原件，仔细审视。断定鲁迅书迹不伪之后，就又想到这件文物的出现，中间蕴藏了大量文化信息，值得探索。因开始构思成文。稿成后那位青年想先睹为快。我则因文稿发表前的流露曾有过负面效应，一直没有作复。此后就再无讯息。直到从报上看到这册《歌曲谱》已出现在拍卖场上，最后以二十万元拍出，才知道此书的下落与归宿。我那篇《鲁迅·刘半农·梅兰芳》被压了很久，一直到今年八月号的《读书》才得发表。迟是有点迟了，不过也有好处，得免于被骂为拍卖公司做广告。

我生怕自己眼力不济，鉴定有误，还特别提出对鲁迅手迹的真伪，希望广大读者及鲁研界诸贤共同参加鉴定的希望。不想从六月下旬起，就读到两篇持否定意见的文章：一篇是七月十六日《中华读书报》刊出的陈福康撰《如此拙劣的伪造》，一篇是六月二十七日发表于《文汇读书周报》的“读者短笺”栏中王锡荣撰《关于所谓鲁迅题签》。

两文有同样的特点。他们只见过一张照片，并未亲见原件。王君说：“其实，业内人士一望而知，此物断无可能，连鉴定都几乎多余。”这就使我这种“业外人士”的微薄的希望，一扫而空了。陈君说得更妙：“我连看看这一《鲁迅题署》的照片的兴趣都没有！”这是意图先行的绝妙写照。结论已定，鉴定自属多余，两位的立场是一致的。

看来两位“业内人士”的火气大半是冲着拍卖结果来的。鲁迅寥寥几个字，无论真伪，竟能获得二十万元的“天价”。如与同时代的名画家齐白石老人的画作相比，其对比竟有百一之别（以最高拍价而论）。两位都是文化大名人，但谁想为他们排座次，比高低，都逃不掉白痴的雅号无疑。更无论张大千、傅抱石、吴冠中……了。拍卖场不是演武厅，想在这里寻找真正价值的公平，是不可能的。

对《歌曲集》上刘半农的题词，没有谁认为是伪作。其实其不合规格、吞吞吐吐，欲说还休，不敢写上受赠者的名字。这一切都是老大作伪的证据。而作伪嫌疑人一仍其旧，没有做任何补救的手脚，却反而证明原件不伪。至于刘半农何以陷于如此“不通”的心理活动，“业内人”却并无仔细分析，只据人尽皆知的鲁迅文字，强调两人之间的矛盾，却不能深入体会鲁迅所说他到北平省亲时，半农本想来见，只因有人吓了他一下，不敢来了。这节话是说明半农的忠厚，是流露了老朋友的旧情的。一律视为对半农的谴责，不能不说是失之理解过浅了。

陈君还有一番妙论："刘半农是兄，刘天华是弟，但《题词》竟写作'天华、半农'，也是不合情理。因此，我认为这是文化程度很低的人的伪造。"

这就怪了。《歌曲谱》是刘天华有新创意的著作，半农只不过写了一篇序，鲁迅这样写完全是合情合理的。为什么不合陈君心目中的"情理"呢？没有别的解释，只能说陈君的"情理"是几千年来宗法社会遵奉的兄友弟恭那一套，丝毫未变。这也就是人们常说的"反封建不彻底"现象之一。试看文化界凡有著述、论文、大丛书出现，照例是"大师"领衔，实际并不干什么事，而实在做苦工的能"敬陪末座"，挨上一个名字，就谢天谢地了。这一类事，所在多有，都是合乎陈君的"情理"的。

至于鲁迅先生的手迹，我藏过，也多少见识过。影印的手迹见得就更多了。当然比不上"业内人士"的见多识广。但对先生的书法同样留下了深刻的认识，也多少有一点发言权。我的鉴定标准首先是看气度、风骨，别的好"仿"，仿气息是难的。两位评者也都承认有些字"仿"得像，但寥寥数字，并非成行的大篇，要求笔意连接，怕是有点难。既然"连多看一眼的兴趣都没有"，那还有什么好说的。此外，鲁迅把农字写成"辳"，也多少透露了一点消息。鲁迅曾有好几年抄古碑的历史，古碑中多有异体字，也就是赵之谦所说的"六朝别字"。看惯了不免发生兴趣，随手也会写出来。此外，论此三行字不合序跋规格，尤为可笑。题跋有无规格？

是谁定的？这些问题《辞海》《辞源》里都查不到，《佩文韵府》也不行。譬如人偶买一本书，随手在书上写下“×年×月买于××”一行字。何曾想到题跋，又何曾想到“规范”。只好抄一句老话，“痴人前说不得梦”也。

鲁迅深惜半农晚年陷于写滥古文、打油诗的恶趣，现在看到他又拾起“语音学”的老本行，做学术研究，自然是高兴的，称之为“新作”，微意自见。

此集的半农序及周作人晚年文章都显示出“五四”诸贤对京戏态度的转变。鲁迅对梅兰芳批评的重点何在？他喜欢带有野性的天真活泼少女在舞台上现身，而反对旧文人对梅的影响与改造。其实梅的绝妙演出之一应属《穆柯寨》，只因戏的分量不够，不能作为大轴演出而放弃，十分可惜。这样一位生野、活泼，在爱情上如此勇敢，视礼教规范如无物，天真烂漫，完全摆脱了世俗规矩的束缚（的人），真是个出奇别致的典型。我是情愿听一折《穆柯寨》而放弃一出《别姬》的。难怪梅畹华晚年重排《挂帅》，可见他对穆桂英这个人物的钟情。

我还留有一张《歌曲谱》的封面的局部放大照片，现刊出供读者欣赏与鉴定。

二〇〇八年九月一日

# 黄蜂刺

今年元旦收到一封朱正来信，闲谈之余，告诉我关于《梅兰芳歌曲谱》鲁迅题词一案，他又有了新鲜的解读方法。不久（一月十六日），他的《黄文炳的鉴定真伪法》就在《文汇报》的“笔会”上发表了。内容与来信中所说大致相同。果然设譬甚巧，可解人颐。不过稍稍一想，此文还是有些可疑，未能全然令我信服，兹条列不同意见如下：

查中西推理小说作法颇有差异。西方的办法是故设迷阵，大卖关子，后来经过几多周折，最后才水落石出，使读者终于松了一口气。中国推理小说的做法，种种不同，以《水浒》为例，就“老实”得多，他先将谜底，一五一十向读者交代清楚，然后细说破案经过，使读者了然于心，同样获得弛放。这两种方法的优劣比较，一时也难下定论。

水泊梁山果然人才济济，能人辈出，要什么有什么。仿蔡京的书法，有萧让；刻假图章，有金大坚；要快递，有戴宗。其实他们都很好地完成了任务。失败的负责人是吴用，是他考虑欠周，留下了“天才鉴定家”黄文炳（老百姓给他的绰号是“黄蜂刺”）可乘之机。

因两种写法不同，设譬之际，就很难任意套用。既套用，就该提供完整充分的作伪手法、过程，在没有任何证据之前，就将鲁迅的题词置于伪作的被告席上，然后一一声述理由，这就难免先有结论，后找论据的“意图先行”之嫌。无论黄文炳怎样高明，他打的是“上风官司”，很难算是个出色的侦破家。

在讨论之初，我也曾细查过鲁迅日记和书账，结果一无所得，毫无踪影。但鲁迅日记未记的事实，都是不存在的吗？只要理智正常的人，谁也不会这样想。可以想想鲁迅当年所处的时代环境，他能像李慈铭那样，在日记里记时事，乱骂人吗？鲁迅会见过中国共产党的高层人物，参加过“左联”的活动，这些在他的日记里都毫无踪影。瞿秋白因逃避追捕，曾寄居鲁迅家多日，鲁迅日记里可曾留下片纸只字。难道这些都是虚幻的非事实吗？

上世纪三十年代前后，周作人差不多每年都要出一本散文集。鲁迅对周作人是关切的，他的著作是必读的。这怕是不必用烦琐考证方法来肯定的了。曾记得见过一种记载，一次许广平出街，鲁迅嘱她顺便买一本周作人的新书（出处失记）。在鲁迅的书账里，却找不到一本周作人的作品。是不是此类“敏感”书本被有意地漏略了呢？实在也难说得很。

以上所说，都可破日记失记，即非事实之惑。

以下说说鲁迅的“自留”题词问题。

不知何人何时订下除非自著不得使用“自留”字样的“律令”。从古以来，藏书家及非藏书家常在书本上写题记或跋文，充分发挥“自留”的愉乐。其例多矣。写在自著文本上的不是没有，但为数极微，多数是写在前人著作上的。人们习以为常，不以为异。鲁迅藏有一部《芥子园画谱》，异常珍重，并题诗一首以赠广平，情感真挚，感慨无端，正是足尺加三的“自留”好例，恐无异议。而《芥子园画谱》，尽人皆知，是李笠翁所制，非鲁迅自著。此例或可破前面提到的莫名其妙的“律令”。

写到这里，不能不提一下一位也曾起劲地参加讨论的“学者”真是不得已，因为他实在是表演得过于出色了，漏下会缺了典；提一下，又不能不说许多多余的废话。这是作文以来极少遇见的尴尬事。

此公一开口，就不同凡响，“假的就是假的!”

此公一出场，必定挟持一位鲁研界的名流做伴。前次是王锡荣，此番则是朱正。一以壮胆，同时还可当挡箭牌。这就有点像《打渔杀家》里的教师爷了。气势汹汹，但心里打鼓，所倚仗的只能是“人多势众”。其理解力又颇可疑。我对刘半农题词（是一大篇，签字盖章，并非寥寥数字）说的那段话，此公无论如何也不能理解，把正面的看作反面的，把反面的又看成正面。最后几经考虑，下狠心，断定刘半农的题记也是假的，这可实在是一项大胆、致命的决定。

刘半农为什么要写这一篇奇怪的、不通的、没有上款的、颠三倒四、吞吞吐吐、欲说还休的题词呢？答案只有一个。他与鲁迅早年曾是亲厚的、无话不谈的战斗伙伴，曾得到鲁迅无微不至的帮助、呵护。不料晚年竟陷入分道扬镳、没有共同语言的尴尬处境。这在本质上还是忠厚的刘半农，是永远心头拂拭不去的一块心病，他想改变这种处境，想找机会接近鲁迅，但又担心碰壁，这种复杂的心理活动，在这篇奇怪的跋文中表现得淋漓尽致。鲁迅看了，也不能不动心。所以才“自留”作为一种纪念的吧？这是我的理解。

这些意思，过去本来已经说得够清楚了，无奈别人看不懂，看朱成碧，遂不得不写这些废话，实不得已，读者谅之。

我只有机会接触原件一次，前后不过三分钟。原件的出处及如何流落到拍卖场上，不知道。但我确实说过肯定的评价，理应负责。后来我的私人通信未得许可，为拍卖方利用作宣传资料，也不知道。但无论如何结论只能由广大读者说了算。如有确实证据，鲁迅写的几个字是假的，我应该检讨失误以谢天下。

朱正在信中说：“鉴定一件拍卖品的真赝，不过小事一桩，过不久也就过去了。先生大可不必说‘以谢天下’这样的重话。”我感谢朱正的好意。虽然这些话说得为时尚早，有些问题尚待理会。不过我以为自己说过的话应该负责，不能赖账。

刊《新民晚报》“夜光杯”，二〇〇九年一月十九日附记：

记得初读《黄文炳的鉴定真伪法》时，即有一种怪怪的感觉，为什么“水浒”故事中一群反面人物此番竟俨然以正人君子状堂皇出场了？

当朝太师蔡京是以“宋四家”之一的书法名手身份出场的。鲁迅么，至今也尚无名书家的徽号，但因其手迹也多有影印本行世，以此资格得有伴同太师招摇过市的机会。这到底对鲁迅是尊崇还是贬损，实在一时也说不清。

至于黄文炳，此番是以鉴定专家现身的。其鉴定法则被定为“富于启发性”的、值得学习的。至少在作者是倾倒备至的。没有读过《水浒传》的读者，见了这里的介绍，怕只有对这位“黄蜂刺”糊里糊涂顶礼膜拜而已。

古来“文章作法”即有“攻其一点、不及其余”一策，为刀笔吏所擅用；后来衍为“酷吏传”中人物习用手法，用以诬陷、杀人。更有文章家反其意而用之，小掉枪花，改“攻”字为“扬”字。顿时局面一新，效果全异了。这里用的就是此一新法，读者不可不察也。

二〇〇九年二月三日补记

# 不再折腾——答朱正先生

朱正先生：

二月十五日《文汇报》“笔会”上的赐信拜读过了。真是非常感谢您的指点和给我的启发，这是真的，并非从嘴边滚下来的“套话”。

自今年元旦得到来信，知道您有了新的创意，想从《水浒》故事中获得解开《梅兰芳歌曲谱》中鲁迅的几个题字的真伪之谜，确是欢喜，以为您想暂时离开一贯坚持的学术考订方式，别开蹊径，换换笔调，大是好事。这就像京剧泰斗谭鑫培晚年来沪演出，除了献演自有的拿手骨子老戏，看见当时受到观众欢迎、大红大紫的海派剧目《盗魂铃》，跃跃欲动，自己也想演一下看的心理活动似的，是完全可以理解的。

自几十年前读了您写的纠正许广平先生回忆鲁迅的大量疏误的论文后，就留下了深刻的印象。觉得一个青年，能有如此胆识，敢向权威叫板，而举证确凿，绝不可易。研求功力，令人吃惊。此后数十年您矢志不移，尽全力于鲁迅研究，实事求是，不尚空言。一贯坚持老老实实做学问的态度，成绩昭然，有目共睹。因此，对您的新作，抱着怎样的期待，自是不言可喻的。

等到拜读了尊撰《黄文炳的鉴定真伪法》后，不敢说失望，至少是不满足，因之遂有《黄蜂刺》的答辩。文成之后，有朋友见告，文章（尤其是文后的“附记”）陈议过高，恐多开罪于先生之处。今见先生对“附记”的批语，只是“长于抒情，拙于讲理”八字，不禁释然。批评得是，说理不深不透，是应该补救的。

简单地说，尊文引起我最大“不舒服”处是仿照黄文炳口吻，将鲁迅与“宋四家”之一、写了著名的“元祐党籍碑”颁布天下的太师蔡京放在一起，相提并论。

前一阵子，对鲁迅的“批评”曾热闹过一时。鲁迅不是“圣人”，自不免有某些缺点，有不可摆脱的“历史局限性”。自然要排除一二妄人的胡说八道在外。此际而有仿黄文炳论法的比附，而出之毕生致力于鲁迅研究、不必说是敬重鲁迅的先生之口，不能不使人出惊、不舒服，岂非理所当然？何况此一比附，意在《歌曲谱》上的几个题字，可能出于天下仿鲁迅书体者之手的论证伏笔，可惜这只是一种“假设性问题”，当不得真。

接下来是关于旧文献的处理、运用问题。先生以纯正学者而偶然使用说部材料作譬说事，完全可以。就像谭叫天偶演《盗魂铃》一般。但运用旧材料也必须尊重旧材料，不能任意添减、变换，一切以有利于已定论点为原则。《水浒》故事中一群丑类，都使之沐浴更衣，以全新面目出场，蔡太师、蔡九知府、黄文炳都俨然成为“正人君子”，其本人的丑态恶行，被洗刷得干干净净。《水浒传》虽非僻书，但未必人人读过，这就难免有误导读者的可能。实际上，这里已经出现了一部《洁本水浒传》了。这是使我“不舒服”的又一事。

对鲁迅先生的著作，我只是个虔诚的文本读者，从未梦想做一位鲁迅研究家。因此在作文时，每逢记起鲁迅曾说过某一说法，想找原典，往往翻阅《全集》而不可得，深悔不做卡片、不写笔记之失，有悔之无及之感。对先生的对鲁迅言行，掌握之全面，每一细节，无不熟极，如探囊取物，毫不费力，钦羡无已。

关于鲁迅收藏周作人散文集事，我先有个明确的界定，“上世纪三十年代前后”，即指周作人写了《闭户读书论》、收入《永日集》后的散文集。先生责我没有细读鲁迅日记，因为“正好说反了”，并提出逸出时限的早出“谈龙”“谈虎”两集及《周作人散文钞》(这是选本而非散文集)，要求之严，使我不胜惶悚。巧的是，就在今年二月三日，《文汇报》“笔会”又发表了倪墨炎《鲁迅收藏的周作人著译》一文。根据的是鲁迅博物馆编的《鲁迅手迹和藏书目录》(一九五九年七月刊)，鲁迅藏周作人书共得二十种。其中有《永日集》(一九二九)、《看云集》(一九三二)、《知堂文集》(一九三三)、《苦竹杂记》(一九三六)，除《看云集》外，其他皆不见于书账。仅此一例，就可驳正鲁迅日记、书账中失记的都非事实的成见。

您郑重声明，“从不受人‘挟持’”，立场由被动转为主动，值得佩服。但对《歌曲谱》上的刘半农长篇题记之真伪，一直寂无一言。须知，关于刘鲁之间关系前后之变化，半农心理活动的复杂、变幻，都极重要。半农题记如出伪造，则此一题记即为不通的狂人谵语，毫无意义了。因此刘题真伪之辨是不容回避的。

至于我举鲁迅对所藏《芥子园画谱》的题跋作为“自留”的佳证，却被您视为“反证”，详引原文并加大幅墨迹影本，以示郑重。呜呼，鲁迅先生情文并茂的手跋，竟在您“不禁笑了起来”的一连串笑声中丧失了对自藏书真挚珍惜感情的表述的权利。只因在短跋中找不到“自”字、“留”字和连用的“自留”字。真是不幸，鲁迅先生竟触犯了他身后若干年才出现的严格律令。而从此一律令的现身及其解释权的拥有诸点来看，其创始人自非您莫属。

中国固有的方块字之为伟大的创造之余，是多么好玩亦复可怕的事物，不经过细思索，是不能知其皮毛的。谜语、诗钟、集句、集联、和韵、联句……种种花样，一时也数不尽。自古以来，就为大小文人墨客，玩弄不厌，一直兴味盎然。他们所唯一看重的是字面功夫。汗牛充栋的“诗话”，多半研究讨论的也是这个。专制统治者也不忽视此一“国粹”，他们能从一大本书中，找出一两个可疑的违碍字样，就能判人死罪。皇皇若干册“文字狱档”里，这种例证俯拾即是，都是咬文嚼字功夫的成果。

袁世凯的儿子袁克文的老师大方，是善作联语、擅坑字眼的能手。每游妓院，必撰对联赠人。能将红倌人的名字分别嵌入上下联中，立马可待，文采斐然。闲人旁观，哄然叫好，赠以“联圣”徽号。可为一例。

最近风头甚健的“大师”文怀沙，自称曾作“藏锋诗”以讥江青，“龟主江青”四字就藏在四句诗的或一位置，如不知“读法”，是不能知其奥秘的。这是近时知名的一例。其实玩的也是老花样，明末党争中复社传送密件就使用过“蓑衣裱法”；清咸丰末年西太后上台、杀肃顺的政变，曾有过热河秘札十余通，传递政局秘闻，其一札拉杂不成文，非用套格读不懂，也属同一类的事例，都是在字眼上下功夫，带有“文字游戏”性质的。使人惊异的是，流风所被，竟落到鲁迅先生的题跋上，以一二特定字眼的有无，定其品格，真的不能不使人“不禁笑了起来”了。

您在通信结尾处，其实已经做了“总结”，论点是驳不倒的，当然，也就是“定论”。我所能做的也只是在个人理解中提出一些“献疑”，无关大局。彼此的意思已得充分的显示，再事纠缠，必成废话，离题愈远，几近无聊。虽只是鸡虫得失之争，亦当考虑其有无必要。不再折腾，当是上策。也是“宋四家”之一的黄庭坚写过一首题为“次韵王荆公题西太乙宫壁”的六言诗：

风急啼乌未了，雨来蚁战方酣。
真是真非安在，人间北看成南。

这是为北宋政局动荡折腾有感而作。山谷与荆公政见不同，是非论定是别一问题，其折腾所带来的负面影响则是客观存在。山谷的诗写得好。宋诗的成就未可轻易否定，江西派亦然。

二〇〇九年三月九日

# 还是要折腾

刚写好《不再折腾》（载《上海书评》三月十五日），就读到朱正先生在《南方都市报》上的新作，《不通无罪》（二月二十二日），颇有“司马大军来得好快!”之感。朱氏这次是以“杂文家”的身份出场的。我曾猜测他之所以毅然“跳槽”为文，颇像谭鑫培的演出《盗魂铃》，并以之为参考值，可惜朱君初战不利，正像谭叫天似的砸了锅。此番重来，战绩如何，拟以“老文化人”（这是朱氏送给我的“徽号”）的资格，斗胆试做评估。

这次朱正是拿《清代文字狱档》说事的。这个主意不坏。但他用了六分之五的篇幅重抄了精选出来的一则毫无代表性的案例，有滋有味但引人入睡地加以演说后，才对他原创的、神秘莫测的古怪“律令”做了简单、难解的辩护。这可是杂文写作（推广至一切文章）的大忌。

朱文开头引用了钦犯所作的试帖诗，首联的韵脚即与后面不合。接下去在重抄钦犯供词并夹叙夹议时，又出现了“苦笑不得”“垒危惧”等字样，都非文化不高的“老文化人”所能解，不胜惭愧。也许这些“疑难”处正是显示“不通”，或更简单些，一股脑儿都推给“手民”就是。

朱正说，他要“简单说一下案情”，读者千万不可当真。他正像评弹艺人在说书，说噱弹唱，使出了浑身解数，而效果只是使听众昏昏欲睡。不，剧场中的气氛倒是有的。那就是浓郁的、说书人对他的乾隆皇帝氤氲不尽的脉脉温情。

要说“不通”，不能不承认乾隆的首席地位。眼下在拍卖场中受到重视欢迎的殿版乾隆御制诗集可以作证。这位皇帝又是个不凡的书画鉴赏家兼文物破坏罪犯，留传至今的国宝级书画，只要他曾过手，必将所作恶诗用他那甜熟疲弱的“御笔”写在画面重要的留白处，加以破坏。他真是个绝不可赦的文物破坏者。他又是个旅游爱好者，每到风景佳处，照例留下他的诗作书迹，镌石留题。如今天西湖上的种种御碑就是。除了好文，他还重“武”。他下令纂修了《四库全书》，对中国传统文化偷偷地、肆无忌惮地删改、破坏，弄得面目全非。至今仍为“国学家”视为无上珍品。他还更有别一番辣手，就是文字狱，其残酷为历代所仅见。他的“丰功伟绩”一时也说不尽。而对这样一位“好皇帝”，我们的杂文家又是怎样看待的呢？

“乾隆居深宫之中，那许多文字狱，还不是那些外官给他提供的线索吗？”

“不过这倪承宽也不足深责……但是如实奏明了搜查和审讯的结果，有助于皇上最后做出这个颇为宽大的决定，好人只能是皇帝去做嘛。”

“乾隆皇帝有甚高的文化素养，能诗能文，能够分辨出诗文的通与不通，而且还有一点法制观念，能够提出分辨罪与非罪……这安能静……恐怕更要感激涕零，更要竭力称颂了吧。”

真是抄得手也有些麻木了。但为了说明朱氏对乾隆皇帝从心底溢出的爱戴之情，对其文化素养、诗文著作的高度评估。全文连同题目，对乾隆皇帝采取的都是崇敬、歌颂态度。甚至乾隆手下的奴子、鹰犬，也得到了杂文家的同情。读《文字狱档》而对封建统治头子产生了温情、同情，可谓人间怪事。这点抄写之劳，还是值得的。

写到这里，我似乎有点明白了。朱氏为什么要离开“鲁研家”而改做“杂文家”，那原因多半是花了几十年辛苦钻研鲁迅的书、明白鲁迅的“道”，已经逐渐淡忘，实际上却未能全然理解，终于轻易地说出了与鲁迅针锋相对的意见来。

对乾隆皇帝、《四库全书》、文字狱、清朝统治者“文化统制”的两手政策……鲁迅说过许多话，都载在《全集》中，恕不一一抄录了。杂文家午夜梦回，可能偶然忆及而引起“如波涛”的重重心事的吧。

至于朱氏原创的藏书题署的严酷“律令”，忽然又变成“士林历来的礼数”，这种摇身一变的手法，只有齐天大圣才能掌握，凡人是无能为役的。我决心不再跟同折腾，无论抛来的是怎样的眼色，也绝不重动凡心，参加上演连台闹剧了。

上文写毕后，还有些余兴。那是拜读了朱正先生批判曹聚仁的《鲁迅评传》力作之后引起的零感。想借此机会说一说，算作一点搭头也罢。

我平时读朱氏论文甚少，前些时偶见《史人·妄人·曹聚仁》一文，其副题曰“且说他《鲁迅评传》的硬伤”，颇有所感，今少加论列如下。

曹聚仁并不是我所喜欢的作者。旧印象中只有早年商务印书馆出版的一本《文笔散策》写得颇好。原书早已失去，迄今仅存旧有印象，举不出实例了。可能是他后来当了记者，文字逐渐散漫起来；更因为了稿费，所作渐多，其随笔、读书记、旅行通讯……甚少可观，尤以《北行三语》之类，几乎都成恶札。在我的心目中，曹的撰作地位，大大跌落了。

但他颇有名的《鲁迅评传》却久久未能见，直至复旦大学出版社的重印本出，才得一读。为鲁迅作传者多矣，各有千秋，未遑遍阅，但曹聚仁之作，倒别具一格，自有见地。有资格代表不同论法的或一方面。

首先值得注意的是周作人对此书的高度赞许。并非单纯朋友之间的吹嘘，而是确有同感的心里话。又据或一论者的说法，有一种“周作人传统”存在着，而且不只一二人而是一群人。这一群中与曹聚仁、周作人说法趋同的也必非只一二人。这在鲁迅研究中理所当然地或应成为论争的焦点，可惜并未出现。

要举例，可以张中行为个例。张是周作人的绝对崇拜者，追随知堂杖履，毕生无改。作文做人，不违师教。所著几本《负暄×话》说尽旧京文人逸事，尤以北大人为重点。但历数贤俊，几无遗缺，独无一言及于鲁迅，这是一个谜。虽自有解说，但难言之隐，终难出口。我猜，对鲁迅思想的评价应是最主要的关键。换句话说，对曹著《鲁迅评传》的论定，是谨尊师（周作人）说呢还是不，这怕不只是张中行个人的困惑，而是那个隐形传统中许多人同有的困惑。谈鲁迅不妨可以用最高级的赞誉词称赞鲁迅的小说写得好，但至此为止，底下就“闲人免进”了。

朱氏批判曹著《鲁迅评传》的文章，据我粗略地算计，指出大小硬伤有二十项之多。其实也只论及了《年谱》，尚未涉及全书。理由是“没有篇幅去讨论”，至于“史才、史识、史德……都暂不讨论”，这是可惜的。而指出的硬伤，又都是些历史事件错乱颠倒的差错（这里必然会遇到强烈抗议，事无大小，无一不关涉着史实的要害），当然这也反映了曹聚仁晚期写作的荒率。硬伤总是硬伤，无论大小，都是不可取的。一一指出，自是一种贡献。其中唯一涉及鲁迅平生处世方式的是接受蔡元培批准大学院给予鲁迅“特约著作员”补助费事。事关个人“操守”，本来可以深入发掘，比照鲁迅的不主张“赤膊上阵”，不鼓励青年“请愿”，关心版税、著作权，以生存权为第一要义，甚至与北新书局打官司。为了事业、朋友，该拿出去的必大方出手；反之，只要是名正言顺的钱财，即使出于国民党政府机关，也不因博取虚幻的清名而拒收。这一连串事实，无一不显示出鲁迅先生生平言行本色，绝不应存而不论。可惜论者多未、或不敢注目及此。至于以朱氏“鲁研”功力之深，见识之广，自起步至今，始终徘徊于“乾嘉学派”遗风的圈子内，未能走出既有樊篱，踏入新的境界。只借胡适的一句话，高呼“妄人”，企图打倒曹聚仁的《鲁迅评传》，可惜了！

二〇〇九年三月十二日，四月十六日改定

# 我与三联的“道义之交”

最初我是怎么会给《读书》写稿的，年代久远，记不清楚了。也许是冯亦代的关系，因为《读书》初期的班子里，我只认识一位冯亦代。

我当时本来写得多的是杂文，《读书》初办时我记得也写过两篇杂文。一篇是响应“读书无禁区”的，另一篇是赞成鲁迅的打落水狗论，同意“费厄泼赖应当缓行”。因为当时“拨乱反正”、清扫战场的工作还远远没有完成，不宜马放南山、刀枪入库。当时管《读书》的是董秀玉，她接过文稿，看了一遍，“哦”了一声，说这是与“时论”唱反调的，但还是宽容地发表了。还有一次是评沈从文的巨作《中国古代服饰研究》的，她拿着手稿沉吟了好一会，好像怀疑以我的学力能否为这样一本大书写书评，但终于宽容地过了关。

从这里可以看出董秀玉的作风，她掌管《读书》的本领远不止于此。她爱写信，写长信，每月总有两三封。像说故事似的闲话书店、杂志的种种琐事；随时通报《读书》碰上的大小困难，最后是经过哪位高层人物保护才化险为夷，说得有声有色，使作者的心与刊物贴得更近，有己饥己溺之感。

也商量一些编辑上的事务，她催稿另有一功，只闲闲地说一句，“你的存稿只有一篇了”，不加催促，但使你不得不赶稿。当然，随时将书店的新书相赠，这是常规。我几次上京，返沪时她总到车站相送，使人不安，在北京我借住在《人民日报》在东单的招待所，条件差些。记得一位广东出版界的头头也曾被介绍到这里，他进门一望房间，立马就走掉了。这就是我写《东单日记》的住处。《读书》的连载要断档了，就在这里赶写了一篇《琉璃厂》应急。当时为《读书》写稿是我的首要任务。

范用当时不只是《读书》也是三联的老板。我拜访过他的办公室，吃过他的速溶咖啡，一起吃过书店的食堂，参加过他举行的大宴会，说是顺便为我接风的。在这次宴会上我第一次遇到沈昌文。范用怕我旅居寂寞，还派人送来一大堆杂志供我消闲；他为《读书》要我“出题做文”，他为我印了《榆下说书》等四本书，多半是在《读书》上发表过的文章。他介绍我在香港三联印了几本漂亮的小书。他对我说过，“你在三联出书经济上是不合算的”。我没有应声。当时我的兴趣所在是文章一篇篇地发表，书一本本地印出，没有订过一份合同，更不问稿酬、印数……这些细节，一切按书店的规矩办。我对三联是充满感谢之情的。对叶圣老、吕叔湘这些老人的鼓励更是感谢不尽。此外都是“余事”，我常说我与三联是“道义之交”，就是这个意思。从而造成我为三联《读书》敬陪末座、长期打工的局面，同时挂出了一面“书林一枝”的小招牌。

以上所说是一九八五年五月《珠还记幸》初版本问世之前的故事。此后董、沈诸位各各升迁，情势大变，一切成为过去了。董秀玉本来是爱写信的，此后即无一信来，只赠过我一册陆键东著《陈寅恪的最后二十年》，中附印成的卡片一纸，曰“某某致意”。她还记得我对陈寅恪的事是有兴趣的。此后又曾在巴金处见过一面，她劝我把藏书捐献了，我没有作声，心想与其送进藏书楼关禁闭，还不如放在手边读读，多长些知识的好。

有一次在巴金家，只见巴老手执一册《读书》摇摇地向我走来，说，“怎么你写的文章我读不懂!”使我大为尴尬。自从《读书》版式初步定型以来，谈西方哲学文学的分量较重，作者也多；关于中国古典文献的文字稍嫌寂寞，我就主动退居末座，拾遗补阙，多谈些古籍之类的小题目。而巴老对此是少兴趣甚至反感的。他的质问也正是理所当然。可以说是“读不懂”论的最早出现。

沈昌文主编《读书》，他是饱学西方文哲的名家，对“书林一枝”采取的是无为而治的策略，十年中间给我的信多不过两三通，既无指示也少建议批评。这个小专栏久居化外，有点“特区”的味道。幸而尚有读者，未遭淘汰。同时，刊物上介绍西方文史哲的新知（其实是陈货）的文字渐多，也许是牛刀小试，难免“食洋未化”的缘故，一时“新名词”“新术语”扑面而来，“新理论”也一时难于理解，读者中也颇有“读不懂”的嘀咕。不妨称之为“读不懂”的第二阶段。到了一年前的第三阶段，情况进一步恶化，已不是

“不化”的问题了。这是“近事”，不必多说。

后来，又发生了些小问题。如因《饯梅兰芳》一文引起的争论，也用不着详说了。《读书》编者中与我联系的是扬之水女史，现已成为中国古文献研究名家，她善写蝇头小楷，当时为此一纠纷给我的几通长信仍在。可为纪念。

另一起小争论是因张中行的文字引起的。他在《读书》上发表一文，宣扬他的“顺生论”（此书我没有拜读过）。主张“好死不如赖活”，在国破家亡之际，主张宁当顺民，不做义民；表彰钱牧斋而贬斥陈子龙。我看这种意见是极危险的。如果全国人民都加以信奉，“多难兴邦”是可以转化为“多难丧邦”的。人们是会从“求为奴隶而不可得”转化为以“做稳了奴隶”为无上幸福的境界的。我是彻底反对这种杀人的软刀子的。近来有人喜欢说我是“极左”或是“代表某一集体发言”，可以此例证之。

说起张中行曾在南开中学教国文，是确然无疑的，而其时我正在南开读书。在南开教书的还有何其芳、毕焕午等。可惜南开同班分组，我是甲组，老师是孟志孙先生，因此不能夸说是张、何等的“受业”。张的文字，我不大喜欢。他说一件事，往往一二三四地逐件陈述，有如中学教书上课。读来兴味索然。

郑勇来信，命做《我与三联》文，本拟敬谢，实因后期三联情况所知极少，没有插嘴的资格。及沈昌文新作迭出，读来读去，只有越读越糊涂。三联虽仅一出版企业，其内涵实深不可测，岂敢冒险说三道四，如只说些好听的套话，又非所愿。说到这里，不能不提到新版修订本《珠还记幸》。此书之得以重印，起因还是范用老板的一封信。他来信见询，那些名家写的小笺，是否还在？怕是怀疑我早已卖掉了。幸而原件劫余尚存少许，于是才有重印之说。

对这些残存的小笺，我自己是看重的。想不印则已，要印就必印得像个样儿。作者自己参加设计，不全权交出版社处理，有两位前贤给我留下了深刻的印象。一位是傅雷。他在平明出版社出版巴尔扎克的译品，自己设计版式、封面，连装帧也全仿法国版原型，开本不大，并不豪华，而狭长毛边，雅趣昂然。自跑印刷厂，自订行格，必满意而后已。曾见他自印圣经纸、皮面精装本，美妙异常。堪称书林尤物。

另一位是近方逝世的王元化。他的书的装帧、封面、行款、天地头，无一不亲自过问，封面制作，必与画家亲自商量，一书推出，封面必简素而触目，雅韵欲流，在书展群籍中，一望而知为王元化书。他又喜欢印线装本小至戋戋小册，大至汇编全集，无不一一精心制作，有独特书品。每承见惠，悦目赏心，叹为绝品。

典型在前，虽不能似，也想仿效一二。于是和郑勇函札往还，论辩不已。举凡旧作之删留，新增之次第，行款、开本之确定，无一不经过反复讨论。总之，关于插图书之品位，散文集之规范，都为争论之焦点。郑勇的意见未必都出自个人，因此讨论是热烈的。今日回想，岂非全是无补费精神之无效劳动？讨论之余，由我写成一文，作为前序，置于书首，是又不能不佩服三联之有此雅量矣。

还有一件小事值得一记。三联上世纪后期曾有一新决策，举凡书店已出各书之未订出版合同者将全部补订。我接到通知后立即签好寄还，以为事属常规，不足为异，连合约文本也未细看。后来听说夏公（衍）对此颇有意见，才找出原约细读，发现苛刻不合理处颇异常规，夏公的意见不为无据，后来此事并无下文不了了之了。这是一件不算小的“小事”，值得一记。

昨夜从电视中观中美女排之战，中国队惜败。满场中国观众给以郎平为主教练的美国队以非常热烈的掌声，并不以胜负为意。这给了我以非常巨大的震撼。我感到中国人民真正高大起来了。人们识大体，念旧情，对曾为祖国争得至高无上荣誉的功勋运动员的好感历数十年而不衰。从这件“小事”可以看到祖国真正强大壮盛起来了。我失悔在新本《珠还记幸》中删去了那篇为中国女排喝彩的文字，虽然那只不过是一篇平常的小文章。

二〇〇八年八月十八日

# 草根宗庙

前一阵子曾经出现过陈丹青、韩寒在电视上评论某些知名作家事件，引起一阵不大的风波，一转眼就过去了。以为这不过是个人议论，事本寻常。后来看到陈丹青的新著《荒废集》中“地狱和宗庙”篇，是专就此事的回应，才大致弄清此案的始末。同时回忆起一些往事，与此案或有牵连，不妨写下，以供参考。

前些年一次与巴老闲话，我曾问起：“你认为文学翻译中最好的译品是哪一部?”他没有思索立即回答说：“是鲁迅译的《死魂灵》。”只此一句，并未进而论述，话题随即转换了。但这一答案留给我的印象颇深，至今不忘。鲁迅翻译时根据的是德译本，即二手转译。《死魂灵》后有满涛据俄文原书的直译本，但我喜欢的仍是鲁迅的重译本。我不懂俄文，更不可能领会果戈理的文风。但在我的心目中重译本并不比直译本减价。鲁迅的翻译自有他自己的特色；用字、遣词，语法结构……在在都有他自己的风格、特色。不妨说是德译者提供了果戈理的故事，再由鲁迅复述成文。有点像林琴南的译西方文艺作品。在或一意义上，翻译也是一种创作。译品的风格是作家、译者合作而成的产物。有一百种译本，就有一百种不同的译品。回忆自己在中学时代读翻译小说的经验，至今不能忘记的是黎烈文译梅里美的《西班牙书简》；张谷若译哈代的《德伯家的苔丝》；夏目漱石《哥儿》的译者记不清了，可能是章克标。特别是《哥儿》，后来有了多种新译，但徘徊心头不能去的依旧是从当年译本得来的愣头愣脑的主角形象，这是不可磨灭、不可替代、而为自己认可的漱石风格。

这些认识和理解，在翻译理论家看来，该是荒谬绝伦而不可容忍的罢。

说起自己不喜欢、不能卒读的书，巧得很，与陈丹青先生相同，也正有《百年孤独》和《洛丽塔》两种在内。都是慕名求得，始终读不下去的。不怕出乖露丑，在这里坦率承认了。

说起对巴金作品的负面评价，实不始于陈、韩两位。巴金自己就说过，自执笔以来，挨骂是常事。持不同意见的，绝不只刘西渭（李健吾）、沈从文两位，都是曾有过笔墨、口头激烈交锋的。而李、沈都是巴金的终身好友。较近的一例是《随想录》在香港《大公报》连载时，受到过香港一群大学生的攻击。所持的理由也差不多，读不下去，篇篇都抓住“四人帮”不放，痛加斥责，实在读得厌了。当时香港尚未回归，在大英帝国殖民地上长成的年轻人，长时期受着异样的文化熏染，对祖国大陆的认识是隔膜的、疏离的。长时期来隔岸观火似的遥望大陆上演的连台闹剧还是悲剧，稀奇古怪，不可思议。一切出之传闻，缺少“身受”的“实感”。因而才会产生那种难以理解的“反感”，其实是可以理解的。陈丹青是久居国外的海归画家，自己有过上山下乡的经验，但对上世纪五十年代初期发生的一连串运动，感受无多，八十年代以还的文坛风云也是疏离的。韩寒是不是“八〇后”，说不准，和香港那群大学生会有类同的感受，更不足怪。“文采欠佳，读不下去”，是陈、韩受到网上围攻的主要“话柄”，平心而论，这八个字的批语不免有些笼统。当时他俩只是随意闲聊，未能充分展开，不应求之过深。个人之间的议论，无论在《宪法》上还是“习惯法”（姑如是说）上都是允许的，并未犯哪条戒律，问题是被电视台简单地处理了，成为《世说新语》似的东西，因而引起纷纷议论。更不幸的是这个有趣的议题没有开展下去，夭折了。

巴金平生著作，有《全集》在，《随想录》在，可以研究、讨论者正多，正如陈丹青所说，六十还是七十年前，李健吾就对巴金有过不算潦草简单的评论。巴金生前也多次说过，论天资、论才气，他都比不上曹禺与萧乾，这都是实事、“真话”，也都值得认真讨论，包括文德与文才两个方面。至少新时期来，曹禺痛悔解放后未能写出一部值得保留下来的作品，痛苦地死去。巴金在疾病缠身之余写完了一部大书《随想录》，曹禺却只有早年完成的《雷雨》《日出》……几部巨制使人不忘。自然，《随想录》一百五十篇，并非篇篇都是锦绣珠玑，却也不是毫无文采、读不下去的滥货。这里我想从旧时读《随想录》的零碎记忆中选出不起眼的、并无代表意义的小篇，说一下曾经留给我的印象。

那还是《随想录》开笔不久写下的一篇题作“结婚”的随笔。不知怎的，其时社会上突然盛传起巴金要结婚的小道新闻，这是他连做梦也没有想到的事。但不以个人判断为转移，谣言愈传愈广，连他自己也招架不住了，听说他要拿起笔来辟谣。而流言却说得活灵活现，在巴金复述的笔下，故事生动，“曲终奏雅”，还是免不了对前不久在上海横行不可一世的“四人帮”爪牙徐某的“威风煞气”带上了一笔，似乎也不一定会引某些读者的厌烦，看不下去。使我担心的倒是怎样处理故事中被流言捎带出场的女方。在流言制造者看来，女方也必须是一位文化界的名人，否则就不合“门当户对”的原则，故事听起来就不怎么像了。直书其名罢，又万万不可。被无辜牵连在内者的隐私权不可触犯，同时还理应受到一定的尊重。用习惯的方法代之以××吧，也实在无力、无趣。想来想去，实在没摆布处。可是巴老在文章开始就把这个难题解决了。他写道：“近两个月忽然谣传我要结婚，而且对方是有名有姓的人。”

“有名有姓”四个字实在妙不可言。它将我前面想到的一大堆困难都一起担承、解脱了。我不想使用“语言大师”这样的套话，但不能不承认他说得好，运用得好。这是写作才能的偶然闪烁，不是“读不下去”的东西。同时我也从这里学了乖，以后遇到某些见钱眼开、不顾廉耻、放胆做出丑事的人物，想说两句话，但又不愿如苏东坡所说“多难畏事”似的不敢指名道姓，就仿此例以“有名有姓”四字当之。

陈、韩两位认为“读不下去”的作家还有冰心。记得读谢冰心，还是六七十年前小孩子时的事。留下的印象是她喜欢说起并歌颂的大海与母爱，文字清丽，是女作家应有的特色。后来久不读了。新时期来常见她接待客人的照相，书房里挂着梁启超写的一副对联。她晚年动笔不多，但留给我们印象却是深刻的。

近来从一本书的序言里，无意读到冰心在一九五七年的一篇答记者问，着实惊心动魄。这是当时常见的“阳谋”手段之一。或开座谈会，或派记者上门访问，谈话记录立即上了“内参”，报了上去。近来关于“卧底”一类事件，谈论得十分热闹，其实在当时是司空见惯的。有的“作家”不但善于摸底汇报，而且积少成多写成传记的也不稀见。现在只说冰心的答记者问，论成色，是不折不扣头等的右派言论，应划无疑，但冰心终于逃过一劫，以右派家属资格过了关（她的先生吴文藻被划为“右派”）。

读了刊于“内参”的这篇访问记，使我大吃一惊，过去头脑中关于冰心的印象轰然倒塌了。中年的谢冰心原来是一位勇敢、无畏的敢说真话的女性。

晚年的谢冰心写得少了，短了。但豪情不减，锐气如昔。我只记得她有一篇短论，标题似是“无士则如何！”是为知识分子说话的。文章极短，锋芒毕露，直指时弊。而文字平淡易读，想无“读不下去”之虞。除非是“隔教”，那就只能“言语道断”了。

前两年坊间出过一本小书，《齐人物论》，昙花一现，继起者寂然。这本来是在一本杂志上连载的，后来辑成一书，听说发表前后，颇引起过一点小麻烦。这也难怪。作者据自己的读后感，对数十位当代作家进行评论，或讥弹，或赞誉，全出个人感知，直言无忌，绝不以私见为定论，意在展开一座讨论的平台。看来这似乎是陈、韩私议的先河，而内容更为丰富，多存讨论余地。方式不同，趋向无异。总之，文坛无宗庙，只有作品；一旦白纸黑字面世，则任何读者都可七嘴八舌，放手议论。只有在众声喧嚣中，才可望趋向一致。而议论方式、过程，自以合理、全面、充分为理想。如此而已。

最近张爱玲的遗作《小团圆》出版了。一时洛阳纸贵，高居畅销书榜首。出版精英们的目光如炬，下手迅速，深得“稳、准、狠”精义，至可佩服。据说还有未译成的英文著作两种即将出笼，加上书札、佚篇……可以编成“全集”。这真是天大的喜讯，对众多“张迷”来说，其欣幸为何如。以上所说，多从经济观点着眼，不免失之片面，其实引起的动静，远不止此。议论纷起，对新书的评价，也并不一致。誉之者以为是“巅峰之作”，贬之者认为“写得太不堪，无聊透顶”。这是一位八十七岁的老学者的读后感，不免有点

“迂”。譬如张爱玲与胡兰成的关系，在老先生看来只是“白圭之玷”，万不该如此渲染，这是老先生的宽容之论。但过去就曾另有一位更老些的老先生，就直言不讳地称张胡一对为“狗男女”，话是有些难听，但作为一位读者的评论，也不好给他的嘴贴上封条，何况并非信口胡云，是有根有据的。可惜这位更老些的老先生最近去世了。就有铁杆“张迷”趁机跳出来“鞭尸”，破口痛骂，反正死人不会跳起来回嘴，只能由鞭尸勇士任性跳踉，平安无事，得胜还朝，也算得是一位“英雄”。

往常读新闻，西方每逢有重要的足球赛事，地方当局必如临大敌，重兵（警察）密布，临时禁酒……但仍不免出事，甚至死伤。每每不解。照韩（复榘）老太爷看来，两群人争一只皮球，何必闹成你死我活的一团糟。今见因《小团圆》引起的两军对垒，比之西方的球赛，正是有过之而无不及。“球迷”“张迷”，其实一也。而且局面方才展开，不知未来发展将如何。

再回到陈丹青的文章题目，“地狱和宗庙”，忽然悟出，宗庙不只存在于庙堂之上，在江湖之远也有“草根宗庙”者在，都是没有办过登记手续的，但其力量绝不可小觑。以张爱玲为祖师奶奶的“庙堂”就是其中之一。

连带想起的是，胡兰成与“才子文章”。

过去我读知堂五十五岁以后的文字，常有“故国之思”“麦秀之感”，颇不易解。联想中国文学史上，远有庾信，近有钱牧斋、吴梅村，这些人的身世经历、思想纷纭，多有相似之处，因而提出杜撰的“贰臣文学”命题。曾有反对者提出异议。其实人物比较与比较文学不过取其类似，可以并观。天下事物，哪有两者全同、不差累黍的事？如果有，也就用不着费时吃力地加以“比较”了。但此中也有特例，在“才子文学”中连“贰臣”也数不上的有阮大铖。马、阮并称，马士英还有同乡后辈为之“雪冤”，但为陈援庵等学者嗤之以鼻了；阮大铖之为铁定的坏种，早成定论。但大铖又被“公认”为“才子”，不但诗写得不坏，得到许多名人如章炳麟等的叹赏，还有过“小人无不多才”的共识；他还是个剧作名家。历来作文学史者也往往不吝给以一席之地。上世纪八十年代，李一氓曾想给他印一本全集。阮大铖的《咏怀堂诗集》(包括正续集及编年诗)、剧作《燕子笺》等四种，原刻少见，但都已陆续访得，只有最少作的《和箫集》是万历刻白棉纸印的本子，藏在天一阁中，被视为孤本，秘不肯出。李老曾对我叹息得书之难，阮集后来终未编成。这本《和箫集》我也早知踪迹，曾托人访求或抄一副本，而对方言辞惝恍，神秘得很。我是注意收集历史上坏种的著作的。如北宋的蔡太师、南宋的秦太师，可惜都片纸无存了。明代有严分宜的《钤山堂集》，还是嘉靖中杨升庵批点的白棉纸本，很是珍重，再下去就是阮大铖的集子了。细细看过，诸诗都是身陷阉党、削职隐居金陵祖堂山时所作。所与来往唱酬的多半是显宦官僚，可见不甘寂寞。可惜见闻不广，弄不清他这些“诗友”的身世本末。只有送周挹斋（延儒）北上的几首送行诗，分明可见以“董事长”身份嘱咐周君入朝后要好好干，庶不负诸公醵金助其起复之盛意，词意显然，毋庸细说。如此读诗，正是陈寅恪以诗证史的方法，也是读懂《柳如是别传》的门径。同时也是想从《和箫集》窥见阮髯早期行止思想的初意。

从这里，就不免说起所谓“才子文章”。

张爱玲的一系列作品，胡兰成的《今生今世》（删本也罢、全本也罢）全可以归入“才子文章”之列。自古以来，中国文坛上的“才子”都有一种特点，借一句旧话，“人归人，文归文”，也就是沪语的“桥归桥，路归路”。他们只求写得适意，“细行”和“大节”都非关注所在。其例多矣。鲁迅先生作文，以“才子”与“流氓”并论，其意自见。鲁迅又说过，有的作者以一二单篇或断句，留名文学史上，因为它有文采。这是已成共识的。有时读者爱屋及乌，将“才子”们的出格事迹，说成“风流韵事”，传为“佳话”，如唐伯虎、祝枝山，下至“晚近的鸳鸯蝴蝶”就都是的。不过这里有一个限度，或云底线，无论如何舞弄，一旦越过此一底线，就将陷于万劫不复境地，如阮大铖即是。

我读钱澄之的笔记，后附“髯绝篇”，记阮胡子的晚节事迹，生动真实，叹为绝作。无论用小说或电影剧本的尺度来要求，都是不折不扣的绝作。这样的阮胡子，是不可饶恕的狗屎堆，无论用今昔不同的道德尺度来量都如此。

但阮胡子的作品，仍有重印的必要，因为它有文采。

怎样看待张、胡，具体到如何评价《小团圆》，除了它的文采，它所提供的史实之外，应该仔细审视它是否越过了这条底线，越过了多少。对胡兰成也应如此，不仅限于“天花乱坠”的迷惘便休。

二〇〇九年六月二十六日

# 论“合理使用”

一天，朋友给我带来两册新书，上海三联书店出版的，说“又开骂了”。我一瞥作者名字，笑答道：“岂止今日，从一九五七年起就开骂了，而且是声音最响的一位。”我不想跟此人打交道，随手翻了翻两本大著。前有作者玉照，“名人”题词兼短序，继之以名流来往、文坛探佚，后殿以“向读者交心”为副题的“后记”，而以类似“行述”的生平年表结束。规格严整，全仿旧时代孝子贤孙敬刻先人遗稿样式、规格。此人有一独有的特色，是绝爱收集文人著作存稿、手迹、照片、通信，印刷品次之。百计营求，不择手段。凡有所作，必有原稿、书信、报刊原件制版为证。读者惊叹，以为高邮王氏复生。但其有关议论与所附文件往往南辕北辙，全由个人意志而左右，读者难就模糊之复印件对比，往往为其所愚。近来“卧底”小报告之类事件被频频揭露，未见此一运作方式，是一憾事。

此两册中所攻击者不只我一人，其嘉言懿行，更非片言可尽。实不愿与此挥舞粪帚（鲁迅先生语）之妄人纠缠。我只是想向这家“有着悠久历史的著名出版社”“在国内有着广泛的影响力，深受学界好评”的出版重镇请教，幸而于今年六月五日收到上海三联书店副总编辑黄韬先生的来信，今除复印原件备用外，转录其要点如下：

> ……反映敝社近期出版的沈鹏年所著《行云流水记往》一书中有诬蔑您的不实之词。接信后敝社非常重视，即向责任编辑了解相关情况。
>
> 由于责任编辑对近现代文坛的情况比较陌生，虽在编辑过程中也曾有过一些疑问，但可能被作者的某些所谓的证据所迷惑，加之一时间难以与您取得联系，因此，在未经细致核实的情况下，让这些内容出现在书中。
>
> 对编辑的这一失误，我们已进行了批评和处理，并要求他在以后的工作中吸取教训。凡涉及个人的事实性问题，一定要与当事者取得联系，认真听取当事各方的看法，不可轻信一面之词。
>
> 在这里，我谨代表敝社为我们工作上的欠缺向您致歉，并恳请您的原谅。

在这通致歉信中，对该书存在的严重问题及出笼经过、处理方式都有相当的反思与一定的诚意。我觉得还是值得肯定的。但此信之后，并无下文。听说其所持理由之一是，书中所使用引文，都属“合理使用”，并无问题云云。

此外，对该书作者数十年来的“平生功业”与人品表现，由于客观条件的限制，掌握无多，未加说及，也是造成遗憾的重要原因。

该书作者生平两大哄传文化界动作，即其在“后记”（副题为“向读者交心”）中交代的两件大案，他仅避重就轻草草交代了案发前奉命做调查的经过，并援引蒋文杰与柯灵两人对周作人事件的随感做铺垫，坐实周案其实是“一个谜”，是“多种复合因素造成的时代悲剧”，才进行“周作人落水”的“学术调查”，结论是周作人之落水投敌是出于中国共产党人的授意。具体内容则以“组织纪律”为由，不能“和盘托出”。至于毛鲁会见一案，则草草带过，并留下了翻案的“伏笔”。

其实情况绝非如此单纯，“调查”是从周作人处访得“独得之秘”开始的，随即在沪宁报刊上大事宣扬，因而引起广泛注意，重重辩驳，成为传媒注视重点，一时使发难者成为明星人物，辩论的结论是伪造史实，妄图为周作人翻案。毛鲁会见说，亦事同一律，大事宣扬，企图引起论辩，哗众取宠，实为其人品作风之典型表现。虽拉扯多人，反复辩解，其借名人故事，兴起无谓争论，借此妄图“登龙”之野心，则为人所共知。当日揭露此巧伪人的恶行者正是唐弢，也就是此书中特立专章，毛举细故，大加攻击的原因。

该书作者的主要攻击对象，不问可知，全书中造谣、诬蔑，随处可见。无耻地以“老黄迷”名号出场，任意将手迹、跋文、通信等有“未刊稿”之知识产权原件，制版发表，实已肆意侵权毫无顾忌。其尤为出奇的是，竟将来历不明的“苏里先生把黄裳亲笔写的自述”放胆推出，奇怪的是并未依例刊出原文手迹图版。并由此文断定我与朱朴在很早的时候就相熟了。

这里可以顺便说明一件小事，朱朴是汪伪“政府”的要员，《古今》杂志的老板，抗战胜利后逃往香港。本可就此对我做无情的批判，可惜时移事异，朱朴解放后曾两访北京，并与周作人叙旧，更值得注意的是，据此人说朱朴是受到当局的“礼遇”来访首都的，身份已与旧时大异，只好放过大好机会淡然处理，不能大加痛骂，以倾宿怨了，这岂非“风派”的好例么。

这两册大著，对我的攻击、明枪暗箭，随处可见，不可胜数。这些小动作如一一指出，那将是另一本大书。时间可惜，不想与妄人纠缠下去了。

最后，不能不对著名出版社的上海三联书店再说几句话。如前所论，对这样一部公然侵犯知识产权、充满诬蔑谎言、对本人发出无量数毒刺攻击的“著作”的出版，持何种态度？对作家的知识产权如何看待？对文稿中引用文证之真伪、论点之倾向，如何审定？是否对其引起之负面影响承担责任？正是，内部处理，公开发售。暗箱操作，两面下手。无上法门，堪悬座右。对如此严重的侵权行为，能以一句“合理使用”的淡话掩饰过去么？至于这里未经同意引用了黄裳先生的来信，为说明情况，实非得已，不知能援“合理使用”之论以自解乎？

二〇〇九年七月二十九日

# 忽然想起

近读《博览群书》总三〇六期，有陈福康教授《菜根味好书无价》一文，系介绍上海古籍出版社出版的《明清稿钞校本鉴定》者，凑巧不久前得该社见赠一部，正在披读，学习之中，见陈教授介绍，不禁有空谷足音之感。此书印制精美，足资学习鉴赏，正如陈氏所言，我只是粗略阅过，尤注意于“鉴定”一端，然篇幅寥寥，未餍所欲，甚望于陈教授文中得有启示。不料于文中读到这一节话，对原书毫无关涉，其文云：

“我想起，前一阵有人冒充鲁迅‘自留’的刘半农赠书，尽管大做宣传，还借了某名流的牌子，但也不过只能骗骗个别本来就不会买的人，最后还不是伪造者雇的托儿‘买’回去自己‘收藏’了?”

这一段与全文无关的插话（或云“冷箭”），所指无疑是前一阵有关《梅兰芳歌曲谱》的论争。陈教授也是出场者之一，是主张鲁迅字迹系冒充者所为的。每次出场必挟一两位“鲁研家”以壮声势，并未提出任何可以服人的证据，只以声势取胜，“假的就是假的!”完了。

我参加论争，因为曾经目睹原件，其间不过两分钟，但因此就有了一种“责任感”。鲁迅字迹的真伪，理应由广大读者裁决，如有确证其为伪造，我当承担失察的责任。可惜人们提出的只不过是“望气”和别种离奇古怪的论据，俱见双方讨论文字。其实此一公案引起的离奇故事正多，有机会当做详尽的记述。这里应指出的是陈教授的“好意”，姑隐其名，以“某名流”代之，并赐予某种类似“肃敬”“回避”模样的“牌子”。这种“不虞之誉”，理当敬谢。尤可异者，陈教授对《歌曲谱》的鲁迅题词的产生过程始而伪造，继而大事宣传，终于由“伪造者雇托儿自己买回”的一场拍场闹剧，有如目睹，历历如见，不能不使我这难得出门的老头子佩服。

写到这里，不免又“想起”我与陈教授的交往。

第一次见面是多年前他光临舍下，为他的学术研究项目——“《心史》研究”——立项推荐，没有长谈，如命签名后就匆匆辞去了。

这以后是长久没有过从。一日，偶然发现陈教授研究《心史》的专著早已出版，颇想一读，就写信去讨。不久，书寄来了，并附一信，说怕我对此书不感兴趣，因而未寄云云。

又过了许久，中华书局编印了一套《皓首学术随笔》，其中有我一本。一日，陈教授又匆匆跑来，说要集成一套签名本，命我签署后又匆匆而去。从此知道他也是一位藏书家。

陈教授又以郑振铎研究为主攻方向，有大著问世。而我因曾插手郑先生的纫秋山馆藏书出售事（这又是一件长长的故事），因而对西谛藏书与其劫中抢救国藏善本业绩发生兴趣。郑先生因避祸离家隐居，仍不放弃访书的故事，使人敬佩。想找些原始资料，而不可得，只好捧读陈教授所编郑先生的《日记全编》，皇皇巨册，其中有关劫中的人物事迹，多不能详，不免失望。后来见到嘉业堂主人刘承干所撰长文《让书纪事》（见《历史文献》），知道张叔平曾图收购嘉业堂藏书，成交订约，其见证中人西谛之名在焉。刘氏书何以未为国藏注意，使之免于散亡，而独归于张某？据刘承干自述，张叔平实非端士，在沦陷的上海，是个敌伪两方都吃得开的人物，且假借日伪恶势力对书主刘承干百般欺压，终于使郑先生退出合约中介人地位。终使嘉业堂藏书零散市上，这一切都为我所亲见。其中关键性人物则是张叔平。

为解开谜团，不能不写信向陈教授请教，得到回信，答以一无所知。没有多久，又读到陈教授的文章，颇为详细地介绍了解放后逃去香港的张叔平的身世。什么世家子弟，于文化事业多有建树……总之，全是正面的资料，一字不及其在沦陷上海的恶行。由此可知，陈教授的“一无所知”是虚晃一枪，后来拿出来的则是片面的“为亲者讳”的一面之词。

“假的就是假的！”这是陈福康教授说过的响当当的豪言壮语，但愿这不是一句场面上的空话。

二〇一〇年六月二十六日

（原载《文汇读书周报》二〇一〇年七月九日）

# “秘书”五种

一九四七年顷，马夷初（叙伦）丈曾手书楹帖见赠，其辞曰：

明镫九叠翻宫本
石室三年读秘书

马老是杭州人，故乡名迹有水乐、烟霞诸洞，故常以“石屋”题所著书，如《石屋余沖》等是。这里的“秘书”，大抵是指奇秘的藏书，不过我想它还应另有意义，而多半是“政治性”的。不过时代转变得也快，正所谓三十年河东、三十年河西，从雪夜闭门而读异化而为流行读物，从来不及禁毁而成为珍贵册籍，从放在“四书朱注”下面偷偷地读变为半公开的读物。这后一种说的是猥亵读物和画本。看来似乎与政治无关，但事关“世道人心”，统治者也不能放过，如清代大员丁日昌奏请禁毁的书目，就俨然与禁书书目公开发布，区别只在一在文苑庙堂、一在更广阔的民间大众中而已。

说来也颇有意思，最早我是从周作人的书里知道霭理士的名字的，又被他说得那样好，就想找一部来看看。霭理士的《性心理学研究》六大册，本来在英国也是禁书，后来解禁了，在美国作为医学学生读本印行，以示限制。我买得原书两大册，一本大字典放在一旁，读了起来，可是随时碰到性心理学的奇怪而长的名词术语，不胜其烦，只得中止了。直至一九八七年潘光旦译注的霭氏大书的简本出，才得以一读，数十年的时光却已匆匆过去了。

在这中间，曾接触到许多有关的性学书，见识了许多研究家对此类读物的不同态度，十分有趣。鲁迅先生在《中国小说史略》中，将《金瓶梅》列为“明之人情小说”；小说史家孙子书（楷第）的《中国通俗小说书目》等两种，仍师鲁迅分类方法，而别立“烟粉”一类，所著尤详。一九三六年良友公司出版的阿英著《小说闲谈》出，所收更富，多简单介绍书中情节，兼记出处。其“小说零话”中就直称为“淫书”，并记南北藏书家之多藏此类书者。盖藏书家不论大小，所藏多少有些此类著作。所著私人藏者有马隅卿、周越然、刘大杰、郑振铎、洪深、阚铎等。阿英说：“大概淫书之藏，在每个藏书家，总多少会有一些，没有什么可奇怪的。”事实正是如此，阿英所著录之书，有许多就是借自郑西谛。近读“郑振铎日记”记买书事甚详，其一九五六年十一月二日记云：

> 但无意中却得到某人托售的《弁而钗》一部，此“不登大雅”之物也。却索价绝为昂贵，余以久未收，目前仅有半部，故仍收之。

可见直至上世纪五十年代，西谛收书之兴仍豪。其藏书中此类书必不止一二。而《西谛书目》中却绝无著录，可见编目者心目中有一“禁区”在。最近《马隅卿小说戏曲论集》出版，中有“不登大雅文库书目”，虽疑颇有漏略，总算已突破此一禁区，是值得高兴的事。

《弁而钗》明末刻本，附有不算最好的版画插图，曾经见过一部残本。笔墨不算最恶俗，其重要价值是仅见的最早同性恋题材的长篇小说，早于《品花宝鉴》者几二百年。霭氏书中有专章讨论，称之为“性的逆转”，潘氏译注中可惜没有说及此书。

阿英还说：“刘大杰先生亦有孤本一种，书名《双峰记》。双峰者，两乳峰也。书盖以女性乳峰为中心，艺术地描写性心理，与一般淫秽之作不同。书亦明刊，图数十幅。”上世纪五十年代，一次在作协开会，遇见刘大杰，曾问起此书，大杰笑而不答。看来书当仍在，但几十年历经风雨，今天就不敢说了。

得到阿英的指点，建国之初到北京，自然就想开开眼界。在宴席上得与向觉明（达）相识，抽空就去拜访。当时他是北大图书馆馆长。一个早晨到了北大，只见他一个人在似乎门房的一间屋子里枯坐，穿着大衣，没有火，索索地在那里坐着。顺利地得到允许，就忙不迭地登楼观书，那是一条长长的大统间，书架骈列，随手拿起一本书来看，是黄（丕烈）跋的元刊许丁卯集（黄氏误说是宋本），这是李木斋木犀轩的藏书，是北大藏书的重点，不过不是我想看的重点，再走下去，才是“不登大雅之堂”文库，就一册册地翻看。这中间还发生了一场惊险插曲，一队由老师带领的女学生来参观了，没有办法，只好权作书库管理员粗暴地出来挡驾。这样，翻看了一两个小时，书兴越来越少，终于发现这是一大堆珍贵的垃圾。那特点像是有一种现成的套子，千篇一律。只将不同姓名的男女角色套上去就是。人物的特点也是雷同的，都是人间罕见的“英雄”人物，具有特异的性功能。终于掩卷而退了。我想二十年后风卷文苑的“三突出”理论就是它衍化的后身，要写人间没有的、不平凡的人物，没有些许缺点的主要英雄人物。要找范本么？这里有的是。从此买书时，每遇此类书总是望望然去之。我的藏书经过多少次抄检直至全部掠去，由“专家”细细审定，发现的也只有三五种，真是想附于藏书家的骥尾也还是不够格。

我不认识周越然。虽有几本言言斋的旧藏书，也都是辗转得之书肆，没有登门饱览的机缘。至于阿英不曾说及的另一重要藏家，傅惜华，那是另一次晋京才得窥见他的秘藏的。惜华好客，预先将此类藏书陈列于长案之上，数量之多，殊不下于马隅卿。但我有了参观平妖堂的经验，对大同小异的书本兴趣不大。只记得惜华得意的收藏、明刻插图残本《素娥篇》，人物长身玉立，雕手也平常，绝对赶不上虬村诸黄，此书本是言言斋旧藏，后归惜华，只以罕传见珍而已。倒是几种明刻大方册春宫图刻绘俱精，叹为绝作。可惜没有留意是否留有刻工姓名。记得有一幅描写渔家夫妇的家庭生活，月明如水，一叶扁舟，泊于苇丛。图绘之精、刀法之妙、意境之高，与那些俗滥短书相比，真有如天上人间。近来谈论春宫图册者渐多，荷兰高罗佩的《中国古代房内考》也译出来了，其所据以论述者也多为明刊春册，而底本多出于日本。此外，惜华还出明刊套色刊本《风流绝畅图》的彩色照相本相示，孤本仅存，亦在日本。在京所见的“秘书”，大致如此。

以下少记所得所谓“秘本”者五事。

第一种是抄本《痴婆子传》。开国那年在北平琉璃厂书铺买得。巾箱手抄本，封面别题书名《痴语》，题“芙蓉主人辑、情痴子批校”。这是书铺学徒就旧本影抄的。笔墨稚弱，然颇有古趣。价甚廉。这是一本大大有名的书，孙子书疑为明人所撰，因康熙刻《在园杂志》卷二曾引及此书。笔墨简净，尚无后出诸种蹈空之病，可见始作俑者尚存老实态度，后辈继起，遂更为放肆，不知所止矣。

一九五七年后，日久无聊，觉得光阴空过之可惜，遂发愿写一部历史长篇，以晚明人物陈子龙、吴梅村、柳如是、卞玉京等为主要人物，拟名《鸳湖记》。并不打算发表，聊以遣日而已。曾搜集历史素材成两厚册，大体线索初定，而苦于细节缺少描写依据，忽然想起有一部书大可参考，即《金瓶梅词话》是。这部大书可以说是记录晚明历史面貌的"百科全书"，举凡人物衣冠、居家琐碎、市井风习、园林景色，无不涉及。虽然西门大官人是个流氓暴发户，其生活层次，与理想中的小说人物高下悬殊，多有扞格，但仍不失为最佳参考资料，因托友人买得新刊影印本，细心阅读，分类摘取素材，集成一册。

一九七三年春，全部藏书，捆载俱去，除了没有字迹的素纸，片甲无存。先是陈列于单位一间长条统间内，呼"版本专家"顾廷龙来鉴定分类，由几位并非版本家编成草目一厚册，漏略实多。由顾君签收后扫数运往上海图书馆，后又由顾君手写"二类书目"一册，新时期来由市文清组见示，嘱我写成副本自存。诸书由图书馆胡乱遍加钤记，因按当时"政策"，这些书已是被没收的了。谁也想不到接着尚有"拨乱反正"、发还原主的国家新政。

发还是由"文清组"办理的，每次得到通知，就去领回一批，既无详目单据，也无签收手续，拉回便是，简便得很。这样每隔一段时间就得到通知，领回一批，数量多少不等。偶然发现有漏未发还的，就直接写信给上图，因为书在馆中，"文清组"只是发还经手者，难见原书，无从复检。去信上图，请求复检，效果很好，没有几天就由馆方检出退还了。如乙酉刊本萧云从《离骚图》、雍正刊《蓑笠轩仅存稿》等俱是。

又过了许久，闲时偶翻那本书目底册，有些大部书如道光刊王希廉评《红楼梦》百二十回本，一大堆珂罗版书法、画册等，实在已无收回兴趣。只是一二有趣的小种零册，不无恋惜。就想依旧例写信给上图，请求可能时给予复查机会。这次很快收到公文式的复信，要点是该馆例不接受处理外来函件，同时指示此类事项应向某某机关申诉，过程怎样、手续如何，详细得很，有如威虎山的联络图，不禁哑然。

写到这里，随手翻阅手边报刊，见有有关“轮胎特保案”的新闻和时事漫画，画上的美国总统奥巴马正在起劲地安放“贸易保护主义”城堡最后一块巨型条砖，口里喊着“筑起我们新的长城”口号，不禁微笑。这两桩风马牛不相及的事件竟自无端引起了奇异的联想。总觉得两者同是企图筑起新的“长城”，形式各异，用意则同。一家国家图书馆，立意挡住普通读者的交流愿望，视为无端干扰，千方百计想把矛盾引向别处。从此高处不胜寒的琼楼玉宇大门在啰唆惹厌的普通读者面前关上了。

没有法子，只好按照“联络图”进行艰苦的努力。一两年中好像走进无穷尽的奇怪阵图之中，漠视、推托、延宕、敷衍，种种祖传“不作为”策略，领略殆尽，最后是一件料想不到的有力批示发生了峰回路转的作用。一天，有关各方，市里、单位、图书馆都有人员出场光临，还带来了鲜花，在欢快、祥和的气氛中，取出一包旧书，当面交割，签收如仪。其郑重、端肃，与过去发还的胡乱、草率，真是天上地下，不可同日而语了。书凡三种，六册，用牛皮纸包封，各有经手人签署，可见典藏的慎重。

以下稍稍叙录“秘书”三种。

《叙情案》一卷，影明刻本。前有序，署“风魔解元吴趋唐寅”。次图版并赞二十五幅，版心下记叶数。前图后赞，皆作圆形。第二十一幅图中有“冲寰写”三字题署。赞者二十三人。其第一、二幅写隋炀、武曌故事。后赞小字楷书“讨隋炀氏檄”及“讨武曌檄”，两檄骈体新撰，不用旧文。以下诸赞俱署名，写用行楷，皆端丽。作者为谢天香、郝美、朱景耀、蕊玉甫、雅素美人、郝文珠、李素芳、郑如英、文英、陈琼芳、爱奴、杨舜华、岳无文、林云、苗飞玉、董贞贞、文丽容、赵燕如、张无双双行氏、宋小燕、尚紫兰、齐锦云。(其第七幅佚去后赞半叶。)卷尾有我朱笔跋三行：

> 此万历刊叙情案，刻（绘）者蔡冲寰，题句者秦淮名妓为多。复有图胡人秘戏一叶，皆可为时代之证。刊极工致，孤本也。假之思潜主人，以明时旧楮影得一册，书成因记。木雁斋。

此明刻白棉纸初印春图一册，未之前见，诧为秘册，在许家见之。时郑西谛正以宋本《楚辞》交刘哲民在沪以珂罗版影印，有此机缘，就向思潜假得，请哲民以明时纸复印。原书不知谁藏。思潜与张葱玉、谭敬等收藏家相熟，时以所得传观欣赏，此书终不知为谁家物。影印既成，原书即还去。

记得当时印了五六本，分赠上海、北京友人各一册，都是相熟而京藏“秘书”者。自存者不只此一册也。哲民自己加印了几册不详，揣想西谛必得见之。

关于此书刊刻时代，可断为万历。书中留下了“冲寰写”三字题款，而《集雅斋画谱》绘图者正是蔡元勋，字汝佐号冲寰。而附精图的曲本《丹桂记》上的附图亦有“冲寰笔”题署，两书都是万历中刻。万历三十五年刊成的黄应宠刊、蔡冲寰画的《图绘宗彝》，更可为《叙情案》刊刻时代作证。以上资料原始出处俱见一九六二年朝花美术出版社出版郭味蕖编著的《中国版画史略》。

此书图版刻绘俱精，但绝非新安诸黄风调，婉丽纤柔，亦尚未达明代晚期版画成就的高度。看来是刊于金陵苏州一带的制作，看它借用唐寅名撰序，对题作者俱出一时名妓，风格雅近文林阁、世德堂插图本的风度，是受到新安派的冲击，力图摆脱富春堂诸曲插绘的粗率闽刻余韵，趋向工致的努力痕迹。当时新安刻手，在雕刻墨模之余，远出金陵、吴下、杭州诸雕版中心，他们带来的影响不可忽视。寄居南京的徽人环翠堂汪氏所刻诸种，如巨制《人镜阳秋》，即全出新安黄应组之手，却一概被称之为“金陵派”，是名不符实的。勉强分派是不可取的。

还有一事可说。圆形插图，习惯称为“月光版”，是明末盛极一时的样式。人或以为它的创始、流行即在晚明，此书的出现，说明万历中就为出版家使用了。其普遍流行则在数十年后，而正是版画艺术获得飞速发展提高的黄金时段。此类春画，在当时是公开发售的，如高罗佩见于日本的诸种，但其供应对象，却有“雅”“俗”之分。就取材、配赞、刻工……而言，此册也属于较高层次，读者对象也自然较高。其借用唐寅名号作序，则是他已承认为“风流魁首”的缘故。

《杏花天》四卷十四回，署“古棠天放道人编次，曲水白云山人批评”。清刻本。十行、二十五字。白口单边。与孙楷第《中国通俗小说书目》著录之旧刊写刻本同。前有扉叶，题“天放道人编次　本衙藏版”。次目录。收藏有“程氏守中所得善本”白文方印。我有两跋：

今日饭后，于袁西江许得此本。前于北京马氏不登大雅之堂文库及傅氏碧蕖馆各见一本，他未见也。又见有明刊《海陵佚史》二卷，佳绝。题“无遮道人编次，醉憨居士批评”，写刻殊精，惜已为他人所得矣。袁估又告有明刻《五色石》一书，或可归余。聊记之于此。癸巳（一九五三）七月十二日，小雁。

癸巳腊八后一日重装四册讫。

余向不收此种书。此本忆友人之多藏秘书者见告，以为罕传，而抒写较佳，遂买之归。草草阅过，其实亦复俗套可厌，别无新意也。马隅卿所藏此等书共两架，余曾尽一日力观之，皆此类也。得此一书，以概其余，存其一格可耳。癸巳腊尾漫书。（朱笔在卷尾）

此三跋所记《海陵佚史》，孙楷第小说目录未著录，《五色石》则有之，云“八卷，原刊有图本”。又原藏者程守中，亦当年访书旧侣，常在肆中遇见，但未通姓氏。所藏颇有佳本，然随收随散，住家近复兴公园，徐积余遗书余烬最初见于肆中，精本多为所收。后闻郑西谛南来，以积学斋旧藏金冬心集五六种倩来青阁转售，皆初刻精印。用旧佳纸，且有金农名印，罕见难求，俱归西谛，今在国家图书馆。此本亦其旧物，因记其人供事于此。

《寻芳漫述》一卷，清刻巾箱本。八行十六字。白口，四周双边。题“广野居士述、北郭遯叟校”。凡五十七番。我有两跋：

> 此册拣得于旧抄本堆中，刻在嘉庆前后。闽中坊本小说也。写艳情颇刻露，文字亦较通常小说为佳，未见著录，当重装之。乙未（一九五五）雨水日，黄裳记。
>
> 此册得于昆山，叶氏九来后人也。子弟不肖，以小船载来沪上，论秤入市。余得讯晚，只见残余。尚存明清易代人撰著不少。此册亦杂书中，尚有《令海》一册，亦同式。前年游成都，乃又见一旧抄本，亦此书也。亦买之归。终不知刊于何时，作者何人也。己亥（一九五九）二月半雨窗记。黄裳。

从此书与《令海》刊刻全同看来，它们当属于同一种丛书的失群零本。查不出丛书名目。此书是用文言写的，作者仿佛有意逞才，常有诗篇出现，又有“芳闺十胜”，分咏“云鬟”“雪股”“凤眼”“蛾眉”“金莲”“玉笋”“柳腰”“酥乳”“粉颈”“朱唇”十题。这是清初词人常用的类似选题，趣味低下，到乾嘉以后，即少见。这是晚明逸荡遗风的余响，历百余年始渐消歇，也可以说明此书写成必不晚于乾隆。至于故事结构，则一仍旧贯，也就是老套，正如《红楼梦》中贾太君所痛批的女先儿的说书，举例详明，剖析深切，“这些书都是一个套子，左不其是些佳人才子”。“这小姐必是通文知礼，无所不晓，竟是个绝代佳人。只是一见了一个清俊的男人，不管是亲是友，便想起终身大事来。”只几句就揭出这些烟粉小说的底牌。贾母还说：“比如男人满腹文章去作贼，难道那王法看他是才子，就不入贼情一案不成!”这几句话，似乎到今天仍不失其现实意义。论文而不及其人，论才而不及其德，这些被认为是“腐旧套”的理念，却由封建大家庭“老祖宗”贾太君口中说出，谁说《红楼梦》里没有“大批判”，没有出色的“大字报”!

曹雪芹为什么要花如许笔墨、篇幅，正面宣传“封建教条”，并深刻地揭露出这些猥亵小说作者的创作心理动机？这许多似乎都是谜。真的是“谜”么？有没有将自己辛苦经营的作品与充满市场的下流读物划清界限的用意？这一切都要由荣国府老祖宗的口中郑重宣布，这些都为了什么？

以上，粗略地说了几本书的辗转流离始末。它们去得容易，回来却繁难，而且出于意外，也就是说，并非我所真正期望的。关于中国性文化的发展，实在是个重大的研究课题，绝非只有浅薄涉猎经验者所敢问津。曾经听说这样的佚话，有人问："男女通奸始于何时?"答案是："始于始有男女之日也。"这自然是个正确、老实的答案。治史当然以全史为理想，但条件限制，不如以治断代史为宜。以隋炀与武瞾为例，正史、杂说中有关的故事不少，但到了明朝人的头脑里，就异化为另一种东西。事实上我们所读的是明人随着自己的意愿创造的故事而已。其不能作为性文化研究的素材是明明白白的。可是一位外国学者高罗佩写了一本《中国古代房内考》，洋洋洒洒地从殷周说起，直至明的灭亡，俨然是一部完整的通史型的著作。其用力之勤奋、勾勒之细密，着实使人敬佩。然细考较去，其所援引的大抵是叶德辉的《双梅景闇丛书》及零碎的道家医家著作，至于"妖精打架"种种，则得之于日本所藏的一些明代画册，据图作说，成为全书最详悉的部分、亮点。看起来全书精华所在，还只能是明代晚期部分。原因是实物材料较多，论述较为完整细密的缘故。他的目光所及也还是有其局限。他所取材的三个方面，传统医籍、道家内丹派和明清色情小说。但实在说不上丰富、完整。如明末以还民歌作品，如《挂枝儿》《山歌》《白雪遗音》等，就未加利用。明清时期出现的大量医籍，有关性文化的记录，更是繁复。记得曾见过一厚册"卧云山房"黑格抄本医书，前后都有失叶，因而不知书名，其中所收涉及性文化的方剂、器材，与《金瓶梅》等书对照，不无吻合之处。范氏钞书在明嘉靖中，可知此风实于明中叶即已炽盛。至于出于同时代的天一阁抄本道家书，如《修真秘要》之类，更是繁多。道家的诗歌，旧刻本如《鸣鹤余音》等（多在明初）也多有意在言外的作品，可供采取。在明清出现的春宫画册中还有一种“暗春”形式。它并不直接描写“妖精打架”，而采用暗示的方式间接提示性行为于适当的环境、气氛中。其艺术表现方式与现场实写者显然不同。在文学作品中，《红楼梦》无疑是受到《金瓶梅》的影响的，但对性行为的大胆描写却并未有传承的明显痕迹。但也并非全然舍而不用。除一二刻露段落外。也偶有闲中着笔意境跃然的个例，如贾琏的打趣凤姐，有“改个样儿”“扭手扭脚”等语，其实就是“妖精打架”的简洁表述，寥寥二三语，而境界全出。多姑娘与王熙凤之间，相差有多少层次，在作者手下，岂能不小心翼翼慎重落笔，但贾琏就不同，他是照单全收的。因此他是归不了类的“滥淫”。当然这和作者的妇女观扯不到一起去。论“红”者多矣，但未见有注意及此者；论性学者多矣，也都未注目于此，实是一种遗憾。

阿英的《小说闲谈》出版于一九三六年。阿英在书中说及淫书：“有人说海上藏淫书最多者为周越然先生，实则不竞（尽）然也。就我所知，当以某大图书馆为最。该馆特辟一密室，贮藏此类书，颜曰‘地狱室’，书籍绘画，靡所不有。但其事极秘，知者极鲜，非与该馆有深切悠久之关系，殊难得其门而入。”这里所说的是上世纪三十年代的故事，在今天已成掌故，无从究诘。但我想，此种书刊，多为人视为犯禁的秘本，按不成文的习惯法，必做没收或销毁处理。全国各大文化机关，多有类似收储“秘书”（其范围绝不止于淫书）类似“小金库”的设置，这些书照例不收于公私各种书目，其存亡皆在疑似之间。这些“珍贵的垃圾”，迄今渺无记录，更说不上统计。我的意思，并非如《水浒传》中的洪太尉，执意打开石碣，放走妖魔，只是想提醒，这些“垃圾”中还藏有丰富的可以提炼、回收的东西在，也就是“珍贵”所在。在社会学、民俗学、医学史、性习俗研究，降而至于美术史、版画史，都可从中取得无穷的资粮，关键只在有正确庄严的态度，一双锐利明亮的眼睛，大胆耐心的习惯，经久的毅力才能涉足于此种胜业。写到这里不能不想到翻译了霭氏《性心理学》的潘光旦先生。他移译之余，还附加了十万字中十分之七以上的注，就是这种工作的尝试。他所取材的是中国文献、习惯中的有关事例。潘氏多览，但绝少及于明清色情小说，只多引用袁枚、纪昀之言，当是避忌所致，是可惜的。我们对高罗佩以外国人而撰写了“房内考”这样开山之作，应该致以崇高的敬意，但中国人的事究竟应由中国人自己来做，论条件也自有其优胜之处。潘光旦在译书完成后有自题诗五绝句，其一云：

发情止礼对谁论？禁遏流连两议喧；漫向九原嗟薄命，人间遍地未招魂？

以潘诗为此文作结，或可表达其微意于万一乎？

二〇〇九年十月作

# 忆黄河清

在书堆里找到一本小书，黄源的《鲁迅书简追忆》。一九八〇年一月浙江人民出版社初版。印一万四千二百册。这是一本薄薄素朴的小书，定价人民币二角六分。从中可以看出三十年来中国出版界的变化。这样一本内容充实、饱含文苑历史资料的小书，换到今天，可以增加图片，放大版式、梳妆打扮，不费力地成为一册定价三十来元的新书，是极平常的事。

这还是一本签名本。作者在扉页分四行写道：

> 黄裳同志兄教正　河清（钤“黄源”朱文方印）一九八〇年五月一日杭州

这本赠书在我写成《葛岺山居》（一九七九年五月三十日写）劫后初访河清的一年以后。他是前辈，为何在题赠中如此措辞，除了上海解放之初我们曾有短暂密切交游外，还有什么别的因由，不敢臆测。

回忆与河清初识，是在霞飞坊五十九号巴金家里。时在河清随军进驻上海以后，他就迫不及待地来看望老友巴金。我亲见他们久别重逢的动人情景，也见识了一身新四军军装的战士形象，刚从战场上下来的战士形象。远远说不上清洁整齐，仿佛丝毫不曾洗掉战地的烟尘，破旧的鞋子，上装脱落了不曾钉好的扣子，敞开在那里，两脚随便安置在沙发扶手上。他那洗不掉的海盐腔，放肆地雄谈，两位老朋友久别后的谈话是倾泻不尽的。坐在一旁的我只有旁听的份儿。上世纪三十年代他们都还是文学青年，但同在鲁迅先生那篇著名的答徐懋庸的长信里出现，也同在两个口号论争里有份。这一切，在我听来有如听白头宫女闲话天宝遗事，不大明白，但又有趣，这情形直到今天在我依然是处于朦胧状态中。

河清应该说是老上海了，但此番“辽鹤归来”，一切都变得生疏，“旧境都迷”了，我就理所当然地充当了一名向导，像跟班似的追随左右。有两件事至今好好地保存在记忆里。

一次在巴金家里，晚饭后河清提议去听戏，巴金要赶写一篇文章，不参加，只有萧珊和我陪同前去，目的地是坐落在牛庄路上的中国大戏院。在经理室里坐了一会，看见了主要演员叶盛章。使我出惊的是面前站着一位五短身材、单薄、瘦弱的书生，嗫嚅着话很少。等一会他将以身手矫健、翻腾如意的剧中人出现在舞台上。是不是由他挑班、听的是什么剧目，全忘记了，只有穿了长衫、文静瘦弱的叶盛章的形象依旧清晰地保留在记忆里。

散戏时已近午夜，归途车过南京路，河清忽然提议，到跑马厅去看看。叫醒了值班人，打开沉重的铁门。车子进场，开亮了头灯，缓缓地绕场兜了两个圈子。寂静无人的暗夜，有点阴森可怖，这是过去外来的殖民者压榨吮吸中国人民膏血的重要场所遗迹，今天却由胜利者来踏勘，兴奋、沉重……复杂的情绪布满胸怀，谁都没有说话，也不想说、说不出。

今天跑马厅已经变为人民广场，同样许多同类的处所也都以多姿多彩的“老洋房”身份获得重新装修、修旧如旧的善待，或化为办公楼，或成为时兴的酒家、咖啡店……人们高兴地出入，享受，轻松得很。但是知道这些“华居”的旧主人，以及他们成就过怎样惊人的“功业”的却少，是一种遗憾。

另一件关于河清的“佚事”是颇为有趣但同时又有典型意义的。

那时他常常要到不同场合去“讲话”。有一次是纪念鲁迅先生的大会，他是主要的报告人。我是记者自然要出席。报告即将开始，他需要控制讲话时间，却没有手表，就借了我的，登台后放在小桌上，以便随时张望。报告结束前照例要大家写纪念文章，却并不落实到人，只是一般的号召。说毕，散会，随即下台扬长而去。弄得我十分狼狈，只好自行上台取回手表。这时我才忽然悟出，河清实在是一位有魏晋风度的“名士派”人物。

没有好久，他就被调往杭州工作了。我一直说不清他的职务、官衔，相来总是文化方面的负责人。他努力工作，做出了成绩，受到表扬。就是“一出戏救活了一个剧种”的昆剧《十五贯》的出现与轰动。过了几年，听说他又被划了“右派”，搬出城市，住到葛岭山上“隐居”。于是才有了三十年后的那次访问。

入山处有一座山门，上书“葛岭”二字。一路上山，山路傍着一道小溪，有潺潺的水声相伴。走到有座石筑的凉亭处，左首就是他的“山居”所在了。主客相逢，注视移时，河清才惊喜地唤出了我的名字。可见三十年岁月，并不曾过多改变主客的容颜。不过此时的河清已是七十以上的老人了。

被迎进了他的山居，在可以望见一角西湖的庭院里啜着新采的步井春茶，开始了对谈。主题总离不开鲁迅先生。记得我请他解答过一个谜团，鲁迅在《文学》发表《“题未定”草》（一至三），又在《芒种》上发表同题的第五篇，题下有小注“四不发表”。这第四篇始终未能读到，是迷失了还是另有别的缘故。河清就详细说明这是先生对盗版商人采取的对策。那详情就写在《鲁迅书简追忆》里。关于此“谜”，八一年版《鲁迅全集》也只在注释中留下简单的“按‘题未定’草（四）实系拟写未就”一句，说不清楚。可见河清的小书保留的鲁迅先生许多佚事是多么可珍。

我听说柳如是的《湖上草》《尺牍》的原刻孤本就藏在浙江图书馆里，渴欲一见，就请河清写信介绍，他痛快地写了，还盖了章。翌日我兴冲冲地去了。不料碰了个不大不小的软钉子，说管书库的人出差去了，说不定归期。苦苦哀求无效，只好拿出河清的介绍信，对方取过瞟了一眼就放到一边，还是无效。退出图书馆走在白堤上时，我就想，虽然“四人帮”早已倒台，像被打倒有“前科”的老干部如河清，还处于“妾身未分明”的境地，在许多人眼里，他只不过是一位“故将军”！

司马迁撰《李将军列传》，记李广废为庶人时，夜饮归迟，至灞陵亭，为醉尉呵止，不得入。李广从者声言，“这是‘故李将军’”。醉尉说，“今将军尚不得夜行，何乃故耶？”

这是很有名的故事，也是太史公的名文。我试译《史记》旧文，至醉尉的怒斥而止，那两句“醉话”写得太好了，不能译也不敢译，本是简洁、明快、声口如见的口语，“何乃故耶”寥寥四字，声口如见，真是活画。不必译也不能、不敢译。前些时盛行过将古典译为白话，固然社会上有此要求，但我终不赞成。我不相信白话《史记》或《世说新语》能获得成功。

一九七九年的黄河清，正是一位“故将军”。

《鲁迅书简追忆》是一册可贵的“文坛实录”，它虽不完整却难得地记下了鲁迅先生生命最后两年一些重要活动的实况。除了开始部分有极少量带有时代烙印的套话外，整体都是回忆实录。是以鲁迅寄给黄源的信件为经，连串起来的重要史实的追记。

二十世纪三十年代鲁迅先生的斗争对手主要是国民党对

进步文化阵营的压迫、摧残，鲁迅的重要据点是《申报》的“自由谈”和生活书店旗下的《文学》（郑振铎、傅东华前后主编）、《太白》（陈望道主编）、《译文》（鲁迅、茅盾主持，黄源执行编辑）。此外，曹聚仁、林语堂、聂绀弩、施蛰存、吴朗西等主持的刊物、副刊也是先生偶尔涉足的处所，发表过不无重要战斗檄文。河清当时是生活书店的雇员，主要工作是编《文学》，《译文》则是利用业余时间在鲁迅指导下做种种编辑琐事，也因此得与鲁迅有密切接触机会。生活书店当时的经理是徐伯昕，和河清的关系不错，河清代鲁迅向书店提出的种种合作意图都得到徐的尊重，鲁迅的《小约龄》《桃色的云》也都由生活书店重印发行。

郑振铎在北平燕京大学教书，受到排挤，回到上海。为生活书店主编大型文学刊物《世界文库》。此前郑西谛与鲁迅合作编刊《北平笺谱》，在不长的时间里印成问世。为编此书两人书信频繁，鲁迅还赞赏过西谛的《访笺杂记》是篇有趣的文字。鲁、郑之间关系是很融洽的。西谛移家北行前几次往访鲁迅，敲定了为《文库》翻译果戈理的《死魂灵》，从此锁定了鲁迅整整一年的“苦工”，也催生了这部名作名译。河清说，“对《死魂灵》的译文不能轻估，等于打一个死硬仗。所以许广平同志一谈起《死魂灵》心痛如绞”。这部名译是从德译本重译的，原书则是河清所赠。一九三四年十一月二十七日《鲁迅日记》记：“下午河清来，并赠德译本《果戈理全集》一部五本，值十八元，以其太巨，还以十五元也。”河清记：

这德译本，我是诚心诚意地送他的。在第一本书上写着“鲁迅先生惠存”。但他说太贵，一定要还钱。这是难得买到的，我坚持不接受还钱。于是他用力地想说服我，我坐在长桌边，他在长桌对面踱来踱去，从在日本东京读书时译印《域外小说集》，用蒋抑之的钱印书讲起，意思是他是银行家，有钱，借用几百块钱，印书，至今未还；对我，这书太贵，不能由我负担，非还钱不可……这时我突围似的脱口说出，“书上已写了字送你的”。鲁迅先生一听这话，怔了一怔，收住脚步，朝桌上堆着的五本书一看，突然笑容满面地对着我高声地说，“好，答允你，写字这本算你送我的，其余四本，还你十五块钱”。我无法抵御，只好接受了。

这不是很好的一段“书林佳话”么。

鲁迅译《死魂灵》是重译。记得许多年前，一次闲谈中我问巴金，“你认为最好的文学译本是哪一种?”他脱口答道，《死魂灵》。那时还没有根据原文的直译本。我以为，即使如此，这回答依旧是不可移易的。

鲁迅先生对生活书店旗下的几个进步刊物，是不遗余力地支持的。正在紧张吃力地为《世界文库》翻译《死魂灵》，还为《文学》写了五六篇“文学论坛”的短评，又要求先生的新作散文，同时在刊物上登出预告来，说是“题未定”。本来一直做着翻译工作的，要改换笔调来写散文，是有困难的，但先生对战友是“有求必应”的。散文命题就是“‘题未定’草”。在送检时遇到了检查官的多方留难。现在就《病后杂谈》及《之余》所遇到的检查与反检查斗争为例，引述如下：

《病后杂谈之余》什么时候交《文学》，在《日记》《书信》里都查不到，但我拿到送检的校样，再去先生家里，肯定是一月廿六日。校样上检查官加了记号，要编辑或作者改定。傅东华和我当然不便做主，由我拿了这校样去请示先生。记得已是黄昏时分，我走到卧室兼书室的二楼，先生本坐在书桌前，听到我的脚步声，站起来，转身对着门，看我走进去。我们并没有寒暄，我径把划着许多记号的校样递给先生，说：“书店送检查回来说，要我们在校样加记号的地方，自己删改。”鲁迅先生背靠着书桌，靠近书桌前的转椅站着，脸色凛然，翻看一下打着铅笔记号的校样，声色俱厉地说：“狗贼，要删就删，要禁止就禁止，连这一点骨气也没有，事实上还是删改，而自己竟不肯负删改的责任，要算作者或编辑改的。可恶之至。等发表后，再对付它！”

说后，就站着用笔选了几处，划了几划，删了一点，交还我。这校样后来由生活书店拿去再送检查，检查官还不满足，又由检查官动口，出版者动手，删成像《且介亭杂文》集里标记的那样，总算通过了，登在《文学》三月号上。

关于鲁迅的"'题未定'草"未发表的第四篇之谜，河清给我做过解释，但在《鲁迅书简追忆》中有更详细的说明：

> 同年（一九三六）二月十日，还是给曹靖华的信里说："翻印的一批人，现在已给我生活上的影响；这里又有一批人，是印'选本'的，选三四回，便将我的创作都选在他那边出售了。不过现在影响还小，再下去，就得另想生活法。"接着在三月二十四日给曹靖华的信里说得严重了："上海真是流氓世界，我的收入，几乎被不知道什么人的选本和翻版剥削完了。然而什么法子也没有。不过目前于生活还不受影响，将来也许要弄到随时卖稿吃饭。"后来更有人擅自收集鲁迅先生发表在书报杂志上的文章，抢在鲁迅先生自己编的集子前出版，鲁迅先生不得不设计对付这一批人，所以在《文学》上发表《"题未定"草》（一至三）后，在《芒种》上发表《"题未定"草》（五）时，在题目下有小注"一至三载《文学》，四不发表"。先生打算以后编写一本《"题未定"草》集，留着（四）最后写，先不发表，直接编入集子。这是在同那一批人的斗法。但只写了第三篇《"题未定"草》（六至九），一九三六年病了，未能继续写下去。

《死魂灵》的译本，本来是在生活书店的《世界文库》里连载的。第一部已告一段落，郑西谛仍坚请鲁迅续译，终未得允。其间复杂关系，河清记其岩略云：

> “西谛不许我交卸《死魂灵》第二部。”当时鲁迅先生和郑振铎的关系还是友好的。八月六日，“西谛招夜饭，晚与广平携海婴同至其寓，同席十二人，赠其女玩具四合，取《十竹笺谱》五本，笺纸数十盒而归”。八月十三日“得西谛信”。郑振铎提出不许交卸《死魂灵》第二部的，肯定就在这期间。鲁迅先生当日下午的复信已失，但从“不许”二字看来，可以断定鲁迅先生打算应许了。然而，天有不测风云，事情也有变化。到十月四日，却说：“至于第二部（原稿就是不完的）是否仍给他们登下去，我此时还没有决定。”（《鲁迅书信集》八八八页）但到十月十七夜，已断然决定：“幸译本（按：指《死魂灵》第一部）已告一段落，可以休息了，此后豫告，请除我名。”（《鲁迅书信集》八九二页）两个月前“不许我交卸”的，至此断然回绝了。这是鲁迅先生的“翻手为云覆手雨”吗？当然不是。读者如其细心读这一段时期的鲁迅书信会摸清其中的缘故的。

国民党的检查制度，始于一九三四年，终于翌年六月，共一年半。这中间给鲁迅带来的伤害、干扰多多，最知名的是在《文学》上发表的《病后杂谈》，检查官将全文腰斩，只留一头（第一节）。鲁迅的对策是就使这刀余的“首级”原样在刊物上出现，“一”之后戛然而止，使读者始而不解，继而惶惑，最后终于恍然大悟。于是反动派的阴谋诡计昭示于天下。这场无声的搏斗，胜利谁属，是明明白白的。

在《译文》这一战场上，鲁迅所花费的精力尤多。选材、访求新的译手、找寻插图，关心版式，最后是自己动手，无不全力以赴。使我触目惊心的是《表》的翻译与成书。在天津南开读中学时，我对先生的著译是每见必收的。最为珍重的则是生活书店版的《表》和《译文》的终刊号：黄色封面、用好的厚纸印成厚厚的一册，与装帧精美、插图丰富的《表》同为我藏书中的珍物。可惜这一切都毁于日寇的炮火，而今天的旧书拍卖场上，却从未见《表》的踪迹，可见其珍罕殊不下于《域外小说集》也。就连这为鲁迅认为差可满意的生活书店印本，他还不满足，打算到日本东京去印更精美的豪华本。可见先生对这本小书的爱重。

河清的《追忆》还记下了有关鲁迅先生一些有意思的故事。

譬如，关于鲁迅的毛笔字（也就是所谓“书法”），郭沫若的评论就很有意思。郭沫若说：“融洽篆隶于一炉，听任心腕之交应，朴质而不拘挛，洒脱而有法度。远逾宋唐，直攀魏晋，世人宝之，非因人而贵也。”我看郭的说法虽少有夸大，其实倒是颇为“到位”的。比通常“望气”派深刻、高明得多了。

那时，《文学》《译文》《太白》的编辑部都设在编者在拉都路各自的家中。“傅东华的全部精力用在编辑商务印书馆的所谓国定本的高中国文教科书，是一笔好生意。他和郑振铎先生一样，编辑刊物只能算副业。鲁迅先生的手稿被用来包油条，是同住在拉都路的萧红发现的。”河清说，“这原稿是我丢失的。我当时不懂得鲁迅的原稿之可贵，清样校完后就把有的原稿散失了”。鲁迅手稿的流散，使许广平痛惜，但鲁迅自己的意见，却保留在给萧军的信里。

“我的原稿的境遇，许知道了似乎有点悲哀；我是满足的，居然还可以包油条，可见还有一些用处。我自己是在擦桌子的，因为我用的是中国纸，比洋纸能吸水。”这些话今天读来，会有怎样的感触，比许广平的痛惜当更有不同。先生《故事新编》的手稿，就是由河清保存，捐赠给鲁迅博物馆。这是他发现过去的失误以后的事。

生活书店的主持人邹韬奋于一九三五年八月廿九日从海外回来，见经理徐伯昕身体不好，就让他到莫干山去休息，经理换了毕云程。这次人事更动，却换了一种全新的局面，河清也随之陷入了痛苦的旋涡。昨天收到巴金研究会出版的第八期《点滴》，中收肖毛“鲁迅·黄源·巴金和《译文丛书》”一文，可以说是与河清的小册子同一题材的另一番表述。它称此一斗争为“倒黄事件”，文章中小标题有“鲁迅怎样被生活书店涮了两回”等，钩稽文献，叙述完整，是一篇用力之作，缺憾的是作者未见《鲁迅书简追忆》一书，未能运用许多珍贵的当事人现场回忆。

事情的开始是河清曾将鲁迅主持的《译文丛书》与徐伯

昕口头接洽定当、由生活书店出版事告知韬奋，当面得到了回答，生活书店已有《世界文库》，不想再出《译文丛书》了。至于“译文月刊”的是否仍由生活书店继续发行，则并未说及。河清将情况向鲁迅反映了并建议与文化生活出版社试行接洽。鲁迅听见生活书店毁约，并不以为意外，不动声色，对向文生社接洽事，鲁迅是同意的，并说：“不！今晚上，我们一道去卡尔登看外国舞剧，明后天再去，不迟。”河清第二天找巴金一谈，得到热烈的欢迎，事情便定局了。河清鉴于生活书店的毁约，决定十五日在南京饭店请客，使双方见见面，商定一下，就更好。九月十五日译文社出面在南京饭店请客，同席共十人，鲁迅、茅盾、黎烈文、黄源；巴金、吴朗西；许广平和海婴；胡风和傅东华。席上关于出版的公事，很简单地谈过后就是任意谈天，席上谁也没有一句讲起生活书店事。鲁迅在处理此事全部过程中，都是气定神闲的，还签好与生活书店订的《译文》第二年出版合同。这份已签好的合同、尚未由河清转去前，生活书店的“新亚公司夜饭”就发生了。河清的回忆说：

> 关于“新亚公司夜饭”的事，鲁迅先生在九月十七日《日记》里记着：“晚明甫及西谛来，少坐同往新亚公司夜饭，同席共七人。”同席的七人是邹韬奋、毕云程、傅东华、郑振铎、胡愈之、茅盾、鲁迅。这次夜饭同我九月十五日在南京饭店请客是有因果关系的。我请客后，有人把这情况告诉了生活书店，生活书店就认为

《译文丛书》不由他们出版（其实他们不愿出版），改由文化生活出版社出版是我搞的鬼，十七日那天，他们把鲁迅请去，搞突然袭击，对付我这个文学青年。鲁迅先生在十月四日给萧军的信里说："那天晚上，他们开了一个会，也来找我，是对付黄先生的。"就是指这件事……

会上，生活书店提出撤换我的《译文》编辑职务，要鲁迅先生承认。鲁迅先生认为："我已签字了，他们却又提出撤换编辑。这是未曾有过的恶例，我不承认，这刊物便只得中止了。"（《鲁迅书信集》八九六——八九七页）这样，鲁迅先生不待终席便拂袖而去，临走时告诉茅盾，请他约黎烈文明天下午去他家商谈《译文》事……

《鲁迅日记》记，十八日，"上午河清来……午后明甫及列文来"。

……鲁迅先生一见到我就说："你来得正好，昨夜生活书店约我在新亚开个会，谈《译文》问题，我说有关《译文》的事，是我们译文社自己的事，我已经约沈先生、黎先生下午到这里来商谈，你就在我这里吃午饭，下午一起谈。"

鲁迅先生没有对我讲那天夜饭的具体情况，并且以后也从未谈。我有个习惯，虽则和鲁迅先生谈天，无所拘束，但鲁迅先生不谈的事，从不追问的。

下午二时光景，沈先生和黎先生一起从前门进来。我们在客堂间的长桌前对面坐下。沈先生和黎先生坐在一边，鲁迅先生和我坐一边。平时我们在一起座谈，鲁迅先生谈笑风生，大家很愉快，很轻松。这一天，鲁迅先生很少说话，脸色很严峻。大家坐下不久，闲谈几句，鲁迅先生就从袋里取出他已签了字的《译文》第二年的合同，放在他身前桌上。他说："昨晚的事，沈先生大概和黎先生已经谈过吧。"沈先生应声说："谈过一下。"黎先生点点头。鲁迅先生接着说："我在这里不谈了。《译文》第二年的合同，我已签了字，昨天他们出来推翻了。"他随手指指桌上的合同，又说："这样，这合同不算数了。"接着他拿起合同，将它撕成条条，放下后，抬起头，严正地说："生活书店要继续出版《译文》，我提议，与黄源订合同，由黄源签字。"声调很坚决。沈先生和黎先生随即同声应道："好的。"

鲁迅先生转换了缓和的口气说："那么，请沈先生通知生活书店。完了。"

河清的回忆是珍贵的。

回想上世纪准备拍摄以"鲁迅"命名的故事片时，曾聚集许多第一流的作家集体商量、执笔，最后终于夭折了。试想，有谁能写出这样简短鲜明有力的片段来呢？这只有几个镜头的片段，几乎没有什么对话，近于默片，但又是多么有力的一笔，人物的精神、风度，有特色的习惯动作，沉重的气氛，没有欢笑的场景，没有谁能写得出。不是作家没有才华、没有本领，只因他们没有生活。

《红楼梦》中有数不清的精美的细节，往往有脂砚斋的泪笔夹评，“此×中佚事也”之类，数量不少。这就说明曹雪芹胸中有用不尽的“生活积累”，不吐不快。他不是写“家史”，是写小说，没有细节就完不成作品，而他的细节却多得用不完。

河清接下去说他的回忆。

> 会议没有几分钟就这样结束了。……鲁迅先生平时最好说话，但碰到这种时刻，谁也不敢多说。鲁迅先生这样撇开其他问题，单刀直入，坚决、果断地处理问题，我还是第一次碰到……他不怕得罪一大批人，哪怕其中有的是有长久历史关系的……
>
> 鲁迅先生对我这样说：“那天晚上，他们应该找你一起去，有问题搬在桌子上谈，搞缺席裁判，没有好结果。我的基本立场难道还不知道吗？”
>
> 许先生对着我激动地说：“那晚上，大先生气极了，一进门，帽子一丢就说：‘闹翻了，闹翻了。’大先生这样拼命出力，支持这几种刊物，他们却这样对待大先生……”
>
> 两年半来，鲁迅先生为生活书店出版的《文学》《译文》《太白》《世界文库》四个杂志合计发表了译作七十八篇，外加一部长篇《死魂灵》。其中单是一九三五年，即上海在书报检查制度下的一年，发表的文章就多至四十七篇（包括《死魂灵》），这是多么大的支持啊！

读到这里，就使我记起鲁迅的“横着站”。在当时，他要正面对付国民党的文化围剿；另一面又须应对同一阵营中“奴隶总管”式的暗箭来袭。其实还有很大一部分力气是花在进步文化团体身上的。出版社自然有进步与反动之分，但它们都具有天生的营利属性。古今中外概莫能外。除非国民党有过赔死不关张的正中书局。而书店要营利，眼睛首先就落在作者身上，“开涮”。涮法古已有之，于今为烈，终于逐渐沦为公开的“不要脸”。这是闲话，暂时搁起。

关于“新亚公司夜饭”，河清据鲁迅九月十七日日记，“晚明甫（茅盾）及西谛来，少坐同往新亚公司夜饭，同席共七人”。七人为邹韬奋、毕云程、傅东华、郑振铎、胡愈之、茅盾、鲁迅也。河清记，“生活书店提出撤换我的《译文》编辑职务，要鲁迅先生承认。鲁迅先生认为‘我已签字了，他们却又提出撤换编辑。这是未曾有过的恶例，我不承认，这刊物便只得中止了’（据《鲁迅书信集》）。这样，鲁迅先生不待终席便拂袖而去”。同席七人中鲁迅外无一人谈过当时席上情况，因此我们看不到实录。河清记：

> 第二天，我接到一位不是译文社的文化界前辈的电话，约我去谈话。我对他是很尊敬的，而且他对我也有过直接的帮助，他曾介绍我为一爿小书店编译过两本外国小说选集。但他那天的谈话是不公正的：一、指斥我和生活书店的关系没有搞好；二、说鲁迅先生爱护青年的精神是好的，但那天晚上的态度，是官僚主义的。其

实他并不了解情况。我当然不能接受他的批评，特别是对鲁迅先生的批评。最后他提出："你去向鲁迅先生提出，要鲁迅先生收回成命，申明你不能签字，仍旧要鲁迅先生签字，如其你不答应，后果由你负责。"我懂得这后果指停办《译文》，辞退我《文学》编辑职务。既不根据事实讲理，又以撤职为要挟，这对初入社会的青年，受得了么？我非常气愤，但敢怒不敢言。我说："我现在不能答复你，过两天答复。"我悲愤地离开了他的家。但我坚持着事前不去向鲁迅先生申诉。

三天后，九月二十一日，我打电话做了答复。我说："我不敢去对鲁迅先生这样讲。"对方听到我拒绝了，就把电话机砰然一声地丢下。我也挂起电话，立刻奔向鲁迅先生处。我把约会中的对我的指责和对鲁迅先生的批评，如实地反映了，并且说明我已断然拒绝他的要挟。

鲁迅先生听了我的话，用爱护的口气说："你不应该说我不敢去，你要说，我去说了，鲁迅不答应。你还年轻，让他们来对付我这老骨头吧。他们用的釜底抽薪战术。但你已经说了，算了，看他们下一步吧。"

从四十多年后的回忆中，还可以感受到河清的悲愤心情。一位文学青年，受到文坛前辈的无理高压，又不敢"造反"，不敢提名道姓，只能忍气吞声，其痛苦为何如！

前文提起的肖毛的文章中也曾说道："也有谣言，说这是出于郑振铎、胡愈之两位的谋略，但不知真否？"并引鲁迅致萧军信："那天晚上，他们开了一个会，也来找我，是对付黄先生的。这时我才看出了资本家及其帮闲们的原形，那专横、卑劣和小气，竟大出于我的意料之外。"

"追忆"引鲁迅九月二十四日的致黄源信：

> 前天沈先生来，说郑先生前去提议，可调解《译文》事……当经我们商定接收……今天上午沈先生和黎先生同来，拿的是胡先生的信，说此事邹先生不能同意，情愿停刊。那么，这事情结束了。
>
> 他们那边人马也真多，忽而这人，忽而那人。回想起来：第一回，我对于合同已经签字了，他们忽而出了一大批人马，翻了局面；第二回，郑先生的提议，我们接收了，又忽而化为胡先生来取消。一下子对我们开了两回玩笑，大家白跑……

这是鲁迅自述被"涮"的经过，同时对"对方人马"的界定，十分清楚。准此，那位教训河清的文坛前辈，非郑西谛莫属了。

这篇《书话》写得未免过长了。将"倒黄事件"说完，大体上可以说是应该结束的时候了。《追忆》剩下的部分，应该提要补记的是，鲁迅写信给郑振铎，辞去《死魂灵》续译之约，并有"此后豫告，请除我名"的话。《死魂灵》终于以文生社的"译文丛书"第一部问世了。此外，九月十五日“南京饭店夜饭”后立即向生活书店通报情况的是傅东华；更为重要的是徐伯昕在数十年后调查《译文》停办问题时的发言；《译文》终于由上海杂志公司复刊。还是由河清请客。鲁迅日记：“九日，晚河清邀饭于宴宾楼，同席九人。”这九人是鲁迅、茅盾、黎烈文、巴金、吴朗西、黄源、胡风、萧军、萧红。抄写之余，偶有所感，亦已随时发却，因此也不再说多余的闲话了。

二〇一〇年七月十六日

补记：

祖宗成法是不能放弃的，进一步的发明创造则是受到鼓励的。试看今日之出版社，对付作者的新颖“涮”法，可谓层出不穷。试举一例。有所谓“宣传用书”之说，即在初版印数中取高达二十分之一为宣传用书。首先，它剥掉了作者一大块版税收益，其次这批“机动书”又可作调剂存缺账面的暗箱操作的有力手段，妙用无穷。至于如何“宣传”，只有天知道。这一切，鲁迅当年没有见识过。今天，作为打工者的作者是不可能知道的，他们只有挨涮的份儿。

# 《自庄严堪善本书影》序

至德周叔弢先生是藏书大家，也是我国私人藏书活动结末的重要人物。所藏善本古籍已先后捐献国家，其《自庄严堪善本书目》也已问世。唯所附书影过少而印制未精，读者未能窥其全貌，实为憾事。今《自庄严堪善本书影》编辑完成，将精印面世，实为书林盛事。

先生藏书特色，傅沅叔曾以“不侈闳富之名，而特以精严自励”许之，自是知言。先生所倡藏书五好之说，可为选书标准注脚。所藏宋本陶集二种，为黄荛圃陶陶室故物，先生前后收得，书估居奇，终得璧合。其中故事，俱见书跋。不只是访书佳话，其间辛苦，也俱见于是。先生所得宋元精本，不下百种。就中尤使人惊异者，如元南阜书堂刻《东坡乐府》，元广信书院本《稼轩长短句》，真是奇书佳椠，双美作合，罕遇难求，都是得之杨氏海源阁者。明刻百五十许种中，竟有嘉靖绍陶室刻《杂剧十段锦》，为钱遵王、朱竹垞旧藏，不能不使人惊叹其目光如炬，能拔佳本于书丛。

宋元之外，先生特好钞校。尝于致徐积余函中自述“暹近颇嗜名贤手抄手校之书，其趣味胜于宋元椠本”，时在一九二六年。此藏书又进一境之证。忆一九五二年访北京图书馆，适先生献书初至——尚未开箱，封斐云先启一箱，俾快先睹。因取三数小册凭几观之，皆钞校也。漫阅一过，竟费半小时，其纸墨装潢、题跋钤记，中人欲醉。只能废书兴叹，因知自庄严堪中有佳品如许。丁丑（一九三七）岁暮，先生以海源阁藏宋本《王注苏诗》从傅沅叔易得明钞《席上辅谈》，有黄荛翁金少章跋；明钞《宾退录》，有孙岷自跋；陈西畇校宋本《邵氏闻见录》三书。去宋得钞，自言“亦颇快意”。此折本生意，常人必不肯为者。又以明景宋钞《文苑英华》，向沅叔易得顾千里校宋本《嘉祐集》，皆苦爱钞校之证。又曾于书估手中高值得所藏宋本《监本纂图重言重意互注点校毛诗》之黄荛圃失群旧跋两通，合浦珠还，大喜过望。先生尝取所藏宋本残册赠故宫，使残书得完，皆是此意。余尝得黄荛圃跋宋本毛诗一页于海虞瞿氏，棉纸恭楷。此正《荛圃藏书题识》开卷第一篇，惜原书不知流落何许矣。

先生爱惜旧本旧装，如护头目。称赞海源阁旧藏书，皆能善保原装原式。在跋元本《注心赋》时说，“杨氏藏书，皆善保旧装，不轻改易”，又说“杨氏书初出时，细审之无一指爪痕。想见当年藏书之谨惜。敬夫（杨氏后人）未克严守此戒，传之者多非真知笃好之人，不知毁却多少好书矣”。爱书之意，真情见乎词。又跋钞本《纬略》说：“余所见古书能多存旧装者，当推海源阁，若今人知重此者，益鲜矣。”又于钱曾述古堂钞本《李文公集》跋中说：“余初见此书时，尚是旧装一册。与《结一庐书目》合。旋为书估改装四册，古意遂漓矣。余尝谓书之精神在纸光墨采中，非极渝敝，不可轻付装潢。况世之能手如钱半岩者又不可多得耶。”赏鉴古书，能从美学高度认识，先生是第一人。能从此一层次领会书趣，方是真的爱书。对不良的读书习惯，更是深恶痛绝，他说：“余每见人以爪侵字，以唾揭幅，心痛之如割截肌肤。不知天下多少好书为此辈毁却。纸之筋络极细，一断即不可复续矣。”言之痛切，有如此。晚近“藏书家”并不知书，往往计册论钱，书估遂衬纸增厚，分一册为多册，旧装遂不可复见。

先生品书，眼光开阔，堂庑甚大。宋元明刻之外，亦重视清刻并活字本。在跋嘉庆庚山草堂本《新安二江先生集》时说：“写刻精好，纸墨莹洁，开卷便有惊人之处。余尝谓清代刻本可上追赵宋，下俯朱明，正指此等书而言。”这不仅是卓识，也是确评。一九六一年三月二十五日日记：“忽发收集清代活字本之兴。”家书云：“我现在工作读书之外，经常到古玩铺古书铺一走。……书籍只限于清代活字本。以前藏书家皆轻视之，都不经意。一经收罗，趣味无穷。清代活字以木活字为多，我收到铜活字两种、泥活字两种，皆罕见之品也。”先生收清活字本，五年中共得四百余种，皆捐赠天津图书馆。每年所得近百种，可见收书兴致不异昔时。先生余兴所至，兼及敦煌卷子、古玺印、书画、旧墨，并注意及王孝慈所藏的谭叫天戏目附题跋，可见兴趣之广。他又注意到清刻书所用的开化纸，这也是近代藏书家（如陶湘）所爱好而无人做深入探讨的。他的《温飞卿诗集笺注》跋，可看作最简净的开化纸源流考：

“开化纸之名始于明代。明初江西曾设官局造上等纸供御用，其中有小开化较薄、白榜纸较厚等名目。陆容《菽园杂记》称衢之常山开化人以造纸为业，开化纸或以产地得名，他省沿用之。清初内府刻书多用开化纸模印，雍正乾隆两朝尤精美，纸薄而坚，色莹白，细腻腴润，有抚不留手之感，民间精本亦时用之。嘉道以后质渐差，流通渐稀，至于绝迹。此书是康熙时印本，纸之莹洁细润皆逊于雍正、乾隆两朝，非比较不能鉴别，辨其差异。偶有所会，聊记数语于此，他日当取清内府印本以证之。”

这是弢翁九十二岁时所写。有考证，有实验，是一篇精妙的小论文。从中可见他实事求是的态度，是做学问最难得的品格。弢翁其他考订版刻精粗、流传端绪的跋文，都可作如是观。

先生十分重视旧本刻工，曾辑有宋元刻工姓氏录，不只可为版本考订之助，更有重视刻字工人劳动之意，于《古文辞类纂》题识中说：“此本是清代乾嘉间金陵名工刘文奎、刘文楷兄弟所刻。寓流丽于方整之中，纸墨莹洁，传世甚稀，良可珍玩。清代乾嘉间金陵刻书习用刘氏方整之体，独穆大展则用楷书精刻，余所见有楷书刻《昭代词选》、摹元人书《两汉策要》，皆精妙绝伦。”他还考定大展生平身世，撰成小传。更值得纪念的是他对上海朵云轩所刻的《稼轩长短句》的赏识。弢翁在一九八〇年家书中说：“昨见木刻《稼轩词》，名为仿元，实是自成一格，写刻殊佳。我眼馋，竟费廿八圆买了一部，惜纸不佳，如得佳纸佳墨，不在董刻之下也。”又于此书题识中说：“今见此书，秀丽精美，直欲上继康熙时扬州诗局之遗风，不禁惊喜。惜仍承袭轻视劳动人民之旧习，不著书手刻工姓名。”后来终于打听到此书刻成始末及书手、刻工姓名，著于跋尾。此书确是精美的佳刻。记得在北京饭店访谒弢翁时，他曾以此事见询，惜当时未见此书，无由应对，为可愧耳。

藏书者必广聚历代公私藏书书目，以为参考。旁及书影，先生于此事最所究心，所聚极繁富，尤重视宇内及日本景印本，每见必收。又以余力传刻旧本。新中国建立初期上海周宅藏书散出，于肆中收得先生所印宋刻《唐女郎鱼玄机诗》，珂罗版精印，大册毛订，纸墨精莹，真下真迹一等之书，荛翁藏书旧椟铭刻亦搨成附入，真是铭心佳品。又有董康影印如隐堂本《洛阳伽蓝记》，有我病手题，不知为先生别署也。为付厂估装成蝶装者。又尝得先生影印《寒云手写所藏宋本提要廿九种》，狭长大册，雅韵欲流。先生所印旧本之精美，往往如是。

先生定居天津，二十世纪三十年代初，国难日亟，居华北者咸有国亡无日之感。其见于先生书跋中者如宋本《东观余论》跋：“癸酉正月，获见日本《文求堂书目》，著录宋元明本凡百余种，其中多沅丈旧藏，余尝于双鉴楼中得摩挲者，尤以北宋本《通典》、绍兴本《东观余论》为最罕秘，盖海内孤本也。《通典》索价一万五千圆，余力不能赎，乃以日金一千圆购此书归国，聊慰我抱残守缺之心。独念今者边氛益亟，日蹙地奚止百里，当国者且漠然视之而无动于衷，余乃惜此故纸，不使沦于异域，书生之见亦浅矣，恐人将笑我痴绝而无以自解也。噫！”又跋明刻《虎钤经》云：“今日天下事益亟矣，纸上谈兵，空言何补，未尝不叹夫书生之迂见也。噫！”

两跋文情俱胜，纸上叹喟，其声可闻。爱国深情，寄于毫素。使善本不流入异域，其意甚壮，其情可哀。爱书与爱国，同是一事。先生之爱重中华文化实为爱祖国之体现，是最值得珍重的。

先生藏书事业，博大精深，非晚生末学所能窥其樊篱。不贤识小，辄以学习所得，成此笔记。幸不为先生所笑也。庚辰残腊书于来燕榭中。

# 张佩纶的藏书

好久没有写书话了。数十年前阿英初创此一文体，他是新旧书并收的。既收线装书，也买新文艺书（他所收的多为抗战前的出版物，现在通称“民国版”），细大不捐，论眼光、气魄，不愧为此道之开山祖。虽然有“学者”说“书话”一名羌无故实，讥为杜撰。但路是人走出来的，日积月累，小路成为大道，三十年来，已蔚为大国，作者蜂起，已成燎原之势，这是值得高兴的。

近来整理书籍，偶得齐召南撰《历代帝王年表》附桐乡陆氏《帝王庙谥年讳谱》一卷，共三册，道光四年小琅嬛仙馆刊于粤东。初印精美，有刊书牌记。是扬州阮福随阮元官粤东时所刻书，同刻尚有焦循集，皆罕见。书前钤有“唐栖朱氏结一庐图书记”朱文方印。我在卷尾有小跋：“庚寅春四月十一日海上收。系张佩纶家流出者。卷首有结一庐图记，可知流传踪迹也。”卷前又有两跋，其一云：

“南阳路一旧肆，从张佩纶家捆载杂书满积一屋。余与郭石麒往选取数册，此《历代帝王年表》及《帝王庙讳谱》尚系阮氏原刊初印本，有唐栖朱氏结一庐图记，只徐二册。今晨石麒携示首册，已于纸堆中检出矣。又邓群碧诗词集三册，共人民币三千元，可谓廉矣。一九五〇年四月十一日，黄裳记。”

又一跋记旧记中记述朱学勤及子澂收书始末，“光绪中澂没，遗书八十柜为其戚丰润张佩纶携去”，接下去说，“今按此书出张佩纶家，足为前说佐证，其书是否尽散，实不可知”。全跋写于庚寅春二月十五日，今不具录。

记得当日初见张氏书散光景，在南阳路一弄堂口，线装书堆积如山，皆张佩纶遗著《涧于集》等，新若手未触者，任人携取。其气势较今之书籍签售、出版家为宣传赠阅相去不可以道里计矣！

此外，记得石麒还于这堆废纸中检得四小册巾箱本给我，说是罕见之书，书名似是《续侠义传》，刻得颇精，狭长、黑口，不著撰人。曾草草翻过，似是仿《三侠五义》之作，实不足观。记得什么地方说起，张氏家人曾撰有章回小说，不知即是此书否，可惜一时翻检不得。

据通常所知，张氏藏书，历经三代：张佩纶、张志潜、张子静。而张爱玲则是子静的姐姐。南阳路旧宅，则是爱玲、子静姐弟自幼所居之处。广大张迷热衷于张爱玲的故居，徘徊瞻仰，低回而不能去。那么张爱玲的祖居、她的许多小说中人物原型出没之处，岂容忽视！

唐栖朱氏的结一庐藏书，为什么后来归于丰润张氏？因为张佩纶的原配夫人是朱学勤的女儿。至于由于《孽海花》的渲染而艳称于世的李鸿章以爱女下嫁张佩纶，则是张的第三次婚姻了。结一庐藏书之来归，必在此前。张佩纶不听说对版本之学有什么造诣与爱好，但这批书的珍贵他是知道的。到了儿子志潜手中，当然也知道珍重保藏，但他是个生活放荡的浪子，几乎荡尽了家财，但却没有打这批藏书的主意。解放之初就毅然将家藏大量张佩纶的遗集一齐处理掉了，但却严守秘密，绝不少露结一庐藏书的风声，可能就是张志潜的决策。一直到一九五二年，或因家用拮据，才不得已拿出四部宋版书托来青阁书肆销售。四部书的搭配也是经过考虑的。一部精品《花间集》，三部不起眼的《周礼疏》《周易本义》和怪书《六甲天元气运钤》。这四部宋刻后来都为孙伯绳所得。

孙君也是位藏书家，常在来青阁中碰到，但彼此并未产生收书中常有的矛盾。原因是买书的路子不同。孙君本来是收字画的，曾由商务印书馆印过一册《虚静斋藏画》，没有什么重要的藏品，倒是用珂罗版精印的。此后就改为收藏鼻烟壶，又不久又改为藏书了。他买书有一个原则：不收钞校本，因为不易断定真伪；买明刻本不收竹纸印本，必求白棉纸初印本，只求漂亮，不论珍稀或常见；还有一条，书买回后，必细数全书叶数，凡遇缺番，必退回。此外，他的疑心特重，唯恐上当。那本宋刻建本《尚书图》就因为纸墨晶莹，极初印而见疑，退回来青阁，后为我所得，带到北京，为郑西谛所见，强行留下，送到古籍展览会上去的。

他得到《花间集》后，十分得意。立意重新装裱，事为徐森玉丈所知，苦苦劝他千万不能毁弃原装，事乃得已。他又取《花间集》一叶，照相制成锌版，印成笺纸，分赠朋友，我曾应邀到他愚园路寓鉴赏原书，确是非凡精品，印象至今不忘。后来他又将所收线装书扫数卖给北京图书馆，又写成一册《虚静斋藏书目》刻板油印，订成小册。一九六六年春夏之际，在电车上偶然相遇，说要送一本藏书目给我，不久寄来。此后即不再知消息。他有些房产，是“吃瓦片”为生的。

赵斐云（万里）南下访书，写过一篇文章《古刻名钞待访记》，特别指出有些可能存世、但久不知踪迹的著名版本书。其中就有结一庐旧藏数种。果然，一九五八年上海古籍书店又从张家买得一大批古书，后归上海图书馆。

近读王安忆《张爱玲之于我》（《书城》今年二月号），知道张子静就住在她家附近一幢楼房的一间小屋里，是一名退休教师。这位张爱玲的弟弟“是一个潦倒的人，孤单、寂寞，没有朋友，经济也拮据”。他给人补习英文，对比姊姊的火红，他是太凄凉了。当然，过了十年他得过上海市人民政府颁发的奖状和奖金，因为他捐献了结一庐藏书劫余的几十种宋元本、百来种明刻本……远较常熟翁氏书的质量为高，而后者则是国家花了稍嫌过分的重金买来的。

当然，“结一庐”的藏书不只是那些宋元古刻，其中自然也有清刻本，但都非凡品。我也曾买到过几种。好像他家的书也不只藏在上海，流落到杭州的也有。我就在清和坊的旧肆中买到过一些。如嘉庆中翁方纲校刻的《博西斋（明）三种》，是最初印本，有翁方纲的藏印，有叶志诜的借读题记，应该说是够格的藏家的藏书。

回想前尘，已是六十年前事。是“书话”也是“老话”了。

二〇一〇年二月二日

# 结一庐藏书的传承

唐栖朱氏结一庐，是近代重要的藏书大家，但多少年来消息寂然，不知下落，以致赵万里撰《古刻名钞待访录》中据《结一庐书目》举出重要藏品提醒人们加以注意，留意访求。解放初期张佩纶的遗著大批出现于上海南阳路上，作为废纸处理，其中却杂有结一庐旧藏书，可以断定是为结一庐藏书归张佩纶后的最初显现迹象。除道光中阮刻《历代帝王年表》外，尚有《续侠义传》十六回，仅存两部。是近代精刻巾箱本，十行，二十三字。前有《侠义传评》。不著撰人。此外尚有一绿格抄本，内容全同。因写一篇书话，《张佩纶的藏书》，少加论列。因张爱玲是张佩纶的遗裔（应是孙辈），又曾见报刊记载，张氏父女曾有小说撰作故事，因牵连说及张家。

我对“张学”极少涉猎，其实全属“门外”。所有知识仅有小说《孽海花》中李鸿章将爱女下嫁败军之将、灰头土脸的张佩纶故事。现在看来，张佩纶以快婿因缘所得结一庐藏书，理所当然地应由长子（朱夫人出）志潜掌管才是，次子志沂比志潜要小十多岁，也无能力理董这批古书。但作为张家遗产，爱玲姊弟应有继承份额。所以才有关于这批藏书析产的官司，结果官司打败，书全归张志潜所有，因此可以断定，解放之初即毅然处理先人遗著的决策人，因张志潜已先卒，应是志潜的儿子张子美。此时结一庐书也在他的手里。此后两次出售结一庐的宋版书的也是张子美。张爱玲、子静姐弟是否参与决策，看情况是很少可能了。但她们是知道这批书的重要的，也知道宋版书值钱，并关心这批书的讼事的输赢，也不能说此案与他们毫无关系。

检上海科学技术文献出版社版第五辑《历史文献》（二〇〇一年八月版）有王世伟《朱氏结一庐藏书入藏上海图书馆记》一文，记结一庐书归宿事甚详。可惜未记此前收购一批结一庐宋本书的经过。但以内部有关人士记事，其为详确之第一手资料，是应予重视的。略云：

> 朱氏结一庐书后几经流传，由朱学勤之外曾孙张子美保存。张子美曾在上海市黄浦区牯岭站房管所工作，“文化大革命”中，张家被查抄，其世藏古籍也交由当时的上海市文物图书清理小组保存，后又暂时移送至上海图书馆善本书库保管。一九七九年，国家开始落实政策，“文化大革命”中被查抄的结一庐藏书也成为落实政策的范围。经上海图书馆和上海博物馆有关人员与张氏多次商谈，张子美表示，朱氏世藏古籍可以最低价格人民币三拾伍万元出售，或捐赠给上海图书馆，发给奖金二十万元。一九八〇年二月十六日，上海图书馆向上

海市文化局提交了《关于接受张子美捐献图书的请示报告》。上海市政府十分重视，迅即批准了上海图书馆的报告，并出巨资二十万元对张子美的善举予以重奖。这样，由张子美外曾祖父朱学勤留传下来的结一庐世藏古籍，较为完整地正式入藏上海图书馆。这是中国近代藏书历史上的一件大事。

王世伟文还详细记录了这批书的总数，其中有宋刻本的详目："计有宋刻本（包括宋刻元明递修本）二十四种，五百三十一册；元刻本（包括元刻明修本）三十八种三百七十四册；明刻本一百七十八种一千四百四十一册；明抄本十一种八十四册……以上总计四百五十种，三千二百七十四册。"

这批书中的宋刻本是：

《说苑》二十卷、《杜荀鹤文集》三卷、《古灵先生文集》二十五卷末一卷年谱一卷、《古灵先生文集》二十五卷、《名臣碑传琬琰之集》（有抄配）、《刘子》十卷（有补配）、《皇朝编年备要》三十卷、《钜宋广韵》五卷、《西汉会要》七十卷、《东汉会要》四十卷（有抄配）、《皇朝仕学规范》四十卷（有抄配）、《才调集》十卷（有抄配）、《通鉴纪事本末》四十二卷、《礼记》二十卷（有补配）、《淮海集》四十卷后集六卷长短句三卷（残本有抄配）、《赵清献文集》《古史》六十卷、《京本点校附重言重意互注周礼》（残本）、《晦菴先生朱文公文集》一百卷、《西山真文忠公读书记》《翻译名义集》七卷、《吕氏家塾读诗记》三十二卷、《晋书》一百三十卷、《史记集解索引》一百三十卷（残本）。

可惜其他抄校、明刻未加著录，不知尚有何种名品，即此宋刻一目亦可见其典重，尚望他日能辑为全本《结一庐书目》以与读者相见。

王世伟文又曾说及朱氏书与常熟翁氏书的因缘。翁氏五代藏书之美富，冀淑英先生《古籍善本十五讲》说之甚详。翁叔平藏书戊戌得罪南归时，匆匆并未携以归里，大半留在京津一带。后由后裔翁之熹先后捐入北京图书馆，其实流入市肆者也时有所见，上世纪五十年代我在上海萃古斋书肆就见过宋本一种，书名失记，似是三苏文萃之类，白麻纸宋印，有翁叔平双行朱文长印。后归张葱玉。我买到的有《时令事宜》一卷、《时日选择》一卷，清初内府五色精抄开花纸本，订一册，八行、二十字，白口，双边。有“常熟翁同龢藏书”印。下卷前有目录，题“时事选择用事宜忌”。

尤可重者为一明刊王注苏诗，后印，颇不耐观，而为翁叔平以朱笔小字批点并过录严思庵评，每卷尾皆有长跋，卷前叔平手跋多处，皆戊戌被放归里时作，感慨时事，遥望燕京，袖魂飞越，皆旧臣心事也。

五十年代偶过天津，亦曾于旧肆得明人蓝格写本韦庄《浣花集》，又旧抄《七颂堂识小录》，翁方纲手批甚富，多及兰亭旧本事。旧藏零散，仅存簿记，因补说结一庐故事，牵连及之，转眼已五十年前事矣。

二〇一〇年四月十四日

《夏承焘日记》（一九四七年七月十一日）云：

“嘉仪来久谈，谓其祖佩纶，尝著续七侠五义一书，已刊，而颇无意味。”按陆灏撰《看图识字》，中有“风中人物·张嘉仪”篇，考订张嘉仪为胡兰成逃亡温州时假名，且伪称为丰润人，张佩纶之后。自是因张爱玲而伪言家世，其说及《续七侠五义》，当从张爱玲谈话中得之。然则巾箱本《续侠义传》当即胡兰成所说的小说无疑。

四月二十八日又记

# 《续侠义传》

书四册，共十六回。清末刊巾箱本。不著撰人。半叶十行，行二十三字。上下黑口，左右双边。章回体，每回前有目，对仗工整，绝不草草。前有“侠义传评赞”十九条，如有云“颜眘（慎）敏是《三侠五义》领袖……余故于上上人物中不得不为颜眘敏首屈一指也”。又如“柳金蝉便超出牡丹绛贞之上，岂所谓随夫贱、随夫贵乎。诵义山‘我亦举家清’之句，颜柳可谓双清矣”。知此书为续《三侠五义》而作，“评赞”亦出作者手，颇自喜，亦非浅人。书虽游戏之作，然颇寓作者平生遭际，感慨无端，细绎可知。

书后有我自跋两行：

庚寅（一九五〇）春二月廿三日收。系张佩纶家中书，论斤而出，堆积如山。余选得此戋戋小册。

卷首又有余朱笔跋云：

此虽近刻，却少见。孙子书目录中亦未著录也。丰润张氏得结一庐书最多，然从未出售，以是存亡不可知。一日，偶闻其家书散，即与石麒同去一旧纸铺中选之，竟无一佳本。于堆积如山之书本中，选此四册。板片亦存其家，唯已不知存亡矣。其他又有清刊本数种，都有结一庐印记。后二年乃闻孙伯绳于渠家得宋板《花间集》，虽知系渠家书，以无从踪迹，遂亦只能听之而已。至此，其家书盖扫地尽矣。壬辰（一九五二）十月初五日，小燕重展记。

记得同时所见尚有精抄本一册，内容全同，余遂弃抄而取刻。今日回想，张家对此书必甚珍重，钞刻并存，其意可知。张爱玲为佩纶孙女行，小时曾戏作《摩登红楼梦》，其父为撰章回小说回目。知此亦是其家“家风”。最近《小团圆》及英文撰作小说两种，传将重译出版。论者以为张氏晚期撰述，多自传性质，即早期成名作亦多有类似背景。可知破败封建大家庭对她始终是一个沉重的负担，至晚年而越发感到压抑。晚期的小说一反少作的华丽苍凉，而趋于写实，细写家史，使用了小说、散文、画传……种种手法、方式，而置读者（包含“庸众”）的欣赏口味于不顾。写作多出于负气，对此，一般“张迷”不免觉得奇怪，怎么忽然不好看了？是“衰年变法”么？是“江郎才尽”么？都不大像。为某种欲望驱动，没有法子，只好闭起眼睛，高呼“巅峰之作”，实在可笑亦复可哀！

不过是一部不见经传的旧公案小说的“拟作”，又不著撰人，怎么和张爱玲扯在一起了呢？张爱玲是才女，同时也是“汉奸夫人”。她委身相许的良人是汪伪政府的高官胡兰成。提起胡某，不由得使人想起旧公案小说里出现的一类特殊人物，“采花淫贼”。胡兰成不愧为此中圣手。张爱玲就是被他采下的一朵“花”。此前、此后，胡兰成还一路采下了“斯家‘姨奶奶’”范秀美、小周、吴四宝的遗媚……（所知有限，望“张学家”补正）仿佛一路游行，随手采撷路边野花似的，毫不吃力。不但是女人，男性也一样。胡兰成“勾搭”的男人可谓多矣。头一名应属汪兆铭。汪就是在报上读到胡兰成的一篇文字，惊为奇才，这才延揽入幕，当上了伪府高官的。

尤其可怪的是词人夏承焘、废名、梁漱溟等都是他“勾搭”的对象，只有废名没有上钩，其余诸位，无不视为奇才，折节下交。

以上许多知识，都来自《风中人物·张嘉仪》（陆灏撰）一文。此文以夏承焘《天风阁学词日记》为线索，杂采众说、细加辩证，连缀成文。巧的是其中也说到《续侠义传》。胡兰成伪托张姓，并称其祖为张佩纶，籍贯丰润，这些鬼话，自然都因张爱玲而起。引一九四七年七月十一日夏氏日记云：

> 嘉仪来久谈，谓其祖佩纶，尝著续七侠五义一书，已刊，而颇无意味。谓梁漱溟近不谈佛学，谓千年以后，始可谈此。

陆文以下详论刘景晨、夏承焘等都失察了，没有听出胡兰成鬼话中的破绽，最后说，“张佩纶也从来没写过《续七侠五义》”。现在原书刻本俱在，虽不署作者姓氏，也是可以理解的，张佩纶是不会在这种通俗小说上署名的。至于胡兰成何以得知此一家族故事，好像他还曾读过原书，没有疑问，一切都是得自张爱玲。可证她对于自己的“家史”不但熟悉，而且手中还有些遗存的实物，而且一一细说给良人听。这就可以说明晚年的她为什么写了许多与早期风格迥异的作品。她实在是挥之不去，自少至老没落旧家的阴影一直跟随着她，紧抓不放，限制了她的视野。气局逼窄，铺展不开，这是限制她在创作道路上发展、上升的主要原因。更致命的是她没有些微民族良知，委身奸邪。在日寇即将败亡之际，夫妻论心，张爱玲说，希望仗一直打下去，她与胡兰成的好日子得平稳地继续过下去。（其实这就是他们定情婚帖的主旨。）在当时，这能是一个中国人能有的愿望么？

二〇一〇年六月十二日

# “藏园”佚事

今年五月十一日《东方早报》文化版新闻标题曰“被指隐瞒巨额祖产、院士傅熹年成被告”。对于傅熹年也有所介绍。他是“傅增湘的长孙，启功的私淑弟子，中国工程院院士，国家文物鉴定委员会主任委员”。这场打了几十年的析产官司，迄今似尚未完全定谳，但因此而使傅增湘一时成为“时髦人物”。人们又记起了这位“大藏书家、校勘家”及其斑斑往事，一时传媒多有报道，同时也使我记起了一册商务印书馆一九八三年出版的《张元济傅增湘论书尺牍》。这是他们两人自一九一二年始至一九四七年止的通讯原件抄件的辑录。这是在原有档案流失至书贩手中以前幸存的一册珍贵的藏书文献，其价值自不待言。我当时读后颇有所感。张菊生先生主持“商务”工作数十年，以重印《四部丛刊》《百衲本二十四史》等重要典籍为职志，同时也为东方图书馆收储旧籍，备编书使用。他长住上海，苦于北方旧本书流散状况不易掌握，而此际傅氏正以藏书家身份长住故都，书市消息十分灵通，于是一拍即合，张以求书为旨趣，傅以提供信息、兼做购书中人的身份出现，成为“尺牍”的主要特色。

如此看来，傅氏的工作正与当前中外足球俱乐部雇用的“球探”相似，随时发现新出现的足球新秀以供俱乐部收购，与发现有收买价值的古籍善本，以供采购的功用一般无二。然则《论书》如改为“探书”或将更名副其实乎。因所论之学术成分少而所“探”之经济元素多也。

“尺牍”起一九一二年，终一九四七年。其间北京书肆状况、旧家藏书流散、诸肆及董康等载书东去……种种秘闻消息不一而足。皆傅氏所报告也。如“毛抄《圣宋高僧诗选》，索五百金”；“宋刊《于湖居士集》，索三千元”；“李莲英之五侄乃大购书……可为士林羞、为古人哭”；“景二则日与盛公子游……渠不藏书而专好破坏人事，不知于意何居?”（以上均一九一二年事）“（袁）抱存以宋元本及抄校本卅二种押九千元，便宜之至，公何不得之?”（一九一八年事）“徐午生宅看书。……前五种极精，尚未开价。然其人精而滑，恐不易着手也”；“《困学纪闻》先是四日由丁在君交到，书极珍秘……开卷有于右任印记，想又掠自金陵，为丰润张氏之旧物。前见宋刻赵安仁所刊南华经，亦此君所有，悖入悖出，真不诬也”。（此张氏书）“顷见宋坊刻《纂图互注庄子》一部……有于右任印，是张氏书也。”（以上俱一九二六年事）又此年岁末，有“厂市言有宋本书百余种，字画百余件，须合售百万元以上，其来路可以推知也”。后附“傅沅叔抄来材料”，“宣统十四年七月十五日由昭仁殿找来赏溥杰，凡宋本及影宋抄十七种；十六日十种；十八日四种，皆溥仪自宫内盗出出售之物也”。是一九二六年事。如此佚闻秘事，记不胜记。今只以《永乐大典》流转故实为例，前后所记即近十次之多，然则“大典”在当日并不算是“异书”，与今天的声价大不同矣。

“都中见有《永乐大典》一册，系学字号……索价五十元，不肯减。又有十灰韵崔字（皆崔姓小传）一册，索二百元……十年前见秋辇购一册，价五十。全系医书。（此书外人亦购之，颇出重价。）……闻授经新在京购数册，每册至一百廿五元。内中有抄《通鉴》《宋史》及《学庸》者，不知何以出如此重价也。”（以上皆一九一二年事）

“外《永乐大典》三册，遵命购得。其价已向伯恒兄取用，可一百五十元。村字一册似更佳。此外如有佳者再为购一册，以足四册之数，但可遇不可求耳。”

“又见《永乐大典》一本。忠字号（忠经、忠传皆全）。内附图数十叶（工笔画人物）。真乃罕见之物。湘所见数十册矣，然有图者绝少。……第此册索价至一百元，不知公愿收否？近来此书通行价约五六十元。”（一九一四年事）

“又有‘大典’一册，乃杭字。皆记杭州宋时风俗物产。如《武林旧事》《西湖老人繁胜录》（此书不见著录，有十余页）均佳。但亦索百元，购否？”（以上均一九一四年事）

“《永乐大典》仓字四册自可留。湖江两册木老及刘蒋诸君必可留。惟光字二册甚无谓。鄙意每册如在一百二三十元之间，敝处可以购留。祈代谐价。”（此一九二五年张函）

“‘大典’仓字号三册，如文友肯让，弟愿出伍百元，姑妄言之，乞便中一探。”（此亦一九二五年张函）

“京友函告，见‘大典’有未辑书凡八册。每册三百元，已为日本人买去，与吾兄所见，其一耶？其二耶？”（一九二六年张函）

最后，有关“大典”《水经注》事，张菊生有一九三一年一函，所述此书流转过程，足资考证。

“双鉴楼旧藏‘大典’《水经注》四册归于孟苹，转入涵芬，其后半部为李玄伯得之祁文恪家，今春乃得胖合，竟成完璧。现拟印入《续古逸丛书》。邺架有宋刻残本十二卷，极思假印，同时出版，以饷土林。”（张函）

今只少少搜辑“尺牍”中有关“大典”纪事，已可了解十年中间，“大典”从书市上尚多流布，到稀若星凤；从数十元一册到稀有的高价；从藏书家对内容的挑剔到不问好歹。“大典”的身价在书估与藏家眼中有了怎样的变幻，而傅氏的作用也被张菊老在信中挑明为“探”了。

傅增湘终于逃不脱“大典”给他带来的“不幸”。

在《陈垣学术论文集》（二集，中华书局一九八二年版）中有一篇《书傅藏永乐大典本南台备要后》，是对傅增湘毫不留情的批判。像骂王西庄“开口便错”一般，尖锐刻露，是陈援庵别具特色的论辩文字。陈氏说：“傅印本（即傅氏精心影印大典本）有傅先生跋尾一通，附印册末，称此册为秘笈，推许太过，似未细考，今为举出，亦后学应有之责也。”话甚谦抑，下面就不客气了。列举六条“何谓”相质，详说傅氏未尝细检《四库提要》，于通行金元人文集亦未翻阅，于钱大昕著作未尝细读慎思，以致误解。按傅氏有《藏园群书经眼录》一书，系傅熹年整理先人遗稿而成，包罗旧本甚富，足资参考。金元人集如王恽、虞集、马祖常、许有壬等别集多见于“经眼录”中。傅氏又以校书驰名宇内，不知王恽《秋涧集》等曾否校过？校而不读，则直是一“校勘机器”耳。难怪陈氏的结论是“总之，傅先生之意，欲抬此册声价，遂不觉其言之失检”，亦“摆事实、讲道理”之一例，结语亦平情之论。陈垣与傅增湘都是民国时期故都文教界中头面人物，自是素识。陈文撰于一九六三年，时沅叔下世已久，更无顾忌，遂得放言如此乎。

傅增湘好游，也顺便访书。这是他能有“经眼录”一稿的原因。但到底以北方书情为主，南方上海、姑苏、杭州的书市情形少见记录，是一个缺点。他还远游日本，自然要访书，也结识了“文求堂”书肆主人，他们中的交游，不见记录，但在周叔弢丈的《弢翁藏书题跋》（紫禁城出版社二〇〇七年版）中有一篇写于一九三三年二月的跋文，却透露了难得的信息。

“癸酉正月，获见日本《文求堂书目》，著录宋元明本凡百余种，其中多沅丈旧藏，余尝于双鉴楼中得摩挲者，尤以北宋本《通典》、绍兴本《东观余论》为最罕秘，盖海内孤本也。《通典》索价一万五千元，余力不能赎，乃以日金一千元购此书归，聊慰我抱残守缺之心。独念今者边氛益亟，日蹙地奚止百里，当国者且漠然视之而无动于衷，余乃惜此故纸，不使沦于异域，书生之见亦浅矣。恐人将笑我痴绝而无以自解也。噫！二月十二日弢翁记。”

同为北方知名的藏书家，因此一跋而高下自见。一个继董康、书估之后，贩卖国家文化重器于东瀛；一个于国难日亟之时，以个人微力赎归弃余。其人品差异有如此者。《东观余论》宋黄伯思撰，宋刻本，钱谦益校，劳权跋。另一宋本《通典》不久即为日本政府定为“文化财”，不许出口矣。

傅增湘又以校书驰名。至今其手校本若干卷仍珍藏于国家图书馆中。傅氏校书据说十分辛苦，常校至夜分。甚至在湖山佳处也不废校勘，但据《三联生活周刊》（五八一号）的报道，据傅家后辈谈话，傅先后娶有四房太太，傅延年反映说：“傅增湘经常被她（大太太）闹得受不了出去躲清净，到他位于香山、颐和园、北海租的别墅里去校书。”那么，校书也成为“避嫌”之一策，则其成果也就可想而知。

民初鲁迅在北京教育部做小官，负责管理图书馆等文化设施方面的事。傅增湘曾官教育总长，因此与鲁迅一度有过僚属关系。鲁迅有几篇杂文说及傅君，颇有微词，不过没有写出真实姓名，只称之为著名藏书家而已。一九五七年九月周作人（署名“十堂”）在《新民报晚刊》发表了一篇《窃书的故事》（见陈子善编《知堂集外文——四九年以后》），记下了从鲁迅听来的故事，同样没有点名，只称之为“做过总长的名流、大大有名的藏书家”，读者一看，就明白主角是谁了。

故事的起因也还是“校书”。名流听见京师图书馆藏有一部宋版书，又例不外借，只能由馆方特辟净室一间，请名流来住，可以从容细心校阅。鲁迅以科长身份，捧出宋版亲手交付。几天后名流说要回去几天后再来校书，请人前去接收宋本。自然仍由鲁迅出马办理。此后的精彩场面，十堂记得极好，照录如下：

“这天仍由科长出马，看见他已整装待发，只等科长一到，将书交还，便挑起网篮铺盖，出馆而去。科长双手接过内装宋版书的楠木盒子，将转手交付工友，这时忽然‘福至心灵’，当面打开盒子来一看，不看时万事全休，只见楠木盒子里‘空空如也’，不见有一本书。第一个看出破绽的是那位名流，随即回过头去，骂站在后面的佣人，‘混账东西，怎么书都没有放好！’佣人连忙从网篮里将宋版书取出，放入楠木盒子里。科长这才接过去，安心收下。”

十堂接下去说：“后来鲁迅讲起这件故事，总说回想过去所遇的危险，以这次最险，也最运气，因为只要一不小心，收下之后，这失书的责任再也摆脱不清了。因此之故，他也最恨那名流。不但认为藏书家即是偷书家，在这里得一实证，也因为个人几乎上他的大当的缘故。”

入藏国家图书馆的傅校本，据说有一万六千余卷，未曾过目，不知成绩如何。总之，对重印古籍或有参校价值。傅氏校书时总是兼采不同的异本，辨其异同优劣，兼别其递嬗源流。所据校本，必以“善本”为主。看来，他用的是死校法，即不论正误，一概据以校出。只能看出刊刻系统、源流，而不能以本证、他证进一步辨其是非优劣。这样校书是很难思考原书文字意蕴，只能陷入机械的比勘。与傅氏同时的学者余嘉锡，名自己书室曰“读已见书斋”，特意与专重善本、秘本者唱反调。他为《黄顾遗书》作序时，大捧顾千里而痛斥黄荛圃，用意所在，即反对不动脑筋的“死校”，无意中却把以黄丕烈为代表的藏书家搜求保存文献的作用漠视否定了。这也是当年北方学人学术派别表现的一角。

傅氏家族析产案之受到公众注意，多半集中在价值非凡的古玉上，而较少关注傅增湘本人。其实他以“大藏书家”身份活动于文化界凡数十年，其影响所及不只文化艺术一隅，其别署“藏园”同时亦为旧京园林名所。其生活之豪奢亦非等闲。而有的论者竟以傅增湘死于贫病为言，殊不可解。凡此皆可一一发覆者也。

二〇一〇年九月廿四日

# 毛诗指说

北京出版社最近启动了一项大工程，“四库底本丛书”。估计全书将有千二百册光景。其经部第十七册，开首即是此书。原书是我的旧藏，今在国家图书馆。杨良志先生见原书有我的题记，遂影印一纸见示，高情盛谊，可感也。年来曾就手边劫余卷册，辑为“书跋”数种，其流散异地者，尚无暇、无力搜辑，得此零星片羽，亦自可喜。

“四库底本丛书”的创意，是非常重要、有远识的。可以说是与前一阵子不少出版社抢印不同阁本《四库全书》唱反调的。是对为经济利益驱动，不顾美丑、不听劝告，毅然印行的一种抗议与清醒剂。本来学术界对“四库”早有定评，张菊生先生在影印《四部丛刊》二三编时，每书多附有校记，已屡屡拆穿“四库”本种种作伪马脚；鲁迅先生更就旧钞本与“四库”本的不同，归纳出在乾隆指挥下的“馆臣”删除、篡改种种手法与指导原则，并指出当时影印“四库”的官商之争实质焦点所在，看来与今天颇有异曲同工之处。

《毛诗指说》，唐成伯瑜述，黑格旧钞本。卷首大题下列

“兴述”“解说”“传受”“文体”四目，下接正文。半叶九行，行二十字，白口，单边。板心下刻“冠山堂”三字。按，山阴祁氏有冠山堂刻《吴越诗选》，在顺治中，不知与此钞有无渊源，不敢臆定。收藏有“乐意轩吴氏藏书”朱文方印。写手精雅，恭楷不苟。是清初写本。前有乾道壬辰三月十九日建安熊克序。卷前有余墨书题记一通：

> 徐绍樵中风，未见几一月矣。前日雨夕，偶过访之于其小楼上，已能起坐，言时泪莹然，言几不及相见也。又言家境艰窘，持此一册书见示，云新得自故家者，尚是清初旧钞，乐意轩吴氏藏本。即并其他清刻零本四册同得。赠以五十金为卒岁资。残年凄紧，可令慨叹。同时尚见汪阆源旧藏宋元之际麻沙刻本《后村先生诗集》残本十册，又正德刻《怀麓堂集》极精，亦缺数卷。“南行稿”“北上录”皆汇刻入之，是为最足本也。有金元功藏印，金氏以棉纸补抄两册，亦精绝，却不及得之矣。并识于此。丁酉腊月廿七日晨窗记。黄裳。

初见惊异，因我已久忘此书与曾有此题记了，连一点印象也没有。题记写于丁酉（一九五七）换岁之顷，那是什么时候？一场雷霆万钧的大扫荡尘埃初定，自己则身陷泥牢，等待发落。瞻望前途，不知所止。就在这当口，还有“雅兴”“访书”……这次与绍樵相见，可能已是最后一面，因而题词不免有些凄恻，回想跑书店之初，即与绍樵相识，算来已是十年旧友了。过去也曾写过一篇《记徐绍樵》，所记多为他的盛年往事，意气风发，赌咒发誓，畅论书林故事，多不可信，是他开朗作风的一面，不料此番所记却是他濒临下世的光景，真不可料。

三十年代中期，上海的旧书业，除苏州杨寿祺的来青阁、罗子经的蟫隐庐外，南方书客更有扬州派的几家，绍樵的传薪书店是其中之一。北估的声势最大，本钱亦足，所经营的以大部头书如《四部丛刊》、百衲本《二十四史》、考古类书为主，版本书则是余事。每有好书异本，深藏密锁，悬价高奇。记得在富晋书社曾见明刻《隋史遗文》一书，皇皇数十册，附精图数十幅，在明刻小说风头鼎盛之际，这是不下宋元本的“异书”，当然索价高奇，不可思议。绍樵的经营方针则大不同，以薄利多销为主，自然本小利薄，使他不能不如此做。但他也真有本领，能经常获得充足货源。他的根据地也不只故乡苏北一隅。如杭州王氏九峰旧庐藏书，在上海诸肆中，以他所得最多。连王家的藏书目底册及书橱、书柜都搞来了。

他能从苏北为郑振铎访得原本《十竹斋笺谱》，使西谛大为欣赏，郑氏劫中日记所记绍樵佚事不少。

论版本鉴定功夫，他自然算不上一流，但他确曾拥有好书异本、索价高奇的机会。如钱牧斋手批通津草堂本《论衡》，全书遍满行草批校，而无一藏印及题署。曾出以见示，明知我无力问津，自然也不言价。但对一般旧书则马虎对待，如丁酉岁初他从硖石徐容初家搞来一批线装书，解包之后，绍樵手执铅笔，在书后封底，一一批上价目，一至二三元不等。对书的内容，不一顾视。其实这批书中颇有拜经楼吴氏、向山阁陈氏旧藏物，虽是清刻，却非常本。

公私合营以后，上海古籍书店成立，修文堂孙实君成为实际上的负责人。同在福州路上一间门面的传薪书店则沦为古籍书店的廉价部，绍樵调往总店工作。他的任务是为新收进的旧书定价。大概他仍保留随手批价的习惯，不免失误。因而时遭孙实君的呵斥，其抑郁可知。

我从言言斋书话中得知，周越然藏有《高峣诗》《南明纪游诗》两种，就托绍樵去商量，周越然以为两书都是薄薄小册，卖不出好价钱（《高峣诗》只有四叶），商量许久，绍樵终于将这四叶小册杨升庵诗和一册嘉靖刻的《禹碑考》拿来了。

我从绍樵手中所得书不少。最值得记起的是张宗子的稿本《史阙》等三种。《史阙》被他当作“奇货”要了高价，但同出一源的康熙家刻《西湖梦寻》却不被重视，以平价见售。其实《梦寻》之罕见难得，殊不下于他书。久想写一篇《张岱四种》，以记书卷因缘，久久未成。今在此少记得书始末，亦不忘书之出处、经手之人微意云尔。

二〇一〇年六月二十五日

# “书目”纪异

过去买旧书的人，总免不了要收集几本书目类书，以供参考。照我不足道的经验，一开始就犯了好高骛远的毛病。“四库提要”是不可取的，因为它只发“空论”，不讲版本。“郘亭书目”又太“浅”，只谈初步常识，太小儿科，不过瘾。著名的“瞿杨丁陆”四大藏家的藏目有点意思了。四家之中前三家都有自刻详细的书目及提要，只有陆氏缺然，只好聊以“静嘉堂藏书志”代之。照这种思路收集书目，不久就有了一大堆，反观所得稍能看上眼的旧书，不过寥寥数本，两者比例悬殊，不免有点失落，对比诸家收藏，真有望洋之叹。虽受打击，却不灰心，每逢书目类书，还是每见必收。

说起书目的收藏，前面的举例，不过是说明一种大致的路数。细分起来，最可贵的自然是明清以还著名旧家的藏书底册，再有就要推名家旧抄的旧传著名书目了。其间偶尔发现陌生的“小藏家”藏目，更是为之眼明。其实藏书家无分大小，也不能以“量”为重，尤须着重的则是“质”。有的藏家真能以少许胜人之多许，在文献传承上特别显示其重要性。此外还必须避免时代先后的偏见，时代愈近，其遗存的机会自然较多。更有公私藏家所印小册零种，罕传特甚，其特色不仅在于文献传承，有的还和政治发生密切关系，含有野史秘闻的意蕴，更因种种因素，流传极少。虽然不过几十年前的印本，却已成为珍本善本了。这里所说的一种，那书名就出奇地长，《国立北京图书馆由沪运回中文书籍金石拓本舆图分类清册》，铅字排印，分上下两阑，白口单边，版心下有“国立北京图书馆”五字。看排工、纸墨，与战前北平图书馆所印《善本书目乙编》两种一般无二，可见渊源所自。通四十页。前有民国三十二年傅增湘序：

> 北京图书馆创始于清光绪之季。自张文襄奏设以来，迄今近四十年矣。历来主其事者，多有鸿生巨儒，肆其精勤，博讨穷搜。故其甄采之精，庋藏之富，巍然为吾国书府之冠。昔者善本目录编成，余既为序以行之。其他图籍，方次第纂辑而有待也。适二十三年部议有筹设江南分馆之计，馆书遂奉令南迁，库藏因之多阙。学子闻之，深为觖望焉。洎三十一年馆政改组，周公启明以教育当局、兼摄馆事。时忽传里斯本电讯，言南迁之书，大半离沪他往。公以职掌所关，深系于怀，乃属秘书王钟麟莅沪检寻，始知所余之书，卷帙尚富。恐其久而缺失，乃设法运回。于是残存沪地者，凡中文书一百三十六箱，西文书一百四十二箱，均得捆载北还。时方残腊，炉火不温，十指如椎，未遑启视。今年三月，俞公涵青应当轴礼聘，来领馆政。莅任伊始，即躬自督理。启箧

检书，凡入库上架，按次归档，分别部居，排比卷册。并取旧目参互考订，务期翔实，庶免差讹。历时数月，而书目清册编制讫功。综计中文书二千四百八十五部、三万一千三百十四册，西文书三百三十五部、九千五百三十册，敦煌写经十四卷。其余古今舆图、金石拓本，又各数十百种。咸釐叙有程，登诸册籍；条流备具，灿若列眉。噫，可谓勤且艰矣。昔人言读未见书如获良友，读已见书如逢故人。余意旧京人士，披观新目，凡此万品千名，当其转徙流离，念之梦寐而不释者，一旦神明焕然，顿还旧观。其欣幸之情，宜何如耶！余故述其梗概，著之篇端，既以表当事之辛勤，亦兼慰学人之殷望云尔。

傅氏此序所述京馆沿革、变迁，图籍迁流转徙诸般情况，颇有外人所不能详者。其时北平早已沦陷，周作人（即所说的“周公启明”）也已袍笏登场成为伪组织的“教育督办”。奉周作人命到上海载回书籍文物的王钟麟即王古鲁，是与日本人有密切交往的人物，藏在日本内阁名所的明刻善本《古今小说》《三言二拍》就是他摄影后重归中土的。傅增湘以大藏书家身份平安地住在铁蹄下的北平，为此书目撰序，于中日关系、时局变化，略不一言，对历史事实也麻胡说过。如说二十三年部议设江南分馆，其实是国民政府迁移平馆珍本藏书南下，以免落入危城日寇之手的措施。所谓部议，自然是指国民政府教育部，接下去又说“三十一年馆政改组”，则是华北伪府的事了。其间中日战争，平津沦陷等大事，略不一言，仿佛是同一政府机构的组织更易，不免陷于不通。虽有难言之隐，史家秉笔，岂能如此草草不负责任，此所以傅序不失为特定时代之奇文也。

平馆善本书南迁，是徐森玉经办的。“八一三”沪战后未能尽快全部转移，其剩余部分，用大木箱盛放，寄存于今陕西南路之明复图书馆。我当时读交大“大一”，平时上课，借用震旦大学校舍，至于化学实验课则在明复图书馆进行，试管烧杯，即在这些大木箱上进行操作。因此知道这是寄存的平馆南迁善本书。后来王古鲁奉周作人之命，取归北平，这是抗战政府与叛降敌寇一小撮奸佞争夺祖国珍贵文化遗产的一桩公案，本无疑义。但在傅增湘看来，却大有恢复故物之快。抗战胜利后在南京对巨奸进行公审时，为周作人辩护者曾以周作人出任伪职后，保护北大校产不减反增为说，算作其“功业”之一，然则此劫书一案大可同样看待。王荆公诗，“真是真非安在，人间北看成南”，论客言论，往往类此，是毫不奇怪的。

查“清册”所著录清刻善本，与两种平馆乙目大致无异，与近刊京馆善本目对观，一一俱合。但平馆乙目，只收清刻，无明以上书。这本“清册”则大不然。除增列敦煌写经、佛像外，更有金石拓本、铜器、新会梁氏寄存碑帖、闽侯何氏寄存古器物等。书籍方面，多出明以上善本颇多，悬想是当日南运之时装箱匆促所致。

溢出原平馆乙目两种的旧本书，包括宋元明本、明铜活字、明抄、清人抄校本，多不胜数。校本以出李慈铭、王国维手者为多，此外有《永乐大典》一册，惜未详记卷数；宋本有《李太白文集》《回溪先生史韵》《淮海集》《山谷诗注》《大唐西域记》《通鉴纪事本末》，及三朝本史书多种。元刻本也多至数十种。明刻则多不胜记，强半为明初黑口善本，以史籍、方志、政书如《皇明制书》等为要。名家手稿如焦循的《里堂道听录》《花部农谭》；萧云从、沈钦韩、沈大成、查继佐等都是难得的。山阴祁氏澹生堂钞本有《云庄刘文简公文集》，黄（丕烈）跋本有《西京杂记》《书叙指南》《湖山外稿》《唐御览诗》等。金冬心的原刻书有《诗集》《画竹题记》《三体诗》《续集自序》四种，可谓难能。总之，这本"清册"在藏书史、国家图书馆史上自有其价值、可做桥梁看的一本重要中介档案，如与今存"国图书目"对校，则书册之流落存佚，可收一目了然之效。

原书旧有跋尾数通，附记于下：

此册颇罕见，系敌伪时期平馆图书之未及内迁、留于沪上者，为华北伪府取回之册籍也。大抵北平图书馆善本乙目及续编之书皆在焉。更杂以残零宋元明刻、三朝本诸书，然亦颇有佳本，殆运取未净之册也。傅沅叔仍撰一序；周启明者周作人也，时为伪教育督办。此册印行殆未甚多，从未见之。今日偶检得于传薪书堆中，即以一元之值买归。漫阅一过，并少疏记。乙未六月廿五日黄裳记。

此批书劫中在沪，徐森玉先生管领之。后为王古鲁强索之去。即傅序中之王钟麟也。

此虽近刻，却亦罕见。买得后为沈某假去，靳而不还，数索始归。近更检出，重阅一过。续收清刻之见于此目者更增三十七种，前后通百廿种。今后恐未必更收它种，旧本亦垂尽矣。因更研朱记之。庚子八月廿四日书。

二〇一〇年八月三十日

# 《笑我贩书三编》序

嘉兴是一座历史名城，城里有一爿小小但颇有声名的书店——秀州书局，主持人是范笑我，或称局长、老板、掌柜的都无不可。但他却自称是个卖书人，而且美其词曰“贩书”。两三年前受到他的怂恿，我有过一次嘉兴之游，得以相识，说起来这也是我与嘉兴的一段缘分。

说来话长。近六十年前我自不量力，写过一篇《鸳湖曲笺证》，说的正是有关嘉兴的故事。一九四七年夏，我工作的报社被国民党政府封了门，听说还要捉人。只好躲一躲。先是在交大当助教的老同学宿舍里住了两夜，觉得不稳当，第二站就逃到嘉兴。还是不妥，第三站是杭州。夏天的西湖正是一座“销金锅子”，哪里是游赏时节，但还是住了些时，还作了几首诗，作雅人状。诗已抄在我的《集外文钞》的“后记”里。想想还是过嘉兴时在烟雨楼上喝茶时来得舒服。楼下的浓荫、湖上的水鸟，都比夏日的西湖好得远。

前次到嘉兴，虽然只有短短的一两天，可是走了不少地方。笑我陪我们到了王店的曝书亭、金陀里，还登上了文星桥遥望已经荒废了的吴昌时的勺园遗址，后来还到勺园走了一转。作为主人，知道我写过什么文字，关心过什么人物，不辞辛苦地相陪到这些游人不到的地方跋涉徘徊，是使我感念不忘的。

笑我还经营着一份《秀州书局简讯》，迄今已出了二百三十期，从不脱期。虽然小字狭行，看起来十分吃力，但我从不放弃浏览的机会。小小的刊物自有其吸引人的力量。照我看来，它有这么几种特色。

在《珠还记幸》中，有我写的一篇《关于地方文献的出版》，对全国范围内重视地方文献的收集、整理、研究、出版表示了很诚恳的期待，这想法至今还没有变。而小小的“简讯”却不声不响地担负起了这一任务。它用可观的篇幅报道了本乡本土的遗迹，佚闻、家族、人物的传记资料，成绩可观。但近来的趋向似乎有些窄，说来说去仅限于地方上近代几位有名人物，且不厌其详。其实嘉兴是历史文化名城，明清以来，有事功著作的人物何限，岂止朱彝尊、沈曾植等一二而已？何妨放开眼界，扩大视野，这样也将使读者兴趣增加，获得的知识面也更广阔。

“简讯”的另一特色是有关文化界人士言行的报道。有许多信息是从这个小小刊物上首先透露的。在当地举行的会议、活动，都有及时的报道，颇多花絮，有别于一般报刊，这也是它可爱的一点。

它还时有突出的议论。尽管只是一家之言，也敢于披露。例如前些时刊出的对钱锺书的评论。在一片称颂声中，特出别调。对钱默存的学术成就，提出另一种评价。见仁见智，无妨并存。默存生平月旦人物，往往口无遮拦，大致类此。想他泉下有知，也必不以为忤。

最后，也是我最爱读，也是“简讯”独有的特色，是从顾客、游人……口中记录下来的议论，有时是类似传统“古谣谚”的顺口溜。这正是普通老百姓的心声，无顾忌的流露，自古以来就是采风者十分注意的事物，虽然在诗文总集中总是列于最后，但正是最值得注意的部分。可惜最近在“简讯”中少见了。希望在选编成集时不被无情地删却。

笑我选编“简讯”成书已有两册，近闻三编将成，来信索序。我最怕写序，实在说不出什么大道理，只能说些闲话，聊以塞责。搁笔后不禁怀疑，这能算是一篇序么？

二〇〇六年五月五日，黄裳记

# 闻高鹗被解脱有感

近来媒体盛传，《红楼梦》百二十回本的作者署名，将从曹雪芹、高鹗合著改为曹雪芹与“无名氏”同撰，新闻简略，据闻有详细考证，论定原先后四十回出高鹗手为站不住的传说，详情尚不得知。此事虽说不上惊世骇俗，在《红楼梦》的读者和“红学”研究者看来，则并非小事一桩。可断言也。

概自“红学”生成以来，对后四十回及其作者的认定与评论，大体可分两派。其肯定后四十回为高续并加否定评论者，自鲁迅、胡适、俞平伯、周汝昌以降，实繁有徒，其否定高续者，到张爱玲而臻极致。其肯定高续并力挺其文学价值者，可以林语堂为代表，舒芜亦挺高的健者。双方论点鲜明对峙，如扩而大之，读者群中因黛玉之死而下泪者，如越剧《红楼梦》、新面世以忠于百二十回原著的电影的部分观者皆是。双方鼎峙，难分高下，而他们都是承认后四十回著者为高鹗，则是一致的。尽管从文学艺术观点上，如冰炭之不相容，也是公认的事实。

高鹗之所以被认定为后四十回的续作者，主要由于张问陶的一句诗，“艳情人自说红楼”及诗注，俞曲园因而作说，遂成定论。又因发现了一部旧抄《红楼梦稿》（百二十回本），中有大字题云：“兰墅阅过。”而此说更得一证。这是旧说形成的主要理由。

按我国章回小说的作者，每不易认定。原因是习惯看法，小说是不登大雅之堂的东西，更加政治上的避忌，更不愿以真名姓示人。如《水浒传》本是说书人的话本，积久打磨而成今本，属名施耐庵，多年来无有异议；《西游记》作者为吴承恩，一直存在异议，但大家也都承认。《金瓶梅词话》的作者，以笔名“兰陵笑笑生”面世，合理而大方，不曾想其真实作者，经多人考订论证，竟有近十名之多，出人意料。其实小说作者的考订，是一件特别繁难之事。《红楼梦》作者之为曹雪芹，也几乎被否定，有说为其叔者……不一而足。其实真正认真地辩论起来，雪芹在书中自述核定增删，“十年辛苦”，说到底，不过是一位认真的“责任编辑”而已，是不是也应在作者署名上，加以斟酌呢。自然，这是一句笑话，不值红学专家一嘘的。

总而言之，在古典名作小说的作者问题上，一般说，应取“宜粗不宜细”态度。不至徒费精力，在这种深邃的死胡同里开拓、前进。虽然，在高鹗说来，他的被解脱，能脱身于众口交责的尴尬境地，确是巴不得的“好事”。

二〇一〇年八月十六日

# 关于《琅嬛文集》

今日读“笔会”，见有栾保群《从〈景清刺〉看〈琅嬛文集〉手稿本》一文，怀疑八千卷楼旧藏本并非张岱手稿，举两证。一、没有公认的张岱墨迹手稿比对；二、据“上海古籍”影印的《石匮书》“景清传”原文与“文集”对校，两者大体全同，少有异字，最重要的是“文集”中的“铅”字都作“铦”。并加发挥，畅论“铅刀”不能杀人，因疑八千卷楼旧藏“文集”是否手稿。其实《八千卷楼书目》也只说是抄本，未定为手稿。是否手稿，也没有什么大关系，反正没有送到拍卖场上去，是否手稿关系不大，读者见仁见智，大可任意评说。影印《石匮书》未见，不知底本是手稿还是传抄，是否可作可靠校对的典据。反正都没有什么关系，用不着“心颤和苦恼”，否则当年抄家没收之际，岂不早已晕厥了么？

我之定“文集”为宗子手稿，有以下几点根据：

一、同时前后买得的张岱《史阙》，也是个稿本。二者同出一人手笔无疑，所用同为半叶八行的黑格竹纸稿笺，书名、作者款式如一。所不同者，《史阙》为写在稿纸上而撕作不同宽窄的散条，然后按类贴在簿子上。初入手时是六册零乱的账本，后经旧友曹先生有福重为装池，条状的零页，一一被揭下喷水、压平，拼成整页，恢复书册原状，历时经月，始得讫工。明人著书，往往令抄手（不止一人）用不同白纸或格纸，抄录资料，然后自加整理、写定。如祁彪佳撰《守城全书》，即用此法。《史阙》亦然，不过张岱用不起抄手，只能自写资料，自行编缀而已。

二、一九八五年浙江古籍出版社版张岱《四书遇》，底本系浙江图书馆藏棉纸蓝格恭楷钞本，系周左季藏书。书眉夹签皆出宗子手。书前并影印白棉纸（原夹书中）的宗子手书“寿王白岳八十”诗。是公认的样本，与《文集》出同一人手无疑。

三、我有《劫余古艳》一书，二〇〇八年四月大象出版社出版，中收《琅嬛文集》稿本书影数页，“景清刺”诗在焉。其中“铅”字明晰无误，不容置疑。“铅刀”的故实，无论是贾谊吊屈原的“铅刀为铦”，还是班超的“铅刀一割”，都说的是反话，张岱用此典，也无非是说景清所怀的“利器”不过是如铅刀之类不中用的家伙而已。这点“微意”，鲁迅是明白的，但不能要求于刘大杰之类的老实人，要花许多功夫说明“铅刀”的无用。因《劫余古艳》印数较少，不多为人知。所收宗子手稿凡三页，俱见反复修改状况，此其为手稿之证也。

多年前何满子兄曾介绍研究张岱之某君见访，欲借此“文集”稿本一校，当即检出付其携归以校所编《张岱文集》。后此书出版，蒙见赐一册，序言中似未说及据稿本参校事，或亦未信其为手稿之故。又友人曾请以张岱数种付之影印，因数书装池不易，一付印人，将失旧样，而今日装治好手更无其人也。久欲写“张岱四种”文，无暇着笔，今乃先成此短章，以为喤引，亦书缘也。

二〇一〇年八月二十二日

# 巴金和李林和书

一九四二年前后，先师李（尧）林先生从天津移居上海。

我不用“恩师”，因为它不准确也太封建气；也不用“严师”，因为完全不合实际。因为他实在是不同于别的老师，是以亲切和谐对待同学，以“小友”或云“忘年交”的姿态彼此相处的。他出身于“燕京”，自然带来了一些“洋气”，他打网球、听音乐；与同学一样，在食堂包饭，与同学同桌用餐；他的英语课不循常例，教唱洋歌，带同学走出课堂去“实习”；他有时也批评，如在课堂上发现同学互递纸条、不注意听课时，他就缓缓地用带四川味的普通话说，“不要传书递简”。他在校务会议上对“舍监”查房时发现同学读书太杂，企图加以“整顿”时，就站起来反对，保护同学……这许多不合时宜的言行，引起了同事的惊诧，但他我行我素，不以为意。他喜爱文学，爱藏书，我在他宿舍的书橱里发现了那许多新文学书，但看见玻璃橱门上贴着“概不外借”的纸条而露出失望的神情时，他却要我随便挑，使我借到了《我们的七月》这样的书。周末，他把家在外地无处可去的我，找到他的小小宿舍里玩，用洋油灯煮梨片吃。当《水星》发刊时，他在学校里贴了一些纸条，征求订户，他自己则是代理人。他的弟弟巴金的长篇小说《家》正风行一时，是文坛上新出现的一位名家，听说到天津来看他。深想一见，却迟疑地不敢动问。这些是在南开中学度过的五年读书生活中总是忘不掉的温馨记忆。

李林先生的行踪很快地打听到了。原来他就住在离我家不远的霞飞坊里。那是在开明书店工作的索非的家。巴金住在三楼，他去内地后就由李林代为留守。在上海与老师重逢，知道他怎样从日寇的炮火中逃出“南开”，不用说，他的宿舍，和那些辛勤收集的新文学出版物也同样在敌人的炮火中化为灰烬。他逃到租界里在一家熟人家借居，同时为房东的女孩子补习英文，又遇到多年未有的水灾，这才到上海来的故事。差不多每周三两次到霞飞坊玩，也为“流人”多少添些热闹，少些寂寞。

李先生一直未婚，过着单身孤寂的生活。我在闲谈中感受到他在天津冯家寄居时，与听课的女孩子有隐约的情感联系。我还见过从天津赶来的女孩子的弟弟，一位脸上有着红记的中学生，一位神情诚挚、不善言辞的青年。在霞飞坊座上，无言相对。他远道从天津赶来探望，会带来怎样的问候、信息呢？我这局外人是无从领会的。李先生是一位负责任的正直的人，从他勉强地殷勤接待远客，在我这个外人在座的情况下没有任何实质性的谈话，只是枯坐相对，我已经从气氛中感到凄恻、寡欢的滋味了。

李先生平时驱遣寂寞的方法是翻译。译冈察洛夫的《悬崖》。给他以支持和鼓励的是文化生活出版社的朋友和他的旧学生们。书出版后在朋友中引起轰动。译笔的精美使话剧界演员在录取考试中朗诵一段译文作为“试卷”。李林译的《悬崖》根据的是一个英译简本，出版于孤岛的上海，是文化生活出版社的“译文丛刊”之一。数十年来没有重印，是可惜的。

李先生的活动范围只在居处左近，国泰电影院和兰心剧院，他在前者看电影，后者听音乐。我常常作为陪客同去。兰心是“工部局乐队”的演奏场所，水准不低。他喜欢坐在中排右边座，看电影也是如此。

此外，就是遛书摊，买英文旧书。记得我买过一册俄国布宁短篇的英译本送给他，他高兴地说，也许就是他翻译的底本之一。网球是“高等华人”的专利品，是打不成了。有一次他买了一大堆原稿纸，大约可写一百万字光景，他说这是为隐居译书准备的。

在霞飞坊五十九号，索非住底层，二楼是客厅，三楼是巴金藏书兼工作室，李先生则住亭子间。有一次他带我参观三楼藏书室，只见整个房间都为排满的书橱占据，书架成排，中间只留下仅能侧身而过的空隙，有如八阵图一般，只于房间右前方临窗处留下一个角落，有一张小桌和座椅，这就是工作的所在了。书橱里全是外文书，使我惊叹巴金真是名副其实的大藏书家。据杨人楩说，巴金所藏有关法国大革命的书籍，在远东是数一数二的。巴金这一习惯一直到晚年不改。

年纪大了，不能跑书店，索性委托新华书店，每逢新书到货，就为他选出文艺方面的新书送货上门。我就多次看见书店送书光景，书成摞地放在客厅地板上，老人高兴地看着，并不一一翻阅，只是高兴地笑。他说过，这是为“尧林图书馆”买的书，是为纪念李林先生而设计的。

有人说，巴金的藏书中没有线装书。这话说得不十分准确，其实他也有名贵的线装书，如鲁迅、西谛签名的初版《北平笺谱》，郑振铎编印的《中国版画史图录》，还有西谛主编的《古本戏曲丛刊》，那是几百册一集的大丛书，他预订了全套，虽然至今没有出完。这许多不是线装书是什么？

不过，他对古旧线装书没有好感，也是真的。我从收藏新文学善本书转而收藏线装旧书，是从上世纪四十年代末开始的。但他从来没有对我表示过反对的意见。那时我去霞飞坊常是提了一大包旧书的，从不敢提进客厅，只放在进门处地板上。陪我逛旧书店的是汪曾祺，却十分看不上旧线装书，常以“明残本”相讥。直至曾祺晚年，为《书香集》撰文，还写了一篇称赏一折八扣书的文章，也含有讥讽版本书的“微意”。有人说曾祺是“最后一位士大夫型文人”，用意不明。要说“琴棋书画”，“琴”或可以“笛”代之，曾祺都是拿手的，只有“书”一门独缺（书当然指书法，这里也可借指书籍），未免“遗憾”。这于他的散文成就，因之而少了些亮色。姑妄言之，以待匡正。

平明出版社初创时，我曾推荐过我的朋友周汝昌的处女作《红楼梦新证》，不被接受。后来文怀沙转给棠棣出版社

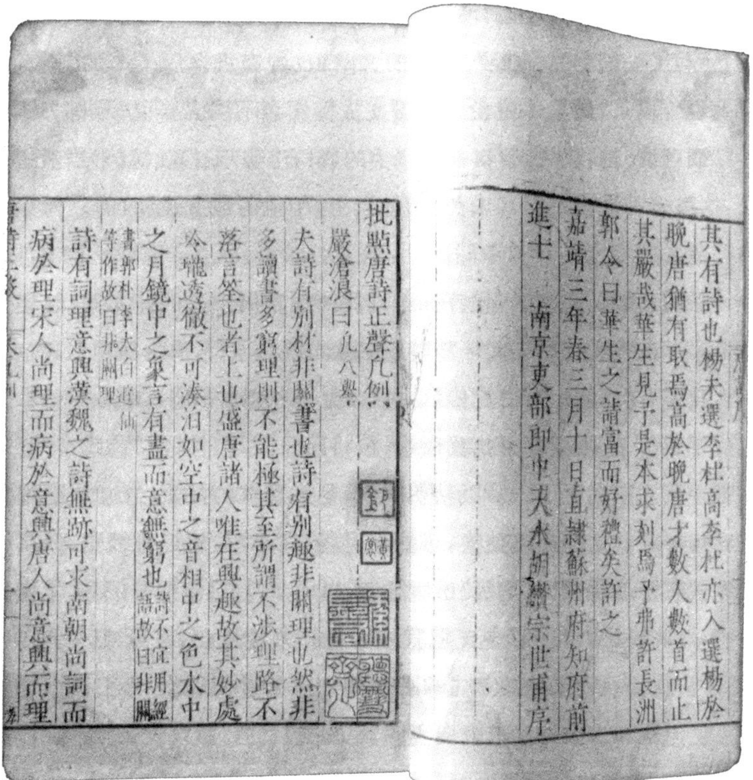

印行，成为畅销书。

我还有《西厢记与白蛇传》一书，一九五三年由平明出版社印行。一年后再版前，老板李采臣找我商量，拟将附录“祁彪佳《曲品》残稿”部分抽去。我立即同意了。采臣精明强干，是经理部的好手，过去从不过问编辑部事务。这次提出抽换，可能他觉得《曲品》徒然浪费纸张，但事前必然取得巴老同意。“平明”出版方向，以译介西方（包括旧俄）文学作品为主，这些决策，自在意中。但我以为后一书的真价，百分之八十在于《曲品》，它是新发现的关于古典曲戏曲文献的重要著作，为王国维等所未见。但这和出版社出书方向不同，也是显然的。所以我毫无异议地立即同意了。

巴金还托我向旧书店找过一部线装全套的《绣像小说》，这是最早以杂志形式出版的小说创作丛刊，一套若干册，收集不易，索价不菲。这怕是他向旧书店买的唯一书籍。

此外，我也光荣地为“巴金藏书”中添了两种真正的“古籍”。

一九五六年我曾有滇蜀之游，在重庆，偶过米亭子旧书市，在书摊上检得两册刻本诗集，翻到册尾校勘人列名处，见有李尧棠名，不禁大喜，知道这是巴金的家集，返沪后以之持赠，巴金也大喜。此《李氏诗词四种》可能刊板已近民国，但只能得之于巴蜀，在江浙则绝不可见者也。

上世纪八十年代，一天在武康路宅谈天，巴老忽然想到了什么，立起身来走上楼去，脚步轻便，可见身体不错。移时，捧了一部旧书下来，递给我，问：“是不是过去向你借的?”我接过一看，立即记起，过去谈天时常听他背诵唐诗，如白傅的《长恨歌》《琵琶行》，随口背出，一字不错。就想找一部纸白版新字大的唐诗旧本给他随意翻阅，岂不甚好。我翻看见书上有我的藏印不少，也有一方白文“巴金”小印，就说：“这是送给你闲看的。”这样，他把书收回去了。

巴老晚年将藏书分别捐赠各地图书馆，悬想此书必久已捐出，不意小林整理故居遗物，此书仍在。一日，携以见过，遂使我得有重展机缘。

这是一部明刻本。书名是《批点唐诗正声》十二卷，卷首大题下双行云“临川桂天祥批点、后学万世德校正”。十行，二十字。白口单边。前有嘉靖三年春三月十日天水胡缵宗序。虽有嘉靖序而看刻工风格，已在万历中。《唐诗正声》在明代是流行甚广的唐诗读本，其普及程度与清代出现的《唐诗三百首》差不多。其嘉靖原刻楷字本我后来也收得残卷，刊刻精甚。则此本为翻刻无疑。原书后有我墨书小字一行，知是一九四九年买得。原书有旧人题跋：“唐诗正声四册，内家瞿留守公之物，余临陈氏批藏之。琴川孙石芝记。”下钤“孙石芝”（白文方印）等二印。书前有“瞿氏藏书”白文方印。刻法精旧，不知是南明遗臣瞿式耜旧藏否？瞿氏在常熟为大族，不敢定也。当时此种明版书，在书肆中无人过问，索价甚廉，所谓“大明版”者是也。在赠巴老前我又请书肆重装，以咖啡色绸面为书衣，楚楚可观了。巴老似乎也颇爱重，于卷前加钤“巴金”白文小方印可知。于是此书成为巴金书库中唯一的线装古籍善本，是别有一番意义的。

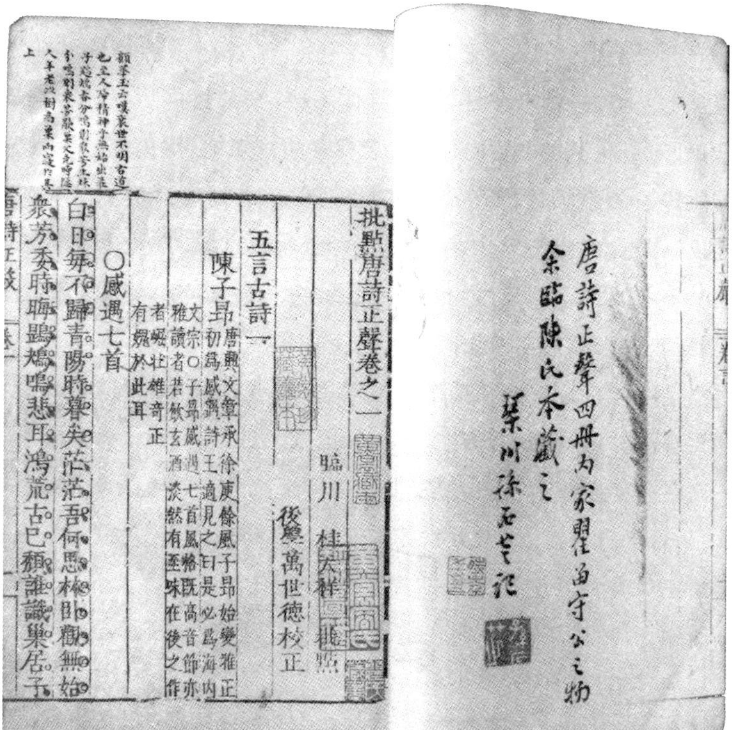
批點唐詩正聲卷之一
五言古詩
陳子昂
感遇七首
後學萬世德校正

大约是上世纪八十年代初，一次在武康路做客，落座未久，巴老手执一册《读书》走来："怎么净写些我也看不懂的东西！"这是少有的对我的严肃批评，给我颇大震撼。

回忆上世纪七八十年代之交，重新获得发表作品权利以来，我的确写了不少东西。而这正是巴老每见必提醒要我多写鼓励的结果。我当时的写作，大体有三个方面。一是写杂文和游记零篇，多发表于"大公园"，荣幸地追随《随想录》之后以"特约稿"的方式出现；二是写较长篇的记人、记游文字，多发表在《收获》上；三是在《读书》上的连载"书林一枝"。当时"拨乱反正"，被抄没的藏书，陆续部分地发还，这意想不到的旧物重归，在我是一种大欢喜，也触动了旧有的读书零感，在写了一些论辩文字之外，也随意地说到有关访书的种种琐事。说的是旧人旧事，但也不老实地隐约地说到零碎感触，表面上看是在抄古书，但自有自己抄的方式、方法。我在"故人书简"中录入钱默存信中语："忽奉惠颁尊集新选，展卷则既有新相知之乐，复有重遇故人之喜。深得苦茶庵法脉，而无其骨董葛藤酸馅诸病，可谓智过其师矣。"默存写信，正如他随意谈天，不可当真。我想这种联想必不止一人，看见也在抄书，便归之于周作人系统，不像钱默存，于同中能见其异，不致陷于隔膜。我想巴老的意思也是如此，他鼓励我多写作品，但又不愿我陷入"骸骨迷恋"，这也正是我时时警惕、提醒自己的。巴金早年写小说以周作人为原型，批判其没落情怀，其实即已预感到其不光彩的下场。沈从文就不会同意这种批判。其实巴金还是欣赏知堂的文章的，他曾托上海旧书店收集周作人的著作。当周作人走出监狱，身败名裂，生活困难，是巴金给他出版了第一本关于希腊神话的书。奇怪的是，近来屡见将巴金、靳以归入“京派”之说，好像凡在北京三座门住过、编过期刊，就理所当然地是“京派”了。这与论“抄书”一事，不分青红皂白，也看作一家眷属的论法，堪称一时瑜亮。巴老晚年曾写忆郑西谛文，未能完篇。其中透露他对古典文献的看法，值得注意，这是老人思想更成熟、更圆满时达到的境界，不是或人所尊崇的什么“思想者”，是必须刻意分辨，郑重对待的。

二〇一〇年十月七日

# 野有遗贤

中国是个历史悠久、丰富无比的散文大国。传统的散文定义是十分广阔的，好像除了韵文都归入散文。绝不像今天人们心目中的“散文”那么狭窄，把散文拘得死死的，伸不开手脚。据说中国每年产生几千部长篇小说，令人吃惊；那么中国人每年要写多少篇散文呢，没有统计，也无法统计。就以狭义的散文而论，全国有那许多报纸、刊物，其中还包括散文专刊、选刊，和以出版散文作品为主的出版社。这样算下来，其声势也殊不下于长篇小说。

但是我还觉得“选家”（包括有些评奖会的评选者）的眼光稍嫌过于狭窄了。他们的视野仅限于眼前一小方天地，不肯登高一望，也不肯下功夫细看大宅里边僻角落，这样，“遗珠”之憾恐将难免。我久有拾遗补阙之志，但一时也难以着手，没有办法，只好先选两位不久前离世的作者为例，以概其全，亦以免吹捧之讥。

此外，要选人离不开选文。最近盛传《收获》与《上海文学》要提高稿费，其他报刊也表示将步其后尘，这是好事，我举双手赞成。多年来作家被十年不变的低稿酬压得不能透气，稿酬税制起征点，也十年不变，作家的著作出版，上交国税的数目不菲，也是沉重的负担。现在春云初展，有提高稿费之议，自然是大好事，但也有一种附加的顾虑，选文之际，免不了有“骗稿费之嫌”。所以这里力图减少引文，希望能将问题说得清楚。

第一位我想举出王世襄来。

王老以“京城大玩家”歪打正着成为大学者，集明式家具，玩蟋蟀，养鹰，驯狗，养鸽兼及鸽哨，研究漆器，收集文玩，无一不精，从而落实为皇皇巨作，多已传世。但我所最为钦服的是他的玩蟋蟀、养鹰出猎的名篇。当年一篇甫出，王老必以单印复本见示，使我惊叹不已。他的这些散文，都是亲身实践的记录，绝无夸饰。特别是他对养鸽、养蟋蟀的老师、旧友，一一不忘，情感真挚，最见性情。玩明式家具，处处不忘同好旧友陈梦家和木工老师傅，养鸽的经历中也不忘记录养鸽名宿、下至鸽贩，留下了珍贵的市井风习。总之，于纪事篇章中处处饱含人情，读后深感这些都是绝妙的散文。这就不是“顽家”二字所能概括的了。王老的著作皆已付刊，其人虽逝，而遗著常存，这里就不一一引用原文了。

第二位是朱家溍。

朱先生是世家子弟，老北京，老戏迷兼名票友。他的著作只有一部《故宫退食录》。梅兰芳的《舞台生活四十年》第三集是朱老参与记录的。他是一位写生能手。“三集”中有记“霸王别姬”创作经过一节，记杨小楼创作掷杯出内座身段的经过，真是描画入神，完全重现了当时光景，是奇妙的记录，也是头等的散文。

现在选“退食录”中一小段为例，是记杨小楼演出“湘江会”一剧、与尚小云对戏时的情景。

“当年尚小云先生对戏的时候，我和宗杨都在座。尚先生问：‘大叔，咱们打哪一套快枪？’杨先生说：‘我这出戏不打快枪，我那套叫“大扫琉璃灯”，挺省事，完了就是“四门斗”，中间夹一套“老虎枪”。你要愿意打快枪，那就不打“大扫琉璃灯”也行。’我还记得尚先生当时的神气，有点像《岳家庄》岳云的身段，跳着说：‘不！不！大叔，我跟着您，您教我。’当年情景历历在目，恍如昨日。”

这一节回忆，写杨小楼、尚小云两位的身份、关系和当年梨园行的风习，特别是最后写尚的举止、声口，真是活画。今天很难看到这样绘影绘声的描写了。

王世襄和朱家溍都不是作家协会会员。他们的作品很难得到今天的评论家注目，自然也是当然的。但愿这种情形能得到适当的改变。

多年泛览，记忆中难忘的名篇不少。如《江南园林志》《清诗纪事初编》等等文字之美，使人难忘。这都是用文言写的著作，照例更不在评家注意范围之内，更难收入“美文”之列。这其实也是不公平的。有些作者并非“文苑”中人，或教育家，或科学家，或工程师……总之，天地阔大得很，闭目不视，与井蛙何异。陈寅恪是用文言写作的，胡适之就说他的文字不好。但读他的《柳如是别传》的绪言一章，情感溢露，感慨无端，不视之为美文，岂非无目！

这是个大题目，非短文可以说得明白。只是聊发其意而已。

二〇一〇年十二月十六日

# 后记

## 一

《来燕榭文存》于二〇〇九年出版，迄今两年矣。检箧中新作积稿渐多，倏忽可成一册，因以去年岁末为下限，编为续集。其中除有少量旧作外，以打架文章为多。此种文字一般都被视为"论战"，实事求是，不敢掠美，从俗而已。旧编分四辑，今本约略以撰作先后为序，亦未能严格照办。事非得已，读者谅之。

新世纪〇七年三月，沈某伙同韩石山在其主编之《山西文学》上对我展开声势浩大的人身攻击，连续四月之久。表面上看沈是主攻，韩是帮腔，实际并不尽然。凡发宗起例、幕后指挥，实皆韩主编为之策划，即文字之恶毒阴狠，二者实亦有上下床之别。

我最先拜读的是韩某的《可怜天下黄迷心》，不禁失笑。直感地想到了上世纪三十年代鲁迅先生"嘘"过的"粪帚文人"又借尸还魂了。不久，又读到该刊发表的反驳谬说的通讯，有理有节，觉得不必多说什么了。通讯中还引用了我在

《读书》发表过的两篇《书跋》，可惜没有深论赎还“纫秋山馆”藏书一事发生的确切时间为憾。

此番重理旧存文件，发现当日匆匆读韩文一过，实未能领会其深意之十一。实有重新学习，加深理解之必要。

首先发现的是韩某战术的范本，显然是《新青年》上钱玄同、刘半农的双簧信——《答王敬轩先生书》。将旧套路重新组装，由双方对峙改为提线傀儡，虽仍由两人出场，实由韩某一人操纵，从而取得得心应手、任意发挥、捏造诬陷之能事。这是一大进步。

旧时代“粪帚文人”的主要手法是造谣生事，这一节韩某是全部继承了，而且有了惊人的发展。他将我与文坛大前辈、时任“文学研究所”所长的郑振铎扯在一起，说什么文学所的成立（一九五六年改属中国科学院，据韩某考证），郑先生接任伊始首先（做的）两件大事是调人和买书。所内虽有何其芳任副所长，实际处理业务，但这两件“大事”，“郑振铎不会不躬亲的。不一定是黄见机钻营，说不定还是郑振铎委托他购书的”。

按此说，只有在黄郑“反目”之前方有可能。[按，“反目”是韩某的用语，我在《西行书简》一文（收《来燕榭文存》第三一五页，二〇〇九年一月三联版）中的原话是：“西谛对我颇有意见，过从渐少。”并对当时情况少有说明。]按其时已在彼此“反目”之后，何能以此“秘事”相托。

韩某说我借此机缘卖给文学所大量自藏书，不只《荇溪诗集》一种而已，并对我在原书上写下的“醉后漫书”短跋

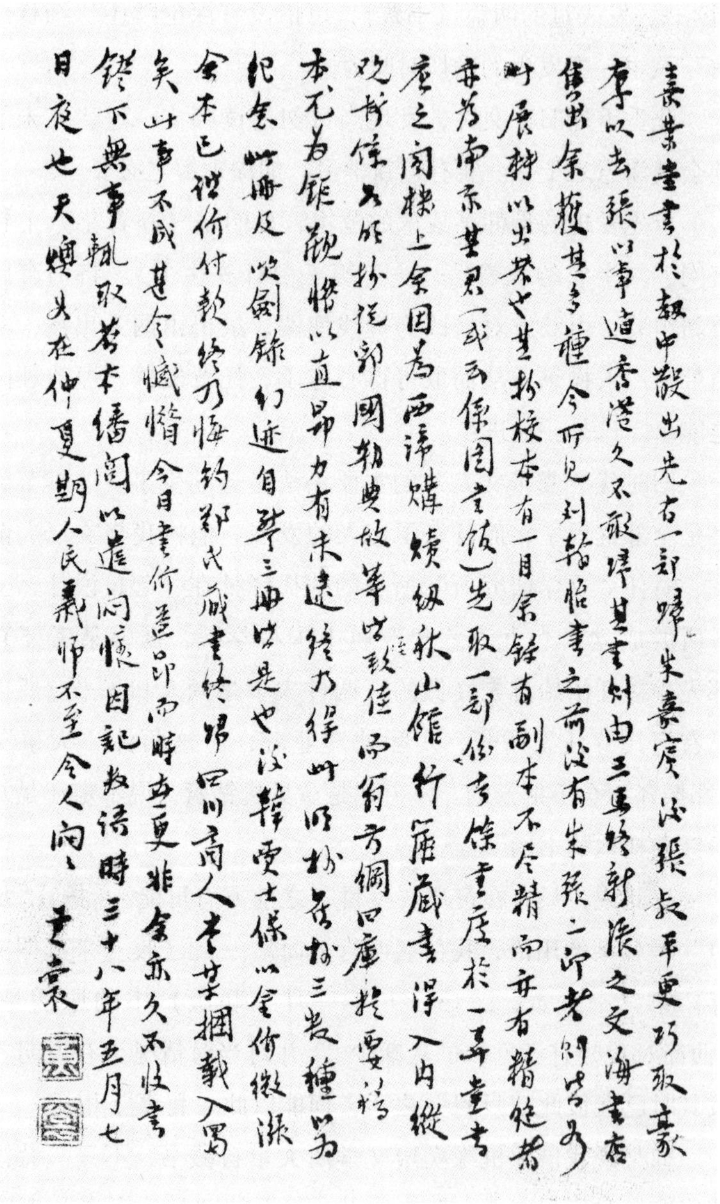
嘉業堂書於亂中散出，先有一部歸朱嘉賓，後張叔平更巧取豪
奪以去。張以事逋香港，久不敢歸，其書皆由三馬路新張之文海書店
售出，余獲其多種，今所見劉翰怡書之前後有朱張二印者皆是也。
此展轉以出者也。其抄校本有一目，余錄有副本，不盡精而亦有精絕者，
亦為南京某君（或云係周叔弢）先取一部份去，餘書庋於一草堂書
庫之閣樓上。余因為西諦購嫏嬛秋山館所庋藏書，得入內縱
觀，我僅又能抄從鄭國勒典故等書，皆致使而翁方綱四庫提要稿
本，尤為鉅觀。惜以直昂，力有未逮，終乃得此明抄茶書三種，為
紀念。此冊及吹劍錄、仇遠自書三冊皆是也。後韓慎士係以全價徵漲
全本，已議價付款，終乃悔約。劉氏藏書終歸四川商人，老葉捆載入蜀
矣。此事不成，甚令懊惱。今日書價甚昂，而時局更非，余亦久不收書。
燈下無事，輒取舊本繙閱，以遣閒懷，因記數語。時三十八年五月七
日夜也。天曉失在仲夏，期人民義師不至，令人向向。黃裳

追寻“用意”，将今日司空见惯的权力寻租现象转移到弊绝风清、政治清明的建国初期，不只是对我也是对郑振铎的恶毒攻击。这都是为了什么！

韩某肆无忌惮地做了如许“大胆假设”，是否多少拿出些许文字或他种实证来呢？例如黄郑之间“密谋”的函件以及有关人士、朋辈的旁证；文学所购书的时间、来路、价格等，必有详细记录存档，皆可作为实证。可惜的是，一概空空如也。

韩石山的嫡祖固然是三十年代的“粪帚文人”，但接受了先辈全部衣钵之余，还有更多青出于蓝的全新创造，到底经过几十年的历练，更加十年动乱的熏陶、示范，因而提升到更高的境界，阴险的暗示、指控继之而出，实不足异。

沈某主攻的主题，是赎取郑西谛“纫秋山馆行箧藏书”一案。我有两篇书跋，先在《读书》上发表，后将多篇原跋手迹。汇印为《惊鸿集》（二〇〇八年十月“东方出版中心”版）。两跋所记，有关史事甚重，爰录如下：

### 明抄《吹剑录》《幻迹自警》等

嘉业堂书于劫中散出，先有一部归朱嘉宾，后张叔平更巧取豪夺以去。张以事遁香港，久不敢归，其书则由三马路新张之文海书店售出，余获其多种。今所见刘翰怡书之前后有朱张二印者，则皆如此展转以出者也。其抄校本有一目，余录有副本，不尽精而亦有精绝者，亦

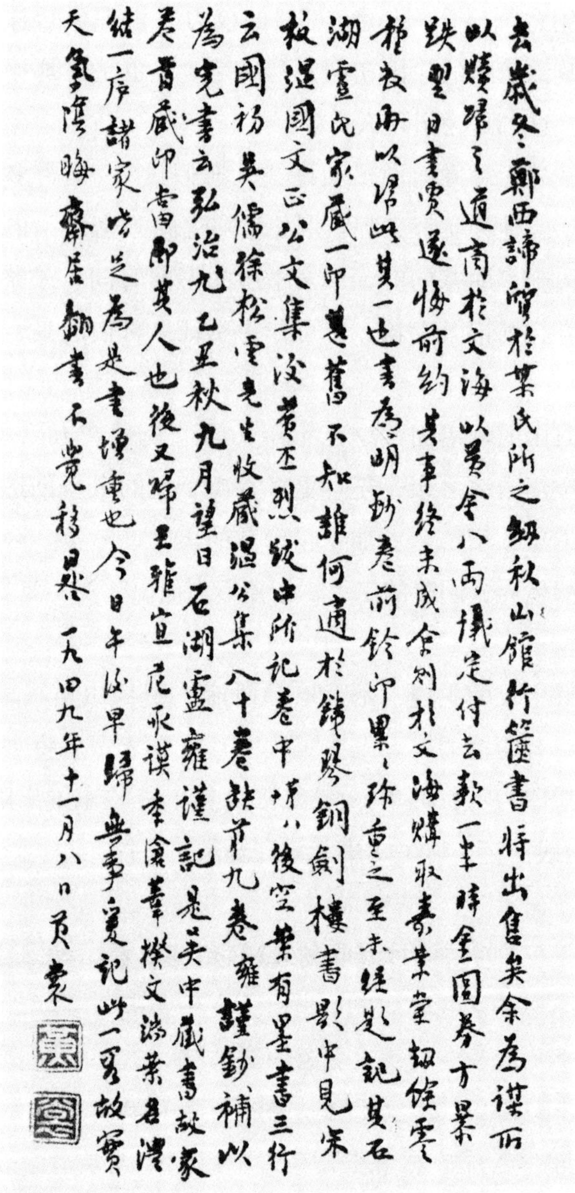
去歲冬〻鄭西諦覿於葉氏所之紉秋山館竹簏書將出售矣余為謀所
以贖歸之道商於文海以黃金八兩議定付云款一半時金圓券方暴
跌翌日書賈遂悔前約其事終未成余別於文海購取秦葉堂鈔餘零
雜數種以歸此其一也書為明鈔卷前鈐印累〻珍重之至未經題記其石
湖靈巖沈家藏一印惠舊不知誰何適於鐵琴銅劍樓書影中見宋
板溫國文正公文集後黃丕烈跋中所記卷中廿八後空葉有墨書三行
云國初吳儒徐松雲先生收藏溫公集八十卷缺前九卷雜謹鈔補以
為完書云弘治九乙丑秋九月望日石湖靈巖謹記是吳中藏書故家
卷首藏印當即其人也後又歸王雅宜朱承謨季滄葦樸文瀚葉君濟
結一廬諸家皆足為是書增重也今日午後早歸無事爰記此一段故實
天氣陰晦齋居翻書不覺移日矣 一九四九年十一月八日 黃裳

为南京某君（或云系图书馆）先取一部分去，余书度于一弄堂书店之阁楼上，余因为西谛购赎纫秋山馆行箧藏书，得入内纵观所余，如明抄《说郛》《国朝典故》等皆至佳。而翁方纲"四库提要"稿本尤为巨观，惜以直昂力有未逮，终乃得此明抄旧抄三数种，以为纪念。此册及《吹剑录》《幻迹自警》，三册皆是也。后韩贾士保以金价微涨，余本已谐价付款，终乃悔约。郑氏藏书终归四川商人李某，捆载入蜀矣。此事不成，甚令憾惜。今日书价益昂，而时世更非，余亦久不收书。灯下无事，辄取旧本翻阅，以遣闷怀，因记数语，时三十八年五月七日夜也。天燠如在仲夏，期人民义师不至，令人闷闷，黄裳。

## 明抄《吹剑录》

去岁冬，郑西谛质于某氏之纫秋山馆行箧书，将出售矣。余为谋所以赎归之道，商于文海，以黄金八两议定。付去款一半时，金圆券方暴跌，翌日书贾遂悔前约，其事终未成。余则于文海购取嘉业堂劫余零种数册以归，此其一也。书为明抄，卷前钤印累累，珍重之至，未经题记。其石湖卢氏家藏一印甚旧，不知谁何。适于铁琴铜剑楼书影中见宋版《温国文正公文集》后，黄丕烈跋中所记卷中（第八十）后空叶有墨书三行，云国初吴儒徐松云先生收藏温公集八十卷，缺第九卷，雍谨抄补以完书云。弘治乙丑秋九月望日，石湖卢雍谨记。是吴中藏书故家，卷首藏印当即其人也。后又归王雅宜、范承谟、季沧苇、揆文端、叶名澧、结一庐诸家，皆足为是书增重也。今日午后早归无事，爰记此一段故实。天气阴晦，斋居翻书，不觉移晷。一九四九年十一月八日，黄裳。

两跋均作于一九四九年。议购纫秋山馆书则在“去岁冬”，即一九四八年冬。与书店已议定之书价（并已预付半数）黄金八两。沈某所出集资，黄金一两及十余枚银圆，约占全部八分之一强。我因不愿收归已换成金圆券之纸币，与书估商定以几种嘉业堂书抵去已付价款，亦非一次结清，而是陆续选定者。议购之初，只取归西谛手写之书目并跋一册为凭信，并未检阅原书，而此手写书目被沈某取去作为质物，始终未还。当时市场惯例，小额交易、大宗生意，皆使用金圆券，只因保值计，以金价为准而已。沈某所说何不以金银直接交易而必换为金圆券，直同梦呓，实为诬陷也。当议购之初，我坚信这是西谛的藏书，毫未料到这批书早已易主，是由张叔平转手倒卖的。虽然在前面两篇跋中，已提出朱嘉宾、张叔平插手嘉业堂书的疑点。书估如不打出郑西谛的招牌，这批书怕是无人过问的。以研究郑振铎知名的陈福康教授在《新文学史料》（二〇〇九年第四期）发表《关于郑振铎卖书的一件事》，才多少泄露了此中奥秘。

陈教授在说明西谛困居沦于敌手的上海时，不得已卖书易米的困窘时说：

> 到一九四三年底，他竟不得不考虑出卖一批……明版书了。……现在，他却又得一本本一部部写出书目，供书贾去看了。……一九四四年一月八日……他躲在屋里写了一篇《纫秋山馆行箧书目跋》。……所谓“行箧书”，表明这也是他搬往匿居处随身带的一批书。（此外，他还有明刊本约二千多种，因非随身所携，所以未入此目。）

这一夹注十分重要。当年我翻阅此目时，就发现西谛藏书精粹所在的明代版画书、戏曲书全不在内，也悟出二千多种明刻本，何以仅索价黄金八两，聚集赎资，尚不十分困难，因此才毅然从事的吧。

陈教授又从他辛苦辑集的《郑振铎日记全编》、一九四四年台历上的简单记事，就发现有八处说到给张某送书、售书，反复周折，直至取得书款，情事连贯并论定此张非张叔平莫属，从而断定所售之书即纫秋山馆的行箧书。书估所称郑氏书实际是张叔平的藏书。对此，我是始终被蒙在鼓里的。

郑西谛困守孤岛，为国家抢救古籍善本，丰功伟绩，人所共知。却放过了嘉业堂藏书不着力争取，转而为张叔平作介价购，陈教授所给的解释，就不免苍白无力了。西谛在两造之间做中证人，直至双方发生不可调和的矛盾后，才于一九四三年一月廿九日抽身退出中证。

关于张叔平与嘉业堂主人之间的种种纠葛，可见刘承干所撰《壬午让书纪事》（上海古籍出版社刊《历史文献》第八辑)。这位“傻公子”实在被张叔平欺负得够了。这是一篇有根有据的“报告文学”。张叔平到底是什么人?陈福康教授有详细的小传介绍，称之为一位“正人君子”，颇有文化建树，只于结尾处加了这样一段“附记”:

“又据说，张叔平在战后曾是国民党第三战区司令长官顾祝同的代表，同时又曾在中共秘密战线潘汉年领导下做过一点情报工作。”说来说去，张叔平在各种政治势力转换之际，总不失为一个“正面人物”，绝非刘承干口中的“声气甚广”的日伪双方都吃得开的特等角色。“刀笔”运用之妙，可谓出神入化矣。

出奇的是，陈教授又提供了一则讯息，郑振铎将他编著的《长乐郑氏汇印传奇》题赠张叔平。书前有手书长题，对张叔平称颂备至，有“古道热肠，助人救世，目不暇给”“叔平先生愿力弘伟，继此必复将有所刊布也欤”!自然这是对张某助成此书的感谢，但不也说明有些措辞失当了么?陈教授为了保护西谛，千方百计地美化张叔平，其实不也是对郑先生的过度美化，适得反效果了么!

此后，陈教授笔锋一转，回到二〇〇七年《山西文学》事件上来，将沈某的攻击文字(两篇)钩玄摘要，化为四点，并声明自己是站在《山西文学》一方的一名义勇军，参加战斗了。认为我当时未做答辩，就是“心虚胆怯，或者是默认事实”，自鸣得意，阿Q气盎然。

《纫秋书目》到底有多少本，至今仍是个未解之“谜”。大致可分繁简两类。在京部分，可参阅西谛最忠实、最努力的学生吴晓铃所编的《西谛书跋》（文物出版社），有的附有简单的“提要”，都是未成的遗稿。手写附长跋的有两种，都曾在文海书店内，书估并不重视，随手给欲购这批书的人作为宣传品，以示原书的确出于藏书名家。我拿到的一本立即被沈某取去，作为他所出集资的抵押品，后来一直未还，书店也未追问。另一册则归书主李君，今在重庆图书馆。

后来我曾作文怀疑曾向西谛借读过的张天如集与《几社壬申合稿》或在此目中，沈某振振有词地加以反驳，说细查《行箧书目》并无此二书。不知沈某为此细事，曾北上京师、南下重庆，查阅原目，还是就近翻阅自己“秘藏”的西谛手写原目，才敢斩钉截铁地下了断语。

在议赎“行箧书”经书估悔约未成后，我与书估交涉，以已付订金、加上携来待付的余额，作价转购一些嘉业堂书抵消全部书款，以免将书款（金圆券）取归换回硬通货之损失与麻烦。书估自然同意。后来陆续取得书约十种，即沈某所说“十种宋版精本”者。

沈某发表于《山西文学》的长文——《黄裳：爱书不能这么爱》，确是一篇奇文，“粪帚文人”的又一代表作。其手法之一是无微不至地寻求摘录我的文字，并随宜插注。曲解文意、栽赃诬陷，俱见于此。且全无证据，人往风微，无从质证，只能听其任意编造。如：“按当时（一九四八）实况，‘大头’是硬通货，市面通用，无须换成纸币的。”这明明是胡说八道，难道买纸烟、火柴，打瓶酱油，也要用银圆交易不成？不像《水浒传》所写，有“散碎银子”可以找零。又如手写本《行箧书目》，沈说“当时他为了取信于我，曾拿书目为证，后即取回”，事实是沈某以书目为质物，取去至今未还。这是属于死赖一类。又如沈某处处以唯一出资人自居，其实占“八两黄金”不过八分之一强耳。又说“而黄裳一日之间就得到宋版精本十种之多”。沈某又称赎归纫秋山馆书，“是一九四九年上海解放前夕”事，这是别有用心制造伪证（《山西文学》第九页）。

沈某对我在《读书》上发表的两篇书跋，视而不见，却引西谛哲嗣郑尔康撰《郑振铎传》说事。引《郑传》说：“一九四九年初……一天，党派了陈白尘同志来郑振铎家，动员他去解放区。……当时陈白尘同志还问他，你不是欠了不少债么？我们（共产党）替你还吧。……（郑）于是便婉转地对陈白尘同志说：‘谢谢党的关心，钱我不能要，我自己可以设法解决的。’后来他只得卖掉了一些心爱的藏书，还清了债务，同时也解决了去解放区的路费。……二月十五日一早，他带着女儿小箴乘‘盛京’轮扬帆远航了。”

这节描述十分详尽，但不免含糊，如欠债几何，卖去何书，都未指实，自然这是不能要求于作传者的，但却留下了给恶人去钻的空子，且与陈福康教授的考证有明显的矛盾。《郑传》中并未指实所卖之书即为《纫秋山馆行箧书》，据陈说则在日寇投降前这批书早已转卖给张叔平了。不可能迟至一九四九年初才由郑氏售出。且以市贾估价八两黄金论，以此还债加路费，去事实更远了。

事实昭然，沈某弄此狡狯，移花接木，将一九四八年事推后一年，无非想颠倒是非，骗去《域外小说集》等书而已。其视而不见我的书跋的缘故也在此。“……过了几天，他拿来日本东京版《域外小说集》两册和《会稽郡故书杂集》木刻本一册，说是来抵债。”沈某又说为此还去请教了顾廷龙。顾的回答是：“有人花了二元钱淘得《域外小说集》第二册，这三本书，石米的代价足矣。”顾先生已死，无从对证。其口吻确有几分版本学权威之声价、气势。沈某又接着说：“我对黄裳说，这三本书抵第一笔付‘定金’时借去的‘一两黄金和二十枚大头’，他欣然同意了。”

按沈某极尽装点的这节话，到底发生在解放后还是一九四八年末，的确值得考证。沈某当年见我藏有鲁迅两书，十分羡慕，向我求借久矣，纠缠不休。最后由沈提出换书条件，交还欠债借条，骗书而去。既已“抵债”，等于抽去集资，此后关于纫秋山馆书事，已无权说三道四。沈某特别写入“第一笔付定金”，是重要的伏笔，照例付定金与付足余额之间时间极短，此后实际与沈某已无经济关系，伏笔暗示他仍与纫秋一案有某种关系与发言权。解放后（在五七年后）向我逼债（其还我的借条，早已失去），实为当时政治形势下（于顾廷龙馆长、书估孙实君这些旧熟人的态度可见）对我早已抵消的“旧债”的重复勒索，鲁迅两书，终被骗去。

沈某着意收集关于我的信息，不顾真伪，不分时代，无不以为攻击之具，如听到徐千（平）羽对我的批评，陈虞孙对我的“力保”，蒋文杰、钦本立对我的“照顾”，时代错杂，混在一起。不知陈虞孙再主《文汇报》，已在“反右”

展开后，他是执行“反右”政策来的，蒋、钦等自顾不暇，何从“照顾”。

新时期初，单位将抄去的日记、交代、思想汇报等一并发还，包括据我的日记编成的类似“起居注”的一大捆定稿，领回以后，除几十本日记（也有缺失）以外，即遵嘱全部销毁。

出乎我的意料，单位仍保存了一批我的档案材料。照沈某的说法，是由于康生的“批示”，“上海市革会文教口”开展了一年左右的外调追查，外调对象有书店从业员、顾廷龙、潘景郑（滂喜斋后裔）、瞿凤起（铁琴铜剑楼主人）等名流。这批没有发还本人的材料，在单位迁往新址前扫数当废纸处理了。后来在旧纸摊上被“有心人”买去，视为奇货，传示多人，要价高至十数万元。我的几位朋友都曾寓目，并以内容见告。沈某当然也见到了这批材料，曾细读两日，也曾先后非法透露过部分内容。最后因兜售不成，这位“有心人”竟打电话给我，被我严词拒绝收购而后已。我断定这批材料无疑都是真品原件，感兴趣的是几位名流的证词是怎么说的。顾君是旧相识，他是如何从我的书跋中发现“以伪乱真”的；潘、瞿两位素未谋面，只通过书店买到过几种他们家传书籍（包括黄丕烈手跋），也不知他们揭发了些什么。

至于我于购赎纫秋山馆书不成之后，全权与书估商定以嘉业堂书论价做抵，其时沈某因已骗去《域外小说集》等书，抽去集资，无权再说三道四，其绝大部分集资全出本人及同学、好友，自信有充分权力处理此事。仔细回忆，换得之书凡九种，细目如下：

（一）残宋刻《东坡后集》。

（二）号称元刻之和尚语录一册，不忆书名，有“寒云秘笈珍藏之印”楷书双行朱文长印。

（三）《集千家注批点杜工部诗集》二十卷，明初刻本，有补版，迟至万历中。徐紫珊旧藏。（一九四八年九月七日收）

（四）《山谷大全集》，明刻本，莫友芝批。

（五）《世说新语》，嘉靖袁氏嘉趣堂刻，后印，牌记失去。

（六）明万历翻宋刻《唐宋诸贤绝妙词选》，有牌记，及天一阁“大司马印”印记。（一九四八年九月二日收）

（七）明钞本《吹剑录》，棉纸，无格。旧藏明弘治中石湖卢氏，有藏印。并有王雅宜、季沧苇、范承谟、谦牧堂、叶名沣、结一庐诸家藏印。

（八）《天顺日录辩诬》，明黑格钞本，写手精甚。

（九）《幻迹自警》，明见独山房皮纸钞本，有曹楝亭藏印。

从此单看，可知当时选书眼光水平。大抵陈于文海书店架上之嘉业堂书，绝少上品，只《东坡后集》残卷为佳，书口有“黄州刊”字样，宋刻本。纸墨俱精。曾见周叔弢丈藏宋黄州刊《东坡先生外制集》三卷，与《后集》刊刻全同，当是一书之失群者。读周藏本后袁克文跋，略云：“《东坡先生后集》残本二十三叶……缪艺风曾得数卷……惜未能假缪氏所藏一校正耳。”方知刘氏藏《后集》，中多缺番，当即艺风抽出别售而以残卷售归刘翰怡，刘君固是“傻公子”，为缪氏所愚而不知耳。

此外后印又失牌记之《世说》《杜诗》《山谷集》等皆曾于《书林清话》中知为名书，一见即不欲失，其不为书估窃笑者几希！至三种明钞，皆戋戋小册，却为此单中白眉。我有手抄刘氏藏钞本目，残失过半，唯跋尚存，文云：

> 三十七年十二月六日，雨，午刻去文海，检所藏钞本，尚存一大橱，此目中大批已去矣。余少选小册零本归，中有《吹剑录》，明棉纸钞，无格，旧藏石湖卢氏，玉兰堂、季沧苇、谦牧堂、结一庐、叶名沣，为最佳。

忆这批书藏于附近一小楼上，凡名书巨帙都在此中，并不公开，我因纫秋书事得以入观，并得知得书时日，可知诸书实非一日选得者。

我说沈某有“久假不归”的恶习，事在数十年前，记不清楚，姑就回忆所得，聊记其略：

（一）《金陵杂记》稿本。此余作系列纪游文，原刊于《文汇报》“浮世绘”副刊，因故（沈某有说，待考）半途中止。我有一大册荣宝斋簿子，用毛笔记余稿、素材、零感，后为沈某取去。

（二）明万历刊《方氏墨谱》一函四册，棉纸初印。上世纪八十年代，为《读书》作《晚明的版画》一文，偶忆曾藏此书，被沈借去。因而文中未论及明代制墨与雕版关系。

（三）《域外小说集》初二编凡二册，东京印。

（四）鲁迅自刊木刻本《会稽郡故书杂集》一册。

以上两种三册，系沈某自承于一九四八年将其赎买纫秋山馆书之全部集资（此后更无经济往来）作为换得此三册书之书值。而解放后拒不承认一九四八年达成之原议，向我逼索全部已作价抵消之旧债。因比，鲁迅两种三册珍籍不能不视为被骗去之赃物，应予归还原主。

（五）《周作人回忆录》（此书多有异名，记忆不清）之最初香港三育版。

（六）唐云旌诗集。书名难以确忆。以上两书都是沈某见于我案头方寄到之书，时在一九八〇年前后，此最“新”的书账，也已“借去看看”三十年矣。

（七）郑西谛手写《纫秋山馆行箧书目并跋》一册。

沈某为文，表面上看十分啰唆，杂乱，不分时间先后，捡到篮里都是菜，全可任意歪曲。如鲁迅的《域外小说集》等书的抵数年前旧债一事，发生于一九五七年后就绝无可能，沈某竟含糊其词地企图蒙混过关，篡改真相。这就不是啰唆、逻辑不清，而是假此掩盖其混淆事实、不可见人的阴谋。驳斥此类奇文，其复杂、烦琐，实不易想象。有如捉臭虫，只能见一只消灭一只，几经努力，也只能捉其大者而消灭之，说得竟全功还差得远。以陈福康教授之高明，也只能拜服于其说教，情愿隶属麾下。至于沈某从我的文字中搜寻故实以为攻击之据，如巴金老人平居闲谈中对我的评论；我以廉价或平价买得的《冬心诗集》《读书堂诗》《春融堂集》三书，发还后迄今仍在书架上，并未高价售出；五四年偕内人赴京，梅畹华为预订饭店；上海住所亦非用金条顶入，只以预付半年“压租”条件入住。在沈某笔下，无一而非“罪状”，其用心之恶毒，出乎常情，而仍以“故交”“黄迷”自诩，是不知人间有羞耻二字者！

## 二

二〇〇七年秋，有一天得北京友人告知，说刘厚生在打听我的住址，说将有一册大书见赠，初不以为意，不久果然有一册刘曾复先生关于京剧脸谱的著作寄来，还附有刘老的一封信，是很漂亮的写在八行笺上的“手笔”，命我为他的新作撰序。此后笺札往来不断，从信里看出刘老虽已高龄，但思想不失新锐之气，说与吴祖光相熟，曾以我赠吴的一册《黄裳论剧杂文》转赠。刘老高年硕学，是京剧界的老前辈，不敢以无知辞谢，写了一篇《脸谱臆测》应命。奇怪的是刘老从未以北京居址见告，书信往来，全由一位在北京某著名京剧院团的年轻人中转。后来想刘老年高，有位年轻人为之奔走，也在情理之中。这位年轻人殷勤得很，时以该院出版物如孟小冬清唱录音带等寄示，也不以为意。最后引起我注意的是一叠《梅兰芳歌曲谱》的彩色照片。后来这位年轻人也曾携原书见访，可惜那天来客甚多，未能细谈，只翻阅原本一过，匆匆一两分钟而已。

《歌曲谱》印制极精，传本绝稀，其为京剧史中珍贵资料，自不待言，尤可注意者为书中题跋传达“五四”诸贤对此传统剧种态度衍变的信息，从最初的全盘否定、“扔进茅厕坑”的断然态度，稍稍改为参与整理改革（以音乐家刘天华参与制谱、刘半农为之撰序为例）；最后有周作人晚年得读名演员小翠花的回忆录极度欣赏，彻底改变了全盘否定的立场，可以看出知识界对传统戏曲态度之衍化。从刘半农那篇古怪的“跋文”看，似是赠书长题，又吞吞吐吐、欲说还休，也不见受赠对象名字的奇怪姿态，可以约略看出鲁迅与半农交情的变化。尤为难得的是二周不约而同写了同一对象的悼文，不是哪位有通天本领的编者组稿的结果，而纯为自发的写作，两篇都是可以代表作者性情、风格、对死者的态度、评价的名文，也可以看出不同读者不同的感兴。随后根据这样的思路写成了《鲁迅·刘半农·梅兰芳》一文。此文在《读书》编辑部压了很久始得发表，在这中间那位年轻人曾想极力取得此文的副本，被我拒绝了。接下去是在我毫不知情的情况下，《歌曲谱》上拍，而且立即高价拍出了。紧接着就是议论蜂起，不是针对我那篇文章的某一论点，而集中于《歌曲谱》上鲁迅十来个字的真伪。我则因评介了《歌曲谱》负有一定责任，不能不起而应对。首先跟别人绑在一起跳出来的是陈福康教授，他举出了一些有意思的理由，可惜都站不住，最后以洞悉内情人士资格宣布，这是一场骗局，在拍场上无人举牌，为了面子，由自己人高价买回去的。同时还暗示，我对此书的高度评价，为拍卖行起了宣传作用，是得了好处的。历历如绘，说得有趣得紧，可惜没有丝毫凭证，效果只如听了一场“评话”而已。

持“伪迹”说者其实也不无惊人奇论。“笔会”副刊曾用大半块版面，复制了《芥子园画谱》书影和鲁迅题于书上的赠景宋诗手迹，伴以论辩长文，以自定的古怪“律令”，断言这部有题赠诗的曲谱不可能是鲁迅自存的珍物。

此后讨论继续进行，但越说越远，离开了字迹真伪，多少接近鲁迅研究的话题了。我懂得这是专家之学，局外人本不应轻易涉足。但感到鲁迅研究，有渐近于清人考据遗风，且为其末流饾饤之学，而遗其大者。不止此也，有的研究家的研求愈“深”却离鲁迅愈远，有些说法甚至是和鲁迅唱反调的。心以为危，不敢不言。至于鲁迅在书上留下的那几个字的真伪，先生的手迹，原件和印本，已遍天下，为广大读者所悉知。那么就留给他们来辨真伪吧。

正当热闹的争论渐近收梢之际，收到了那位神秘的年轻人一封来信，不是手写，是打字，用的是公家的信封。措辞迷离惝恍，索解为难。姑据原件照排如下。

黄老您好：

之前呈示的《歌曲谱》是位朋友再三相求，请我托您与刘老鉴定的。之前也不知竟会上拍。本周在《文汇读书报》上看到您的文章，我想：有必要向您禀告《歌曲谱》的真实来历。

《歌曲谱》是这位朋友花巨资购置了原民族文化研究指导委员会资料室萨空了旧物中的一部藏书。由于牵扯到中间人，他再三要求不要提到民族文化研究指导委员会这个机构（这个机构至今是否还在，不得而知）。他从这批藏书的一个笔记本中得知一九六三年萨空了带北京京剧团赴港，又知道我刚刚替刘老向您索序之事，便找到我，希望当作我院藏品请您鉴定（其实我院一九七九年才建院，之前的资料档案极少）。我考虑，您与他素不相识，我贸然请您鉴定也属唐突，就借单位名义请您帮忙看一下，问题也不大（就连讲述藏书来源的信件也是那位朋友事先拟好的，萨空了旧物不假，文化局领导追捧均为托词），不想竟有此风波，后悔莫及。在毫不设防的友情之下被人利用，颇感心酸，尤其给您带来很多不必要的麻烦，备感不安！

特致信道歉！请您恕我幼拙！

致歉！

致歉！

晚××　谨上

2008年9月16日

至此，我才悟出，这可能是一件精心策划的骗局，设计周详，绝少漏洞，就连刘老那几封毛笔八行书，可能也是“高人”的代笔。除了刘半农的长“跋”是无疑的真迹外，疑点多多。我深悔对青年人轻易的信任，更为接受邀请，缺少考虑，轻易为人作序，如刘曾复的新书，序文发表经年，迄未问世，因之陷于骗己同时也骗人（读者）的后果。教训是极为深刻的。

得信后我即致函刘老，请求有所解释，先寄此年轻人所在的单位转致，不答。又请京中友人探得刘老工作单位后去信，仍不答。

作为此案的余波，有两事可记。

在“刘老来信”中说及，祖光曾将我的赠书——《黄裳论剧杂文》转赠一事，言犹在耳，却已出现在拍卖场上，为陈子善兄所得，持以见示，我的题赠确实无疑，何以辗转沦于拍场，何人提供，都是不可解之谜。

我曾前后三次接到广州周某的来信，内容全同。今以二〇一〇年四月八日一函为例。开始以双行大字标示，“欢迎对号入座、欢迎诉诸公堂；欢迎跨省追捕、欢迎黑帮暗杀”。以下就是发信人的真实地址、邮编、电话、身份证号码。下面是周某载于“博客”的文章。文题亦大字双行“他比余秋雨更无耻”“上海文坛大佬黄裳涉嫌勾结拍卖行伪造文物”。文长不录。周文重点与特殊贡献是，《梅兰芳歌曲谱》的上拍，“黄裳为了区区五千块钱的好处费，就涉嫌勾结拍卖行，伪造鲁迅文物进行诈骗”。这并不是“可供一笑”的闲话，周某是认真的、杀气腾腾的。全信（包括信封）都是印刷件，好像决心要寄下去，可惜韧性不足，三次以后就刹车了。但功不可没，比起陈教授来，他到底提供了“好处费”的“实际数字”。

## 三

这两年与我时有文字纠缠的是“书评人”止庵。但实在又说不上“争论”。止庵曾明确声明过，“不算争论吧？我不与人争论的，只是喜好不同而已”。但这不包括在博客上发表《我看黄裳》，在《远书》中大量对我的议论，结论大抵是“立言一贯左，文字喜抒情”，都是要不得的。原来，这些都不属于“争论”。他编印《周作人自编文集》时，使用了夸大、虚假的宣传手法欺骗读者，惊人的不负责任的工作态度，造成错字如麻的“伪劣产品”，经我指出后郑重回应，仅“有错当改”四个字。此后就再也不见正面的回答，主要采用旁敲侧击、辗转腾挪、王顾左右、五花八门的游击战术，有机会就抽空子扔来一枚石子，自鸣得意，乐此不疲，如是而已。当然说不上“争论”。

不值得浪费过多的篇幅，只能选取一些有代表性的事例，加以说明。如胡适的“六言诗案”，原是一九四七年顷，国民党导演“国大”，胡适积极参加，写下了他政治生活中突出的“败笔”，连胡适之的忠实徒弟傅斯年都垂涕而道、苦苦谏阻，这时我偶然发现了有名的“六言诗”，我根据的“母本”是军统办的一张小报。六言诗公布后风行海内，很长时期里胡适本人是承认的、没有对诗中字句提出任何异议。可是在六十多年后，止庵却根据我当时不可能读到的“一九三八年十月三十一日胡适日记”、若干年后胡适编定的《尝试后集》以及更晚的两种胡适传记，提出诗中两个字的差异，进行低层次的“考据”，仿佛颇有点“学术味道”的讨论，虽非正面回应，读者是知道攻击所在的。

我在一九四七年批评过胡适，但不代表我对胡适的全面评价。好例是上世纪五十年代上演的举国“批胡”闹剧，依常例这正是大出风头的“良机”，但在“批胡”巨浪中（包括五七年以前所有文艺批判），我身在新闻岗位，未写一字、未发一言。等到八十年代以来，胡适在大陆得到全新的评价，成为当红人物。而在此际，出现了对胡撰六言诗的评价争议，我则是被质疑的对象。此时而提出此一“冷题”大事宣扬，指鄙说为“丐词”，着实得意了一番。从此文可看出止庵窥测时机、选择论题的本领。虽为论战文字，但未点出对方姓名，是“缺席审判”，依旧可以“不算争论”！这是止庵扔过来的一粒较大的石子，也许是鹅卵石吧。

止庵见赠的不指名的“批评”，还兼有“不知不觉、或以知觉的口吻作左论、唱高调者”的论定（也见《“六言诗案”及其他》）。

止庵曾仿胡适《四十自述》作《五十自述》。对“我”与“我们”之间的区别，说：“所谓‘改造’，归根结底就是把‘我’变成‘我们’。”止庵还对“陈寅恪热”看不顺眼，其理由是：“以定论为前提，‘独立’与‘自由’充其量不过是别出心裁地为定论做诠释罢了。”止庵还对朱安深感兴趣，前后作《鲁迅与朱安》《她也是鲁迅的遗物》两文，特别强调鲁迅对朱安的“极端冷漠”，却无一言论及周作人的凉薄。鲁迅刚逝世，周作人就忙不迭地赶办八道湾宅户主变更手续，由鲁迅改归周作人。“冷漠”与“凉薄”之间的差别就存而不论了。

止庵作为“书评人”，以“文情俱胜的随笔”赞誉《金性尧全集》的出版，确实是让人吃惊的。止庵接过某论者提出的“周作人传统”说，接下去畅论周的“四大弟子”，并指出“中国现代散文史中，真正有意接受周作人的影响的，乃是四十年代沦陷区的一批作者。其中成绩最大、地位最高的是文载道和纪果庵”。文氏的“代表作”是《风土小记》与《文抄》，是专学知堂“文抄公”路数的，学得也真像，取材、谋篇、议论，无一不像，唯独缺了自己特有的东西。周作人抄书，篇篇都有自己的用意，意在言外，清醒的读者明白，粗疏的读者看到的只是漆黑一团，莫名所以，只好弃置一旁。这是周作人最大的遗憾，其自命“文抄公”者，真意在此。这当儿忽然发现有忠实的追随者，亦步亦趋，虽然得貌失神，也着实难得了。至于纪果庵，有唯一“名作”《两都集》传世，其当行特色为“衮衮诸公”（周公启明）作“起居注”，文格之卑极矣。止庵以此两位领袖群伦，可谓巨眼。

止庵接下去说，“要讲‘周作人传统’，不能忽略这两位。此外，还有柳雨生、周黎庵、谢刚主以及用‘南冠’‘楮冠’之类笔名发表文章——作者后来声明系为了‘从敌人手中取得逃亡的经费’——的黄裳等等”。止庵在与人对谈时透露心中自有合理人选，不过他不说。转而以一连串“次品”充数，值得注意的是，只对我特别“照顾”，加上长长的介绍。这种手法，止庵用过两次，此其一也。好像躲在阴暗角落里，看准时机，扔来一粒石子，也许是板砖，想给我以伤害，自己却在一旁暗笑。这且不言。我在少年时，年轻气盛，常有奇特构想，根本没有反复思虑的打算，贸然实施，往往失败，“纫秋山馆”一案即是好例。只有向《古今》卖文取得旅费一事终于成功。无论有多少人兴趣始终不衰，炒作不已，我自己却始终以冒险奋斗成功而高兴自喜。

无论论人论事，止庵持论往往与我相左。如二周同撰纪念刘半农文，止庵说：“我对他（鲁迅）写的《忆刘半农君》尤其反感。……相比之下，知堂的《志摩纪念》《半农纪念》……有如废名所说‘生死之前（疑误，或当作“间”）至情乃为尽礼’，或许正是其高一头地者乎。”（《远书》第十四页）这与鄙见可谓针锋相对矣。

止庵在《远书》中颇有评论鄙人之处。如：“那篇《真正的书话》……是出版社的一位朋友约我写的，不甚方便说不好听的话，某些地方只得闪烁其词。譬如黄裳，我说‘读的不多’，其实读的不少，因为总的来说不很喜欢，又不能直说，只好这么讲了。他的书说实话我只觉得两本好，即《清代版刻一隅》和《来燕榭题（当作‘书’）跋》，其余都不大以为然，有时甚至有点儿反感。一是思想上往往很左，一是文字上常常抒情。尝想写‘两论’，关于黄裳与孙犁，后来放弃了。黄裳很有书的学问，但他只有光谈学问时才好，若是说别的则经常是代表集体说的，这时的他也就丧失了自己。”（《远书》第一五九页）

一下子就抄了这许多。一是因为这是难得的率直、全面对我的评论，代表了某一群的意见。其中有些“好听”的话本想省略掉，又怕“断章取义”，反而失去了原义，所以抄得多了。止庵说我“很有书的学问”，此言不确，应将“很有”改为“少有”才对。至于他希望我老老实实关在书房里埋头做“学问”，少发“代表集体”的“左论”，则因自己到底生活在现实社会中，与人们同呼吸、共命运，很难办到做一名“现代陈眉公”，有违雅令了。

止庵在同一信中，还提到“贰臣文学”，这本是我杜撰的提法。止庵认为“总之黄裳这番话不仅说得浅了，而且根本就错了”。他的意思是，“所谓‘贰臣文学’，总得包括：第一，作者被迫成为‘贰臣’；第二，他对此有所悔恨。这两点对于周作人都不大对得上号。他是既否认被迫，又不曾悔恨的”。的确，周作人至死也没有一字表示悔恨，可谓以铁杆汉奸赍志以没的。而这正是止庵所剧赏的“汉奸气节”。止庵又说，“何况他不能算是‘贰臣’，他只做过一次官的”。（《远书》第一六一页）我不懂这种“论法”逻辑性何在。不禁想起近有论者称张爱玲下嫁胡兰成是“暂时”的、是在胡失掉汪伪宣传部次长职位之后。同为可解人颐的“妙论”。

不妨试行回溯一下，周作人落水前后的“思想路径”。

自从他在沦陷后的北平出席那个“座谈会”后，立即引起了他意想不到的轩然大波，谴责与惋惜之声并作，而且是全国性的。他受到了沉重的压力，同时也意识到自己在中国文化界的分量，慌忙作出回应，以苏武自命、自解。一开头或不无真实心情流露，但这块“挡箭牌”到底不能长久使用，只好收起，开始了迄一九三九年四月写《玄同纪念》时止的漫长“不说话”时期。如知堂自己所说，“但是我于此破了二年来不说话的戒”，“在我未始不是一个大的决意”。这段日子里没有有关的文字留下，但写有不少“诗”。这些诗集中发表在一九四四年九月作的《苦茶庵打油诗》里，充分流露了他“不说话”时期的变幻激荡心情。“照年代说来，自民国二十六年十一月至三十二年十月”，这是作者说明这些诗的创作时期。

“打油诗”劈头两首就是使人出惊的怀陆放翁之作，“燕山柳色太凄迷”与“家祭年年总是虚”两首。特别是第二首，全为住在日寇铁蹄下沦陷区的故国“遗民”声口、也是苏武的声音，更是与放翁完全一致的心愿。此诗如在写成当时（一九三七年冬）发表，后果不可想象矣。

下面的“禹迹寺前春草生”一诗，曾寄沈尹默读之，后得沈的和诗，末联云，“斜阳流水干卿事，未免人间太有情”，显然是知堂向老友商量自己的出处问题的答案，而知堂不能接受，且有所声说，这就不能不想到《玄同纪念》中的许多话，同样是老朋友间商量个人出处、家庭生活这些切身问题，钱玄同的回答也是正面的、实在的，不是不负责任的“高论”，知堂的感受则是“虽或未能悉用而重违其意，恒自警惕，总期勿太使他失望也”。同样也是否定的。可见他对自己的出处问题确曾反复思量找人研究，结果老朋友（必不只一二人）的正确意见都是白说，他还是走上了一条不归路。

在“登场做戏”之余，为了“心的平安”，必须找到一种“理论”的支持，即对下水投敌、九死不悔信念的有力支持，此一“理论”，即所谓“道义之事功化”是也。

知堂于一九四五年冬撰成长文《道义之事功化》，是对自己落水迄今言行的总结。自知文章写得枝枝节节、杂乱无章，非一次所成，但思想资料是丰富的。读后选其中的“精语”，条列如下。

“离开功利没有仁义”（《孟子》与阮元说）；推重立功在德与言之上（颜习斋说）；又引傅青主说，以为“对于国家人民有所尽力”“并不限于殉孝殉忠”；知堂反复赞赏的洪允详语：“要他勿怕死，是要他拼命做事，不是要他一死便了事。”（按，知堂引用洪氏此言，前后不下三五次，各有所指。此处重引，意更分明。）“要以道义为宗旨，去求得功利上的实现，以名誉生命为资材，去博得国家人民的福利”；并认定“此为知识阶级最高之任务！”并称以上所论，“可以说是一种革命思想”。并感到了自己思想之危险。可以悬想，写到此处，知堂的思想已达何种境界，手舞足蹈乎？充分地自我安慰，以致昏眩乎？不可知已。

他最后还不忘蔼理斯和佛经。引前者的话后说，“以仁存心，明智地想，勇敢地做……是即道义之事功化也”。引后者之说后叹道：“我们如能学得千百分之一是光荣，虽然同时也是烦恼。这样想来也就觉得心平气和，不必徒然嗔怒。”知堂是博学的，他援引了许多志士仁人的嘉言懿行，助自己摆脱说不尽的“烦恼”，终于达到了“心平气和”的理想境界。

知堂就是倚靠此种“理论”，坚持其所作所为皆为“道义”化成的“事功”，是辛苦得来的“真理”，值得毕生坚守，决不让步。其艰苦卓绝，又哪里是“软骨头文人”如庾子山、吴梅村等可与相提并论。这就是止庵的据点所在。

写到这里，竟已浪费了如许纸墨，虽尚有些许话题，也不想说下去了。反正我又没有写“新儒林外史”的任务，那么就暂时到此为止罢。

此集收有一两篇旧作，有一篇是六十多年前写的，论资排辈，置之卷首。感谢德明兄，从藏书中发现，复印见寄。不是文章写得好，只因它带有当时自己的文风，一种满溢愤激，却以不正经的笔墨出之。岁月易迁，此种旧日文风不可再得矣。

我不用电脑，也不上网，所得信息多由朋友供给，得以随意使用，但必确有实据，方以入文。为避烦琐，未能各加附注。好在并非“博士论文”，读者谅之。

辛卯上元

**图书在版编目（CIP）数据**

来燕榭文存二编：汇编本/黄裳著.--济南：山东人民出版社，2022.2
（黄裳集.创作卷.XV）
ISBN 978-7-209-13317-3

Ⅰ.①来… Ⅱ.①黄… Ⅲ.①散文集—中国—当代
Ⅳ.①I267

中国版本图书馆CIP数据核字(2021)第116307号

**来燕榭文存二编**
LAIYANXIEWENCUN ERBIAN
黄裳 著

主管单位 山东出版传媒股份有限公司
出版发行 山东人民出版社
出 版 人 胡长青
社　　址 济南市市中区舜耕路517号
邮　　编 250003
电　　话 总编室（0531）82098914
　　　　 市场部（0531）82098027
网　　址 http://www.sd-book.com.cn
印　　装 天津图文方嘉印刷有限公司
经　　销 新华书店

规　　格 16开（160mm×230mm）
印　　张 18
字　　数 178千字
版　　次 2022年2月第1版
印　　次 2022年2月第1次
ISBN 978-7-209-13317-3
定　　价 50.00元